给洛蒂的23封信

[美]卡特丽娜·莱诺 著
张淮海 译

中信出版集团 | 北京

图书在版编目（CIP）数据

给洛蒂的 23 封信 /（美）卡特丽娜 · 莱诺著；张淮海译. -- 北京：中信出版社，2021.1（2022.7重印）

书名原文：Everything All at Once

ISBN 978-7-5217-2455-4

Ⅰ.①给… Ⅱ.①卡… ②张… Ⅲ.①儿童小说—长篇小说—美国—现代 Ⅳ.①I712.84

中国版本图书馆 CIP 数据核字（2020）第 248939 号

给洛蒂的 23 封信

著　　者：[美] 卡特丽娜 · 莱诺
译　　者：张淮海
出版发行：中信出版集团股份有限公司
（北京市朝阳区惠新东街甲4号富盛大厦2座　邮编　100029）
承 印 者：北京中科印刷有限公司

开　　本：880mm × 1230mm　1/32　　印　　张：10.5　　字　　数：200千字
版　　次：2021年1月第1版　　印　　次：2022年7月第3次印刷
京权图字：01-2021-0124
书　　号：ISBN 978-7-5217-2455-4
定　　价：39.80元

谨将本书赠予我的侄子和侄女：

哈珀、艾尔玛、

赛格、艾迪生、惠特尼

以及洛克

你知道，这种痛苦永无止境，但你也因此找到了属于自己的永恒。无论如何这也算是一种慰藉。

——亚伯拉罕·里夫斯《如何道别》

不断前行，友善待人，多交朋友。

——海伦·里夫斯《阿尔文·哈特与风衣男子》

序 幕

我们把海伦姑姑的骨灰撒向大西洋的那一刻，岸边刮起了大风。我猜你肯定没见过谁的嘴里灌满自己妹妹的骨灰吧，但那天我爸爸就遭遇了这样的事情。当时他的嘴张得很大，他慢慢地把骨灰罐举起来，接着将骨灰撒向前方，骨灰在空中划出一道完美的弧线。然后，一阵狂风突然袭来，飘散在半空中的骨灰瞬间改变了方向，径直飞进了我爸爸等候多时的嘴里。

他的表情在惊讶、窘迫、恶心、惊慌和恐惧之间迅速转换。他不停地往外吐唾沫，看起来像要窒息了。骨灰罐被他扔在脚下，滚了几圈，停在了我弟弟亚伯的运动鞋旁边。亚伯轻轻地踢了骨灰罐一脚，似乎是想确认自己是不是在做梦。爸爸冲进旁边的灌木丛中，我们听见他至少呕吐了八次。

“我的天哪！”妈妈用抑扬顿挫的腔调喊道。她仰起头，举起手来遮住眼睛，仿佛是在祈祷。但我知道她并不是在祈祷，她只是在努力克制自己，让自己不要笑出声来。

“这是真的吗？”亚伯低声问道，他跪下去把地上的骨灰罐捡起来，里面还装着半罐子骨灰——也就是说一半的骨灰已经撒出去了。“洛蒂，这是真的吗？”他跪在地上看着我，手里拿着海伦姑姑的骨灰罐。

海伦是我爸爸的妹妹，也是我最喜欢的姑姑。她还不到四十岁，就发现自己乳房里长了肿瘤。肿瘤不停长大、不断扩散，很快就夺去了她的生命。

“我想爸爸刚才把海伦姑姑吞进嘴里了。”说完我便开始大笑起来，虽然这不是我的本意，真的不是。我控制不住自己，整个身体都变得不听使唤。亚伯也跟着我大笑起来。妈妈仍想保持住大人的理性姿态，强忍着不笑出声，结果笑声卡在喉咙里，弄得她上气不接下气地咳嗽起来。她弓着身子，按住肚子，大口大口喘着粗气。

“好吧，这下可好了。”爸爸说道，他一边从灌木丛往回走，一边用手背擦着嘴，然后从我们带来的野餐装备里抓起一个水杯。野餐是海伦姑姑吩咐过的事，她告诉我们：把骨灰撒进大海，然后就开始野餐。我们带来的都是她提前列在清单上的食物。爸爸反复漱口，弄出很大动静，他将漱口的水吐在地上，同时小心翼翼地避免弄湿鞋子。

“爸爸，这里还有！”亚伯笑得眼泪都流出来了，上气不接下气地说。他仍然紧紧地抱着那个罐子，抱着海伦姑姑的骨灰。跟煤灰比起来，这堆灰白的骨灰更加精纯、细腻。

“换一个人来撒。”爸爸憋住笑，没好气地说。他拉了张椅子坐下来，那是我们好不容易才拖到这悬崖峭壁上的塑料椅子。椅子是黄色的，对于今天这个场合来说，显得太欢快了。

“洛蒂来吧！”亚伯说着把骨灰罐递给我。

我接过罐子，朝里面看了看，努力克制自己的笑意。这是一种狂躁而惊慌的笑，背后隐藏的是失去亲人后最深沉的痛苦与悲伤。

“你来说点儿什么吧。”妈妈深吸了几口咸咸的空气，终于控制住了自己的表情。

“你是说悼词？”我问。

“随便说点儿什么都好。”爸爸找到一盒装在特百惠塑料碗里的西瓜，一块接一块地狂吃，试图用它盖过嘴里那股死亡的味道。

“比如美好的回忆。”妈妈补充道。

我多希望我们大家还像刚才一样开怀大笑，但此刻笑声停止，我们都不由得想起海伦姑姑——我们深爱的那个人已经永远离去。现实就是如此，而现在该和她道别了。我一只手放在骨灰罐的一侧，让罐子紧贴我的肚子，它摸上去很光滑，但冰冷刺骨。

海伦姑姑去世之后发生的一切都浮上我的心头，还有那些有关她的故事、她写过的书以及她一生中展现的特殊的魔力。我想起了六岁那年，她扑通一声将我扔进学校山坡上的一个雪橇里，然后乱推一通，可把我吓坏了。我还想起她去世那天，无数人穿着黑衣前来悼唁。我想起阿尔文·哈特和马戈·哈特，他们的故事现在已经讲完，他们的传奇也到此为止。当然，我还想起了萨姆——我主要还是在想萨姆。

我想起了那些信件，姑姑写给我的二十三封信。这些信两个月前由宣读海伦姑姑遗嘱的律师交到我手上。

这一切都是那么的不真实，哪怕到了现在这个时刻，也仍然如在梦中。

我更加用力地抱紧骨灰罐，让它紧贴着我的身体。我在想我该说点儿什么好。我应该说点儿重要的、真实的事情。

说说那些不朽之事。

两个月前

阿尔文·哈特一直都很喜欢过生日，他还很喜欢“十三”这个数字。因此，他一直都特别期待他十三岁的生日。对他来说，这一天好像注定会成为一件了不起的事情的开端。

要是他早知道他的预感那么准，他绝不会从床上爬起来。

——节选自《阿尔文·哈特与森林中的房子》

1

在海伦姑姑去世前的几星期里，我哪怕是出去买盒鸡蛋，都会被她的脸所包围——收银台周围的每一份报纸和杂志上都印着她的照片。

“海伦·里夫斯被确诊为癌症”

“海伦·里夫斯：生命倒数”

“世界准备和海伦·里夫斯告别”

姑姑的脸看上去是那么熟悉，却又那么陌生。

有一次她解释说“那就是我镜头中的模样”，然后露出一副苦涩的笑容。

姑姑离开之前的几星期，我们都不敢打开电视。新闻主播会在直播中突然抽泣，制片人不知如何是好，只能切换画面，播放广告。有时他们只好让天气预报员播报十到十五分钟的天气情况，结果连天气预报员也开始哭泣。

世界上所有书店的橱窗里都摆满了她的书——“阿尔文·哈特”系列：

《阿尔文·哈特与森林中的房子》

《阿尔文·哈特与风衣男子》

《阿尔文·哈特与神秘的失踪》

《阿尔文·哈特与永生社》

《阿尔文·哈特与白费心机》

《阿尔文·哈特与风衣男子的归来》

阿尔文·哈特和马戈·哈特深受大家的喜爱。

六本书，六部电影，六本插画小说。系列玩具，乐高积木，还有一部广受欢迎的老式广播剧。

姑姑的离去不仅令我们这个小家庭陷入了悲伤，这种情绪仿佛还具有传染性，它四处扩散，最后让整个世界都沉浸在对她的哀思之中。

至少，我感觉是这样的。

而当我们开车去海伦姑姑的律师的办公室，听他念姑姑的遗嘱时，这种感觉更强烈了。

海伦姑姑在市区有套公寓，她大部分时间都住在那里（生病后就搬出去了，她说那里噪声太大，难以忍受）。这位律师的办公室就在市中心，他是姑姑和爸爸儿时的玩伴。当时海伦姑姑去世还不到一个星期，我一直在等着有人告诉我这件事只是一个愚人节的玩笑，而我希望姑姑的律师就是那个人。

我们在约定的时间到达。律师办公室在市中心的一栋小型写字楼里，还有一些看起来很无聊的公司也在那里办公。办公室有一个接待柜台，但是没有前台接待员。这个地方看上去十分混乱，就像在我们来之前刚刚遭遇了一场龙卷风一样，到处散落着马尼拉纸[①]做的信封、米黄色的文件夹、成堆的白纸和挂满污渍的咖啡杯。整个房间散发着一种办公用品商店的味道（不算难闻，主要是纸墨的气味）。看来我姑姑是把她的法律事务交给了一个连一块抹布也找不到的人了。

我们在会客室足足等了一分钟，但办公室里根本没看到任何生命的迹象。爸爸说："其实，我觉得他应该是一位挺优秀的律师。"

这时，从我们后面传来一个声音："只能说还算是过得去。"我们转过身去，看见一位穿着整套暗灰色西装的中年男子站在门口，手里拿着一盒邓肯咖啡和一叠纸杯。

"哈里！"爸爸说，"好久不见！"

"萨尔，玛丽索尔！"他冲着我父母说道，"这两位是？不，不可能！他们怎么长得这么大了，看着像是大人了！"

"算是半个成年人了。"爸爸微笑着说。他用双手揽过亚伯和我，把我们像展示品一样往前推。

"洛蒂！亚伯！你们的海伦姑姑经常跟我说起你们，所以我总觉得我早就认识你们了。我可以抱抱你们吗？我还真有点儿

---

① 一种经过较少提炼的纸，常呈米黄色，因价格低廉而被广泛使用。——译者注
后文注释均为译者注，不再另作说明。

想抱抱你们。”哈里说完抓紧了咖啡盒和纸杯，用胳膊圈住我们俩。这样的拥抱感觉有点儿奇怪，但很友善。

“我拿了咖啡过来。”哈里松开手，转身说道。趁别人没留神，亚伯看了我一眼。我很清楚他的表情是什么意思：最近总是有没完没了的拥抱，什么时候才算完呀？

“你们好准时呀，海伦可从来没准时过。不过我想这也是她可爱的地方。她经常说，迟到比早到要好。可我不确定这在法庭上能不能行得通。”哈里把咖啡和纸杯放到接待柜台上，然后走到房间另一头，从一个小冰箱里面拿出一罐咖啡伴侣。我们自己冲了咖啡，一起走进了哈里的办公室。办公室本来很小，哈里又为我们额外准备了三张折叠椅，因此显得更加拥挤了。我们坐下来喝咖啡，哈里忙着翻弄他办公桌上那一堆文件夹，嘴里嘟囔个不停。过了好半天，他终于找到要找的东西了。哈里将一个大大的信封高举起来，短促地说了声“啊哈！”，然后他把信封放在我们面前的办公桌上，挺直腰背坐到椅子上。

“今天我们在这里宣读海伦·L.里夫斯的遗嘱，完成她最后的遗愿。她是我在这个世界上最喜爱的一个人。”哈里一边说一边从信封里拿出一沓文件。我注意到他和爸爸快速地交换了一个眼神，那一丝笑容好像在说：天哪，这太艰难了！

“这里有一大堆法律文书，我们可以稍后再仔细读。”哈里继续说，“大致来说，海伦的财产，包括她所有的房产和实物，除了后面特别说明的部分，其中百分之五十将折现，捐献给她指定的几家图书馆和慈善机构。当然，这事我会处理好。这是很大一笔财富，我想这一点你们一定清楚。”

我们很清楚。海伦姑姑被吉尼斯世界纪录评定为有史以来最畅销的儿童文学系列作品的作者。这件事让她非常开心。很久以前的一个下午，我们专程跑到康涅狄格州一些稀奇古怪的地方，给她拍了三个多小时的照片，她手里捧着那本《吉尼斯世界纪录大全》，摆出各种搞怪的样子。

现在她已经离开了，我们坐在哈里的办公室里，公事公办地处理这件事。哈里是一个外人，一个律师，他被雇来帮忙分配我姑姑的遗产。这让我觉得好像受到了欺骗，好像被人耍了，好像有人对我们撒了谎。因为海伦姑姑不可能真的死了，这根本就不可能。

“对了，”哈里说，“她在遗嘱里特别提到了几个人的名字，这些人大都很好找，但有一个人我没找到。请问你们有人听说过‘威廉斯先生’吗？这里只写了他的姓，没有名字，让我很难办。海伦本来要告诉我他的全名……但是，你们知道的。”

“威廉斯？这人我不认识。”爸爸说。

“好吧。希望他能自己来找我。”哈里打开一个抽屉，拿出一副眼镜架到自己的鼻梁上，然后深吸了一口气，“开始吧。我，海伦·路易斯·里夫斯，头脑清醒，在此郑重声明：在前面所提及的财物妥善处置完毕后，我所剩的财产均赠予我至亲的哥哥和嫂子。特别是毕加索和凡·高的画，我要赠予萨尔，我也不想再次叮嘱你不要用手去触摸它们了，现在你想怎么摸都行了，哪怕你知道这样做会毁了这些画。其他还有什么你想拿的，也都可以拿去。这些东西原本就有一半是属于你的。

“我的1953款雪佛兰克尔维特汽车赠予玛丽索尔。我知道你一直都喜欢它的红色座椅。在所有驾驶过它的人中，你是开得最快的。虽然我之前就跟你说过，但还是要最后再跟你说一遍：这款车真的很垃圾。

“我唯一的侄子亚伯：我把我所有的书籍，包括所有连环漫画和珍藏的科幻小说杂志都赠予你，因为你是最爱这些书的人。亚伯，这些书数量很多，我知道你会好好爱惜它们的。

“我唯一的侄女，我美丽的洛蒂：我把我的珠宝首饰、我的日记（在我允许之前不准偷看）和我的笔记本电脑赠予你。最重要的是，我要把这些信件留给你。”

哈里摘下眼镜，摸了摸鼻梁，和电影里的某些角色一样——他们在思考接下来要说什么好的时候就做这个动作。

听到有关我的部分，我的耳朵和脸颊变得通红。我好想姑姑。

哈里从他办公桌的抽屉里拿出厚厚一沓信：“她特别嘱咐过，要把这些信给你。”哈里把信递到我手里。我小心翼翼地接过，最上面那封信的收件人写着我的名字。信封上是熟悉的姑姑的笔迹。看到这些信，我的心像被针扎了一样疼。我把它们紧紧地攥在手里，直到手指头都发麻了。

哈里接着说：“海伦还明确表示，在康涅狄格州的房子卖掉之前，除了几样她遗赠给他人的东西，你们四人可以从那儿取走任何想要的东西。那几样东西我已经安排妥当了。”

尽管海伦姑姑的房子我去过无数次，尽管那里的每个角落我都可以自由出入，但一想到去她家翻箱倒柜拿东西，我仍觉得这是对她个人隐私的极大冒犯。

“她指定遗赠给各位的东西已经单独拿出来了。还有这个——”他从办公桌的抽屉里拿出四本不同颜色的便利贴递给我爸爸，“你们想要什么就用便利贴标记好，我会叫搬运工搬到你们家里去。你们可以慢慢找，不用着急，弄好了就告诉我。”他露出了笑容，是那种仍在为一位老朋友的离去而倍感伤心的人所能流露出的最坦诚的笑容。过了一会儿他问道：“还有什么疑问吗？”但我们当中没有人愿意打破沉默。

“我想我们都清楚了。”妈妈抽泣着说。最近我们总是这样无休无止地流泪。每当其中一人开始哭泣，总会有另外一人也加进来，好让哭泣的人止住泪水。不知道这样的循环什么时候才能结束。

“如果没有问题，就请大家再签几个名。”哈里说。我们站了起来，在他的办公桌边上围成一个弧形，在他手指的各个地方签下我们的名字。

轮到爸爸签名的时候，他对哈里说：“谢谢你所做的一切。”他们握了握手，然后拥抱在一起，轻轻地拍着对方的背，拍了很长时间。我想办法把视线转移到其他地方。

“海伦对我来说太重要了。”哈里松开手，又开始流泪，“她就是我的整个世界，而你们又是她的整个世界。我很开心能在这件事上略尽绵薄之力。这也是我能做的最后一件事了。”

我看见亚伯慢慢朝门边移动，他以为接下来还要跟人拥抱——他最讨厌和人拥抱。他把咖啡纸杯端在胸前，好像这样可以保护自己。

到了停车场，我们都局促不安地站在车子旁边，呼吸着春天的气息，谁都不想钻进车里。现在正值人间四月天，空气略有一些干燥，阳光明媚，晴空万里。

我手里仍紧紧地抓着那一沓信。我的家人开始讨论中午去哪里吃饭。他们的话和周围的声音交织在一起，变成了让人无法分辨的噪声。我低头看着信件，最上面一封信上除了我的名字，还写了一个数字“1”，数字的下方写着：“马上拆开！”

“洛蒂，午饭吃三明治怎么样？”我听见爸爸喊我的名字，把我从游离的思绪中拽了回来。

“稍等我一分钟好吗？”

妈妈说：“等多久都行，不着急。”接着他们三个人就上了车。我往旁边走了几步，来到了一张小铁凳边上。

我坐了下来，发现自己浑身发抖。这些信件用麻绳捆在一起，厚厚一沓，外表呈乳白色，静静地躺在我手里。信的编号从1到23，信封上全都写着我的名字。这些字迹有各种各样的颜色，有蓝色、绿色、紫色、金色。我姑姑很喜欢摆弄笔墨纸张，她小说的初稿全部都是手写的。

我打开第一封信，仍然全身颤抖。

亲爱的洛蒂：

希望这些事情不会太糟糕。我告诉哈里要给你们准备咖啡，我从未见过哪个家庭会像我们家那么爱喝咖啡。我希望尽量让你们觉得舒服一些，也希望你们喜欢我留下来的东西。把五成的财产捐赠给图书馆和慈善机构好像有点儿多，但坦白说，我所拥有的财产真的很多很多，所以我留给你们的其实还有不少。

但事情并不像我想象的那么轻松。我一小时前坐下来给你写这封信，到现在为止，我已经浇完了所有的花，洗好的衣服也挂出去晾了，洗碗机清空了，还把一个原本就井井有条的书架整理了一遍。可我只写完了两段简短的话，重要的事情还只字未提。

好吧。继续。

洛蒂，你绝对是一个特别的人。我亲眼看着你和你的弟弟长大，从可爱的小宝宝成长为聪明活泼的少年。我多希望自己还能活下去，看着你们茁壮成长、不断学习。但是这已经不可能了。

在我离开之后，或许这些信件能在一定程度上代替我。我知道，我随时都可能离开。其实我还完全没有做好离你们而去的准备，我想（恕我冒昧）你也没做好我将离去的准备。所以，我希望这些信件能让你好受一些。我想，你可能最需要缓冲一下才能承受这件事情。对你的妈妈、爸爸还有亚伯，我倒不是很担心。但我知道你一定很难接受这件事，这也是我最不愿意离你而去的原因之一。我多希望自己还能继续活下去，再给你一点点帮助，帮助你克服那些根深蒂固的焦虑和挥之不去的紧张情绪（我们俩都有这个问题）。

总之，请按顺序打开这些信，在前一封信设定的任务没彻底完成之前，不可以打开下一封信。不要被悲伤压垮，这对你百害而无一利。

这些信读到最后，会有很有趣的事情出现。

我的意思是——

有一个秘密我保守了很长很长时间。如今（我已行将就木）正是揭开这个秘密的绝好时机。

但眼下你要做的就是保重身体。我想你现在已经不在哈里的办公室了，有可能你正坐在外面读这封信，而你家人坐在车里等着你（除了焦虑，我们俩还都很没有耐心）。洛蒂，请先回家，找点儿有意思的事情做，比如找本书来读。明天的信会很有趣，我向你保证。

爱你的海伦

又及，如果到了彼岸我还能有思维和情感，我肯定会想死你的。

我小心翼翼地把信折起来，放回信封里。我没有哭，但眼睛有点儿红，喉咙也有点儿发干。姑姑的话总是那么真切，紧扣着我的心。仿佛她就站在这张小铁凳后边，在我的身后对我说着这些话。

不，海伦姑姑没死，她不可能死。这一切都是一个诡异的玩笑，就像是万圣节的时候她把屋子装饰成圣诞节的样子。

我回到车里，靠着亚伯坐在后排座位上。

“怎么了？”爸爸马上问我，妈妈则用胳膊肘在他的肋骨上顶了一下。

“没什么。”我轻声回答，这时爸妈很神秘地交换了一下眼神，接着妈妈迅速点了点头，亚伯则轻轻地叹了口气。“以后再告诉你们吧，”我解释道，“我只是需要一点儿时间。”

“没关系，亲爱的，我们理解。”爸爸说，“会好起来的。”

我知道他是什么意思。但实际上不会好起来的，至少现在不会。

房子里没有人。马戈马上就发现了这一点，因为关门声似乎比平时更重，他们的脚步声也产生了回音。阿尔文把书包扔到地上，开始喊他的爸爸妈妈。

“妈妈！爸爸！”

“他们不在家。”马戈说道，但阿尔文没听见她说的话，蹦蹦跳跳地跑上楼。马戈只得跟上去，累得直喘气。她想让他明白，爸爸妈妈不见了，这里可能不安全。

“妈妈！爸爸！”阿尔文喊道，他冲进父母的卧室，打开灯。

床上一团糟，但他们的爸爸妈妈不在那里。

地上倒着一盏坏掉的灯。墙上那张全家福照片被弄歪了。窗户也被弄坏了，晚风吹过，窗帘像幽灵一样静悄悄地飘着。

“阿尔文，”马戈又说道，这次她的声音压得很低，几乎是耳语，“他们不在这里。”

——节选自《阿尔文·哈特与风衣男子》

2

要吃午饭了，气氛有些压抑沉重，我们每个人都沉浸在自己的世界里。我一刻也不想让这些信离开我的视线，害怕它们会遭遇什么突发状况，比如随风而逝，或者自燃，又或是消失在稀薄的空气里。所以，爸爸妈妈去熟食店打包三明治的时候，我就在车里等着，守着这些信件。吃饭时，我也把信件整齐地叠放在我的餐盘旁。爸爸妈妈和亚伯很想知道这些是什么信，想知道第一封信里写了什么。但是如果我说了，我一定会忍不住哭泣，而且可能会一直哭个不停。我可能会像爱丽丝一样，在我家的厨房里长泣不止，直到淹没在泪水汇聚而成的河流中①。

① 在英国著名儿童文学作家刘易斯·卡罗尔的代表作《爱丽丝梦游仙境》中，女孩爱丽丝追随一只会说话的白兔掉进兔子洞，由此进入一个神奇的国度。在吃过一块小蛋糕后，爱丽丝长到了两三米高，哭出来的泪水变成一座眼泪池。后来，她又缩小到大约五厘米，掉进了这座眼泪池。

吃过午饭，我走进自己的房间，小心翼翼地把这些信件铺在床上，然后拿起我收藏的“阿尔文·哈特”系列小说，把它们按顺序摆放好。这些书我已经读过无数遍，当我还是个小女孩的时候我就深深地爱上了它们，书中每一个情节的转折我都了如指掌。我这套书已经被翻得皱巴巴的，破旧不堪，但亚伯那一套却是崭新的，还没开过封(这是他得到的第二套)，他把这套书放在他书架的最上层——带玻璃门的那一层。

我听说亚伯的朋友们曾经嘲笑他收藏童书，还放在他房间里展示。但后来亚伯告诉他们每本书的价值（首版首次印刷，还有海伦·里夫斯亲笔签名），他们就再也没有嘲笑过他。

我挑出我最喜欢的《阿尔文·哈特与永生社》开始阅读。在读这本书的时候，我仿佛已经不再置身于我的卧室，不再悲伤，也不再是我自己。我变成了阿尔文·哈特和马戈·哈特的一个未曾谋面的朋友，跟随他们一起逃离了永生社，去寻找他们失踪的父母。书中的主人公遭遇了很多危险，但不会受到任何身体上的伤害，因为他们找到了长生不老的秘密，喝了长生不老泉的泉水。阿尔文·哈特和马戈·哈特都是长生不老之人。

我不禁想，如果姑姑面前也有这样一瓶长生不老泉的泉水，她会怎么做呢？如果这瓶泉水能救她的命，她会选择永远活着吗？

只过了一顿饭的工夫我就读完了半本书。这就是这一系列书的魔力——每次阅读都像是第一次读，让人手不释卷。

我一直读着，就这样几小时过去了，又仿佛是已经过去了好几天，突然有人来敲我的门。是爸爸，他轻轻地推开门问：“我可以进来吗？”

“当然可以，爸爸。”我回答道。

他推开门，端着半杯酒摇摇晃晃地走了进来（真的是摇摇晃晃，他看上去有点儿失落）。他坐在我的床上，叹了口气。

“你还好吗？”我问。

“我没事。”他说，“这算是对我们的一个小小的警告，这很好。但这样的警告不能太多，否则这些事将在我们心头挥之不去。你明白吗？”

“我明白。”

“你还好吗？你待在屋子里有段时间了。”

“我只是在读书。”

“啊，阿尔文。”他拿起我床上的第一本书——《阿尔文·哈特与森林中的房子》，这是姑姑二十三岁时出版的一本书。当时她身无分文，住在我爸爸的车库里，大学毕业已经两年了，仍然拒绝找工作（这让爸爸很懊恼）。“我不需要吃饭，”有一次，她对爸爸说了这句很有名的话，“我只需要写作。”

“这些书，嗯，孩子呀。”他停顿了一下，抿了一小口酒，又叹了口气，“我很高兴你们这些孩子有机会好好了解海伦。你们在秘鲁的姨妈和舅舅……你妈妈一直希望他们能住得更近一些。家庭是很重要的，孩子。”

我知道。

爸爸似乎已经有点儿醉了。可能没人注意，但我敢保证他已经喝了三杯红酒，这正好是他变得内省、深刻而富有哲思所需的量。

但我觉得他应该喝，而且他这种状态不会持续太久。等他喝完第三杯酒，他就会在十五分钟之内酣睡过去。喝醉这件事并不会经常发生，可一旦发生，爸爸后面的行为就会像钟表一样准。

“我知道家庭很重要，爸爸。”

他接着说：“这就是为什么我很高兴你和亚伯能在一起。海伦和我是一起长大的，我们亲密无间。我很高兴你和亚伯也是这样。”

“我也很高兴。”

“你姑姑是来旅行的。”他又呷了一口，这一口他喝得很少，酒几乎没有沾到他的嘴唇。他向后转过头，盯着窗外。窗户被窗帘遮住了，所以我猜他是盯着我的窗帘看。

“你的意思是？”

“总是有……一些事情，一些关于她的事情。”他有些犹豫地说。

“什么事？是说她超级有名吗？”

他跷起了腿，笑着说：“不，傻孩子，不是这样的。其实我也说不好，只觉得她好像一直有什么事瞒着我。”

“亚伯有一箱子锁起来的漫画，他从来不让我看。是这一类事情吗？”

“也许是，也许不是。有一些奇怪的事情，你知道吗？比如有一次，我看见她拿着一个这样的小瓶子，就像这样的小玻璃瓶……”

“萨尔？”妈妈把头探进房间，打断了我们的谈话。她穿着白大褂，准备去医院里值夜班。她迅速在头脑里分析了一下目前的情况：爸爸瞪着眼睛，手里拿着一个几乎空了的酒杯，而我看上去有点儿害怕。她走进房间，趁着爸爸没有注意，冲我举起三根手指。我点了点头，向她确认爸爸是喝了三杯酒。

“嗨，亲爱的，”爸爸看见了她，“洛蒂和我只是在谈论海伦。她很棒，不是吗？你喜欢她，对吧？”

“你知道我爱你的妹妹，萨尔。她就像是我的亲妹妹。”

话音未落，妈妈突然冲过来，她动作很快，几乎成了模糊的人影。在我看清楚发生了什么之前，她已经拿走了爸爸的酒杯。爸爸站起身来，伸伸懒腰，打了个哈欠，像什么都没发生一样。

“你上床睡觉去吧。”她握着他的手说。

“上床睡觉！”他同意了。

他走在她前面，跌跌撞撞地出了房间。妈妈踌躇了一会儿，打量着我的床铺，看到了那些信件和书。她向我这边迈了一步，然后把手放在我的脸颊上。“你没事吧，亲爱的？”

“只是有点儿难过，但我没事。”

“难过总是会有的，”她说话从不遮遮掩掩，“悲伤永远不会离我们而去。但你要学会绕开它，然后它会慢慢消失，接着它就会被快乐取代。你会对你和姑姑那么亲近而感到幸福的。”

“谢谢，妈妈。”

“好好睡一觉，洛蒂。”

她亲吻我的头顶，然后走了出去。我接着看书，一直看到黎明才入睡。

第二天一大早我就醒了,《阿尔文·哈特与永生社》依然摊开在我的胸膛上。

我脑海里出现的第一件事就是海伦姑姑的信，我现在可以打开第二封信了。她告诉过我要保重身体，我基本上算是做到了，所以现在我可以读第二封信。

我从床上坐起来，小心翼翼地拆开第二封信，眨了眨眼睛让自己清醒，接着便开始阅读。

亲爱的洛蒂：

我跟你说过这封信会比第一封有趣。

我冒昧地安排了一次派对，请原谅我没有事先与你商量一下（我有个方便的借口，我已经不在人世，没办法和你商量了)。一切都已经安排好了。哈里是个好律师，更是一个好朋友。我离开后，他会发出一堆请帖，并且预订房间、联系酒席承办人和花商，来安排我的守灵夜派对。看，我从来都不是一个正儿八经悲伤的人。对所有活着的人来说，这都是令人悲伤的，但他们所要哀悼的人（我这么说太过直率，不过这就是我现在的心情）——我，甚至都无法表示感谢。所以我想让你找点儿乐子，洛蒂。这就是为什么我希望你参加这个奇怪的派对。邀请函已经发出了，但其实谁想来都行，人越多越好。

派对在我离开后的第一个星期六，在一个叫作鹦鹉螺的酒店里举行。我已经让哈里将所有的房间都订下了，先到的人先入住。我希望你们都能玩得开心，我希望你们风风光光地送别我。喝点儿香槟，但别让你爸爸碰红酒。我真想用我的吉尼斯世界纪录来换取和你在一起的机会，但这样也就失去了这次派对的意义。

也许你在派对上会遇到有趣的人（我有很多有趣的朋友）。

爱你的海伦

她去世之后的第一个星期六是……

今天。就是今天。我拿起信，跑着来到楼下，在餐桌边上找到了妈妈，她将头枕在胳膊上睡着了。每次值了一夜的班之后，她都会在各种奇怪的地方睡着。

“妈妈！”我几乎是大喊了一声，但尽量控制自己不要吓到她。

她被惊醒了，抬起头揉了揉眼睛，就像是一个昏昏欲睡的卡通人物。

“早上好，亲爱的。我煮了咖啡。”她迷迷糊糊地说。

“妈妈，我有件疯狂的事要告诉你。”

她晃了晃脑袋，好让自己醒过来。“你没事吧？”

“在这里，你读一读。”

我本来不打算让任何人读这些信，但这次不同。我知道如果没有亲眼看到海伦姑姑的字迹，妈妈是不会相信的。

她一边读，一边挺直了身子，显然变得迷惑、警觉起来，但很快她又满面笑容。“哇，”过了一分钟她才放下了那页信，“这就是你姑姑。”

“今天就是星期六。”

“之前我们打电话给哈里请他安排宣读遗嘱的时候，他一直坚持在星期六之前见面。我想原因就在这里。”她说。

“那我们去吗？”

“去！我们当然要去了！傻瓜。天哪，我得想想我该穿什么。”她微笑着握住我的手，“这很有趣，洛蒂。这就是典型的海伦。”

妈妈累的时候，她的口音就变得非常明显。她是百分之百纯正的秘鲁人，十三岁时移民到了美国。大多数时候，她的口音都是无法察觉的。她说她花了很多时间练习如何像“新英格兰①人”那样说话，否则，学校里的孩子们就会取笑她。

她走过来拥抱我，然后又后退一步，说：“我身上有点儿脏，也有点儿累，我要去洗个澡，然后再睡一会儿。晚上去参加派对，我的宝贝。”

这一天接下来的时间简直是一团糟。我发短信给我最好的朋友埃姆，邀请她来参加派对。我姑姑去世的那天晚上埃姆也来了，当时我给她发了一大堆乱七八糟的短信，不停地说生命多么脆弱，而人生毫无意义，二十分钟后她就到了医院。当埃姆拥抱我的时候，身上还沾染着她妈妈的烟草味，她蓝色的头发在我的脸颊上蹭来蹭去，这种熟悉的感觉让我忍不住又哭起来。

① 新英格兰位于美国东北部，由六个州组成。这里是英国人最早开发的美洲地区，为了区别于英国的英格兰，所以叫“新英格兰”。

埃姆是乡村歌手埃姆露的缩写，因为她妈妈喜欢乡村音乐。当我告诉她有关派对的事时，她回道：

天哪，太棒了！我可以带杰姬去吗？

当然可以，傻瓜。我们今晚见。

你还好吗？

我很好，爱你。

埃姆给我回了个“眼睛变成心形的黄色笑脸”的表情。

我决定穿礼服去参加派对，但不能太花哨，就穿海伦姑姑给我买的那件复古风的淡蓝色礼服吧。她喜欢复古风的东西，经常拖着我和她一起选购。虽然我很讨厌购物，但她会给我买我喜欢的东西——也是她喜欢的。这就是海伦姑姑的可爱之处，她对她偏爱的美学从不妥协。

埃姆和朋友杰姬在六点的时候就来到了我家。埃姆穿着复古的燕尾服和一件干净的白衬衫，她的袖子卷到肘部，脖子上挂着没有系好的领结。

“你知道这怎么弄吗？”埃姆问我爸爸。爸爸把她领到镜子前面，教她系领结。

杰姬盘着一头金色卷发，穿了一件正统的粉红色派对裙，里面还有一条衬裙。她给了我一个拥抱，问道：“你没事吧，洛蒂？”

“好多了，”我说，“一天比一天好。”

几分钟后，亚伯的女友艾米穿着一件淡黄色的长裙出现在我们面前。她涂着亮粉色的眼影，让双眼在黝黑的皮肤上显得很闪亮。如果换作我涂这种眼影，肯定像神经病一样。

我们分别坐两辆车去酒店，妈妈、爸爸、埃姆和杰姬坐一辆车，亚伯、艾米和我坐另一辆车。埃姆和她的妈妈并不是很亲近，她妈妈不太喜欢她交往的朋友，还认为女孩子不该穿燕尾服。但我的父母把埃姆当作自己的亲生女儿，妈妈还建议埃姆把头发染成蓝色。

“别跟任何人说是我替你选的蓝色，”妈妈说着递给埃姆一张十美元的钞票，“我不想你妈妈找我麻烦。”

虽然海伦姑姑已经把旅馆里的所有房间都订下了，但我们不准备在那里过夜，决定把房间留给其他的客人住。从酒店回家不过一小时的车程，很快就可以回去。艾米放了一些她乐队录制的新歌曲（她负责主音吉他，是我所认识的人中最酷的一个），我们一起大声地唱着歌，整个车程因为这些消遣而让人十分愉快。

当我们到达鹦鹉螺酒店的时候，我立刻就明白了姑姑选择这里的原因。这是一座水上酒店，有一个巨大的八角形舞厅，仿佛是用高跷架在了波浪上。摇曳的烛光照亮了通往前门的道路，到处都是白色的，浪漫而优雅，就像海伦姑姑一样，这幢建筑仿佛就是她的化身。酒店一半踩在沙滩上，另一半立在水中，和她一样，很酷，但又那么平易近人。

客人们陆陆续续到了。派对计划从八点持续到午夜十二点，十点供应自助式晚餐，接着是饭后甜点。我看到了一些著名作家，我在书的封皮上见过他们的照片。他们从黑色的汽车里钻出来，和大多数作家在奢华派对上一样——看起来很不自在。我还看到了新闻记者，甚至还有一些演员。我尽量不去盯着别人看。海伦姑姑非常出名，但我始终都没习惯这一点。

“我应该穿西装的。洛蒂，你为什么不叫我穿西装？”亚伯边说边把车开到酒店服务员那儿排队。

“你看起来很帅。”艾米说着，把手放在他的腿上。亚伯穿着泡泡纱裤子，搭了一件背心，但没有穿外套。

“你看起来很‘新英格兰’，”我说，“是好的那一面。”

“我本应该戴领结的。”他哀号着，拉了拉他的海军细领带，“埃姆看起来很酷，可我邋邋遢遢的。”

我们等着酒店服务员安排停车，我没再理他。亚伯今年十六岁，这辆体面的卡罗拉车是他的生日礼物，是我父母从镇上一家二手店买来的。它比我的车好一点儿，我的车是一辆比我还年长几岁的本田。但我对汽车并不在意。妈妈可能会很失望，她不能开她的新克尔维特来参加派对，因为那辆车没有后座。我对那辆车做了一些研究，虽然它价格昂贵，但正如我姑姑所说：就豪华车而言，它的设计可以说是相当糟糕。只生产了三百台，它的设计图就又回到画板前被重新设计。

轮到我们了，亚伯接过停车单把车停好。我们刚从车里出来，海水的咸味和花的香味就扑面而来。我挎了一个小包，里面装了我的钱包、手机，还有海伦姑姑的第三封信。派对结束后我就可以读这封信了，我等不及想要知道接下来会发生的事。

不只有我在等待派对的结束，还有爸爸。他抓住我的胳膊，紧紧地抓着，力气大得都快要捏碎我的骨头了。他不喜欢派对，因为他是一个麻醉师，最喜欢和睡着的人在一起。

但妈妈非常激动，她仰起头，睁大了眼睛，目不转睛地盯着鹦鹉螺酒店，成群结队的人来到了这里。“每个人都喜欢你姑姑。”她骄傲地说。

我和爸爸更有同感，我们俩都对人群没有感觉，甚至还会为此焦虑，一直都是如此。不过话说回来，我对很多事情都感到焦虑。我又想起了海伦姑姑的第一封信——“我知道你一定很难接受这件事”——她说的是对的，这点让人很讨厌。我确实很难接受，我已经感觉到焦虑正在我的喉咙深处作怪。我咳嗽了一下，想把它咳出来，但是这样做显然无济于事。

“派对会很有趣。”我对爸爸说，但语气听起来我表达的意思和我说的完全相反。

“派对会很有趣。”妈妈重复道，她这样说听起来就很合理。妈妈悄悄地钻到我和爸爸之间，挽起我们的手臂，领着我们走进酒店，并顺着摆放的蜡烛的指引走到舞厅。

这一切都如梦境一般。

整个大厅都被烛光照亮了。枝形吊灯上摆满蜡烛，墙上和桌子上放置着精致的烛台。一百万支蜡烛和白色桌布，还有不知从哪里传来的音乐声，是这里全部的装饰。自助餐的桌子摆放在中间，房间的四周是开放式阳台，所有的门都向夜空敞开。客人们走来走去，有人端着一盘食物，有人端着高高细细的香槟酒杯。

“天哪，”妈妈惊呼道，“快看那些吃的东西！”

她径直走到自助餐桌前，爸爸紧紧跟在后面，看起来一脸担心，害怕他们俩会被人潮分开。我突然想呼吸新鲜空气，便朝阳台走去。

那是一个没有风的温暖夜晚，人们大多都在餐桌边吃东西，阳台的人很少。我在想我能不能偷偷喝一杯香槟酒。这时，我突然感觉胳膊上有什么东西在动。我转过身来，看见埃姆站在我身边，手里拿着两杯香槟。

“你会读心术，”我惊讶地说，“她让我喝香槟。”

“显然，我是一个看起来已经二十一岁的会读心术的人。”她眨眨眼，又接着说，“等等，是谁叫你喝香槟的？”

是海伦姑姑。我会把信的事告诉埃姆的，但不是现在。现在我只想好好享受一下。

“是我妈妈。你知道她参加派对时的样子。”我答道。

我们举起杯啜饮。我发现香槟很难喝。

“噢，不。”埃姆看着酒杯说。

“或许它在你身上起反应了？”

“味道有点儿像呕吐物？还是你就要吐了？”

“很好玩。”

“它的味道是不是有点儿……甜？”

“我们去看看有没有别的东西吃。”

“把这些酒倒了吧，献给海伦。”埃姆提议。

我们一起把手伸到栏杆外面，翻转酒杯，酒洒到了大海里。我忍不住想海水是由多少种东西组成的，一切都被大海稀释了，但什么都无法稀释大海。

埃姆拿走了我的杯子，接着消失在人群里。

洒香槟酒让我又想起了海伦姑姑，我从包里取出第三个信封，在正常的拆信时间之前就把它拆开了。

我很高兴能听她说几句话，如果能给她打个电话就再好不过了。我要告诉她派对安排得很好，每个人都很开心，食物看上去也很好吃。

我小心翼翼地从信封里拿出了信。

洛蒂，洛蒂，我那没耐心的小宝贝。我希望你在派对上玩得开心。后面还会有我最喜欢的面包店做的纸杯蛋糕，记得替我吃一个。

是的，我知道你还在派对上。不，我并不是无所不知，我只是很会猜。(不过，如果你不在派对上，那就尴尬了。)

我不想写太多，因为我想让你有足够的时间去玩。我们长话短说吧。你喝过香槟了吗？你喜欢吗？蛋糕的味道更好。记住：我爱你，我也爱派对。为了我们两个，好好享受这个派对吧！玩得开心。

爱你的海伦

带着夸张的、无法自控的笑脸，我把信重新折叠起来，放回我的包里。

那么……怎样才能玩得开心呢？

“外面是谁？”老人粗声粗气地问道，他只把门打开了一条小缝，不过这已足够让阿尔文和马戈看清他的门框上有多少金属门链。

“他怕什么？”马戈咕哝道，“我们不过是两个逃命的人。”

阿尔文用胳膊肘顶了她一下，让她闭嘴。他们的爷爷并不是那种好客的人，而他还想给人留下点儿好印象。

“哈特爷爷，是我们，阿尔文和马戈。”等了一分钟没有得到回应，阿尔文继续满怀希望地说，“我们是您的孙子和孙女。”

“我从来没有孙子孙女，”哈特爷爷厉声说，“而且，我也从来没有在半夜登门造访的孙辈。”

门又砰的一声关了。

马戈和阿尔文对视了一下。

马戈双手抱在胸前，问道：“还有其他天才的主意吗？”

——节选自《阿尔文·哈特与神秘的失踪》

3

埃姆找到了空的可乐瓶，把白葡萄酒倒进里面。这么做真的很聪明，只是这样一来葡萄酒喝起来就有点儿可乐的味道。我慢慢地喝着酒，吃着海伦姑姑挑选的各种食物，漫无目的地从房间里面走到房间外面。

我过去常问姑姑会不会觉得疼。那段时间，每天我都给她打电话，或者去看她，而每次都会发现她的生命在一点点地萎缩。我非常害怕，却不能一走了之。我只能眼睁睁地看着她的病情不断恶化。我默默地在脑中记着那些充满可怕寓意的戏剧符号：第三十二天；苍白，虚弱；如同船行无浪无风间；目光呆滞，意志消沉。

“洛蒂。”那又是糟糕的一天，海伦姑姑无精打采地躺在沙发上，身上裹着厚厚的毯子，手里捧着一杯冷茶，她说，“你不能老是想着这些事情，你不能总是想着它。”

“难道我要假装这事没有发生？”我问。

“也不是。但你不能执迷于此。你不能让它吞噬了你。”

但我不可能看着爱的人将要死去还能淡然处之。当我从医院回家，在镜子里看着自己的脸，不可能不去想自己的身体里是否也潜藏着海伦姑姑患的那种疾病。世界上有无数种癌症，人的身体可能患上无数种疾病，这些病要打垮一个人，要把一个人的身体耗空，而那个人无能为力。

我最近一直在想这些事情。

我的脑子常有这样的问题：它总会找到那些让人困扰、恐慌的事情。我第一次焦虑症发作的时候是十一岁，只有海伦姑姑明白是怎么回事，只有她知道我不是心脏病发作。她让我坐在沙发上，对我说，那种感觉，那种不知所措的感觉，那种让人瘫软无力的感觉，她也曾经有过。

在她的第一封信中，她说，她并不很担心亚伯和我的父母，她更担心我，她知道我最难接受这件事情。她还写道：“这也是我最不愿意离你而去的原因之一。我多希望自己还能继续活下去，再给你一点点帮助，帮助你克服那些根深蒂固的焦虑和挥之不去的紧张情绪（我们俩都有这个问题）。”

那些焦虑来来去去，有时也会消失不见。但是此刻，就在眼下，我能感觉到它们又鬼鬼祟祟地出现在我大脑的某个角落。

“你还好吗？”有人问道。我想肯定是亚伯，但是我无法回头看他，也无法移动我的双脚。我一只手拿着装着白葡萄酒的可乐瓶，另一只手握着栏杆。不知道现在是几点钟。有人在播放音乐，有人在房间里跳舞，人们大声地欢笑着，而我却一个人待在这里。

就这样过了一会儿，我的身体慢慢缓解过来。我转过身去，发现说话的人不是亚伯。

“我很好。”我飞快地说。当我们还是孩子的时候，就学会了这种自动回答——我很好。尽管一点儿也不好。当我们在脑海不停地思考死亡、行将就木和寿终正寝时，我们也说“我很好”。

站在我旁边的这个男孩和我年龄相仿，身高也跟我差不多。我不认识他，但不知为何觉得好像在哪里见过他。他有着一头棕色的头发，呈波浪状落在肩膀上，眼睛也是棕色的，身上穿着一套非常合身的西装（我以前从没注意过其他人的穿着打扮是否合适，但西装确实很适合他）。他手里拿了一杯闪闪发光的东西。一定是水，我想。

他周围的空气给人一种异样的感觉，仿佛颜色更深，是一种近乎黑色的墨蓝。我眨了眨眼睛，这种异样的感觉很快又消失不见。

葡萄酒喝得我头昏眼花。

“你确定吗？”他问道，“你看起来好像在发抖。”

“嗯，是受了里面的影响。”我说着，伸手指了指里面开派对的人。我的动作很夸张，希望他能明白我的意思。

“好吧。”然后他有些伤心地问，“你认识海伦吗？”

“我是她的侄女。”我说道。不过我又想，我是不是不应该说我是她的侄女。但我也不能因为海伦姑姑已经离开人世就不再是她的侄女吧。

“我是萨姆，”他说着伸出手，“我认识你姑姑。她提到过你，但我不记得……”

“洛蒂。”我说着也伸出手和他握了一下。

“你的脸色还是有点儿苍白。你想喝点儿这个吗？我没有喝过。”

他递给我一杯水，我端起杯子来大口地喝，直到把水喝完。我把空杯子还给他，他笑了起来。

“对不起，”我说，“你是怎么认识她的？”

“我在大学里上了她的课，不久之前。”他说话好像带一点儿口音，但很难分辨是哪里的口音。

我姑姑每年在州立大学里教一门课。“找点儿事情做，”她总是这样说，“想让自己的头脑保持敏锐，就要和年轻人待在一起，你明白吧。”姑姑说这话的样子就好像她不是四十岁，而是已经八十岁了。（报纸上说：仅仅四十岁，她美好的人生故事就这样以悲剧结尾了。）

“你在读大学吗？”他看起来不像大学生。

“不是，”他说，“我只是旁听。”

“什么意思？”

“我只是去蹭课，我想听听她在课上讲什么。你姑姑……嗯，你知道的。”

我确实知道，我姑姑感动了这么多人，我为此高兴。但有时候这也让我觉得很奇怪，似乎我需要和公众分享她，看着那些以为自己了解她的陌生人表达对她的喜爱。这是公众人物生活的一部分。海伦姑姑是我的，但她同时也属于其他许多人。这并不冲突。

“我知道。”我答道。

“需要我再给你拿点儿水吗？”

“好的，谢谢你。”

“我们可以去个安静一些的地方吗？我很想和你再说说话。”

我正要回答的时候，埃姆从最近的门冲出来扑向我。杰姬跟在她后面，显得娴静得多，不过她看起来很开心。埃姆装模作样地喝着酒，吸引了我的目光。

“我猜你喜欢这种汽水酒，埃姆？”我把她从我的肩膀上推开。

“它的味道像泡沫。”她咯咯地笑着说，看见萨姆，她伸出手戳了戳他的肚子，“哎呀！对不起！”

“没事。我是萨姆。”

“我是埃姆！我们的名字都是单音节，还都以M结尾①。听起来很有趣。以M结尾，杰姬，你说一遍。”

“我想我说出来就没那么有趣了。”杰姬抚摸着埃姆的头发说。

“等等……每个名字都以M结尾吗？我想不出一个不以M结尾的名字。”埃姆皱着眉头，很严肃地说。

“洛蒂，杰姬，亚伯，艾米，海伦，玛丽索尔，萨尔，等等。”我说。

“哎呀，我还以为我发现了一个大秘密呢。”埃姆看上去有

---

①“埃姆”和“萨姆”的英文单词分别为Em、Sam，均系单音节词。

点儿失落，不过很快又恢复了正常，把注意力转回到萨姆身上，“再问一下，你是谁？”

“我是萨姆。”

“不，不是名字。我是说，你是谁？在生活中，在生活中你是谁？”

埃姆已经完全处于一种飘飘然的状态了。我怀疑她喝了至少两瓶汽水酒，所以接下来几小时，她会一直这么搞笑。

“哦！在生活中。我的名字叫萨姆。”

“这你已经说过了。”埃姆打断了他的话。

“我是一名高中生。”

“不是我们学校的，对吧？”杰姬问。

“不，不是。我住在神秘镇[①]。”萨姆说。

“神秘镇？这是一个虚构的地方吧。”埃姆笑了。

“我们现在就在神秘镇，埃姆。”我说。

“等等，神秘镇不是一个虚构的地方吗？”

“欢迎来到康涅狄格海岸。”萨姆指着外面的水面说。

“但它的名字是神秘镇。”埃姆争论道。

“事实上，这是一个有趣的小地方。准确地说，我们是在康涅狄格州的斯通宁顿。”萨姆解释说。

“是的，斯通宁顿。”埃姆点点头，“这才算是地名。”

“但它也叫神秘镇。”杰姬说。

① 神秘镇是位于美国康涅狄格州的沿海小镇，因神秘河穿城而过而得名。

“它怎么可能同时叫两个名字呢？”

“这就有点儿像华盛顿特区，”萨姆说，“你知道，它不是一个州。它只是……只是一个地方。”

“我被你弄糊涂了。”埃姆说。

“好吧。”萨姆说着向我眨了眨眼。这算得上是一种私密性的举止，陌生人对你眨眼，这种感觉好奇怪。有点儿友好，又有点儿让人不安。

“神秘镇，”埃姆还在思考着这个名字，“听起来像是有魔法的地方。”

“它是由一个词衍生而来的，米斯-杜克[①]，意思是一条流动不息的河流。”杰姬这时说，我们都惊讶地看着她，她又说道，“怎么了？我懂很多的。”

“值得怀疑。”埃姆说，“我要去卫生间。”

埃姆转过身离开了。杰姬笑着搂过我：“她喝了两杯酒，洛蒂。”我就知道她喝多了。“我最好去看看她是不是能找到卫生间。哦，很高兴认识你。我是杰姬。”她转向萨姆，和他握了握手，然后离开去找埃姆，她粉红色的衣服沙沙作响。

“她们很有趣，”萨姆说，“我喜欢蓝色头发那位。”

“她什么颜色都染过，不过蓝色最好看。”

“她看起来很开心。”

“我也应该开心一点儿。”我突然想起了海伦姑姑的那封信，

---

① missi-tuk，印第安语中的词汇。

它现在躺在我的钱包里，沉甸甸的。

“是啊，你想跳舞吗？”

“你不用……你不需要特意让我开心。”

“如果我想跳舞呢？你想吗？”

“真的有人在跳舞吗？”

我们朝敞开的门走去，看见舞池里有一小群人。我看到亚伯在做很复杂的太空步，艾米则蹲在他旁边抱着肚子大笑。

基本上所有人都在跳舞。妈妈和爸爸也在舞池里转来转去，令人头晕目眩。我看见埃姆从卫生间里出来，握着杰姬的手，带着她穿过人群，在DJ附近找到了一个地方。等等，DJ？

“这里有一个DJ？从什么时候开始这里来了个DJ？”我问。

“那是克劳德，很红的一位DJ，我猜。”萨姆说。

“你猜？”

“我用谷歌搜索了一下。”

“你是来自英国吗？还是别的地方？你的口音……”

“哦，不。我在神秘镇出生，也在神秘镇长大。”他说。

“我姑姑很喜欢神秘镇，喜欢它那种城中城的感觉，就像一个秘密。”

“对不起，”萨姆说，“我看得出她对你很重要。这里一定是你最不想来的地方。”

“跳舞好像很有趣。如果你还想去跳舞的话，我愿意去。”

萨姆拿过我手中的杯子，握住我的手。我们走回舞厅，他把空杯子放在桌子上。他的手很温暖，甚至有点儿发烫，但我觉得很舒服。我们挤过跳舞的人群，在舞池中找到了一个位置。我看到了我姑姑的律师哈里，他正和一个戴礼帽、穿燕尾服的人翩翩起舞。这里就像是在举办毕业舞会，只不过更大、更吵闹，也更疯狂，好像人们全都靠跳舞活着。

“就像骗人的把戏。”我小声地自言自语。

“嗯？”萨姆问道。

“没什么。”

这是个不错的说法，我要记得稍后告诉亚伯。

大家似乎都玩得很开心。我和萨姆一起跳舞，他拉着我的手。一开始很轻松也很有趣，他跳舞比我想象的要好，动作十分流畅轻巧。他很可爱，却又带着点儿严肃。

“你跳得很好。”我透过音乐大喊道。他把他那只空闲的手放在耳朵上来聚拢声音，但即便如此，他还是听不清我的话。

然后，突然之间，就像有人按下了开关一样，这一切都变得不再有趣。周围的笑声、音乐声、说话声刹那间变得黑暗甚至险恶。我不明白这些有什么意义，我们为什么要做这些事，为什么要扭动身体跳舞，为什么要交朋友、读书、打扫房间？所有这些事情在一百年后都不再重要，因为到那时这里的每一个人都会死掉，即使是这里最年轻的，即使是本不该待在这里的孩子，也全都难逃这一命运。我们应该回家躺在床上睡觉，而不是在看不清人脸的人群中跳来跳去。我们都会像海伦姑姑一样死去，因为除了在书中之外，没有人能永生。除了阿尔文·哈特和马戈·哈特之外，没有人能永生。但阿尔文和马戈并不是真实存在的人。

“你不能这样考虑问题。”姑姑会这样告诉我，但她已经不在这里了。不管你有多好、多出名、多么受人爱戴，到了最后都不再重要。没人能永生。没人能战胜死亡。

“到底出什么事了？”萨姆喊道。但我听不到他的声音，只是读了他的唇语，他的嘴型在问：“你怎么不跳舞了？”

“很高兴见到你。”我靠近他，把嘴凑近他的耳朵，“但我想我该走了。”

我把他扔在舞池里，移来动去的人群很快就将他的身影淹没。我离开舞厅，躲进卫生间里，直到大家准备离开。在那之后，我就再也没看见他。

马戈有时会抛下阿尔文，偷偷一人回家。

如果这事让阿尔文知道了的话，他肯定会气得杀了她（让他试试好了，毕竟她是不死之身）。

马戈的脖子上戴了一条长长的银项链，项链上面挂着一把钥匙。她打开后门，悄悄走了进去。想到这所房子曾经并不是这样一个空荡荡的、可怜的躯壳，马戈不禁一阵心痛。

她告诉自己不要哭，因为眼泪会使眼睛变红，模糊视线。

妈妈、爸爸、阿尔文，还有她自己，他们四个人还能再回到这个屋檐下吗？

这个空空落落的房子还会再次有家的感觉吗？

她从这里离开时总是记得把门锁上，即使里面已经没有什么值钱的东西了。

——节选自《阿尔文·哈特与风衣男子的归来》

4

回家的路上大家都很安静。艾米脸贴在车窗上睡着了，亚伯打开了收音机，但声音开得很低，我几乎都听不见。我看着大海从身后渐渐消失，想起了萨姆，想起今晚有多少人参加了派对，不知道姑姑认识的人里有多少是我从未见过的。我想，即使是你最亲近的人也可能拥有很多秘密。

我们到家后，爸爸妈妈把艾米和杰姬安排在客房睡，我和埃姆则像我们小时候那样爬上我的床。埃姆打开手机上的手电功能，在天花板上做出各种影子图案：小狗、兔子、鹅，还有鬼脸。她蠕动着嘴皮子说："我看见你和一个陌生男孩跳舞了。"

"他是萨姆，你不记得了吗？你还和他说过话。"

"说实话，我不记得了。"埃姆回答。过了一会儿她又说："我想起来了，他是谁？"

"可能是我姑姑的学生吧。"

"他看上去不错啊，你要他的电话号码了吗？"

“要他的电话号码干什么？”

“很明显，你可以打电话给他，和他约会呀。”她一边说，一边把手放回到身体两侧，不再继续做手影。

“他住的地方离这里很远。”我说。

“也就是一小时的路程。”

“太远了，基本上算是异地恋了。”

“你认为稍微远一点儿就是异地恋。你不是一直觉得储物柜在不同的走廊就是异地恋吗？”

“不过那么远真的很麻烦。”

“我能问你一个问题吗？”埃姆关掉手电，把手机放在枕头上，向我转过身来。借着窗外的月光，我能看见她的脸。“你为什么躲在卫生间里不出来？”

“我没有躲在卫生间里呀。”我飞快地否认。

“你就是躲在卫生间里，你总是这样。每当我找不到你的时候，我就会去卫生间的小隔间下面找你的鞋子。”

“当时我很累，不想再跳舞了。”

“怎么了？”

“我不知道。可能只是想清静清静。”

“你看上去似乎有点儿遥不可及，也许这么说不对，因为我知道你现在非常难过。但我担心你会一个人躲起来，担心你不跟我说你的伤心事。你必须记住，如果不开心，你要跟我说，不能把这些事情装进瓶子里封存起来，知道吗？”

“她给我留下了好多信。”我突然说道。毫无计划地，这件事就这样说了出来。

“海伦？”

“是的。她留下了一些信，有点儿像在……指引我。”

“指引你干什么？”

“到目前为止都是一些小事情，比如，要保重身体、去参加派对、吃纸杯蛋糕。糟糕，我忘记吃蛋糕了。”

“海伦给你留了一封信，叫你吃纸杯蛋糕？”

“别用这种腔调说话。”

“对不起！我不是故意的……我只是在想，这样很好。”

“很好？”

“有这些信很好，就好像她还和你在一起，不是吗？”

“是的，是的。这很好。”

“对呀！就是！”

埃姆从床上跳了起来，现在已经非常晚了，她之前又喝了很多白葡萄酒兑可乐，竟然还这么有活力。她抓过她的旅行包，在里面翻找了一会儿，掏出一沓餐巾纸，笑容满面地递到我面前。我小心翼翼地剥开，一层又一层，最后发现里面竟然是一个被挤得很扁的纸杯蛋糕。

“不会吧！”我惊讶地说。

“我偷偷带出来的。”她耸耸肩说，“你现在可以做她让你做的事情了！”

“哦！你真是太好了！”

“别人也这么说。”她爬回床上，我估计她在三分半钟内就会呼呼大睡。

我在书桌前坐下，慢慢地吃着纸杯蛋糕。这是姑姑最喜欢的那家面包店做的。她总说做蛋糕全靠糖霜，是糖霜决定了蛋糕的成败。这个纸杯蛋糕的糖霜很好，非常好吃。我吃完后用餐巾纸擦了擦手，然后把纸巾扔进了垃圾桶。这些都完成以后，我找到了姑姑写的第四封信，此时埃姆正在床上轻声打鼾。我展开信，开始阅读。

洛蒂：

我希望派对很成功。天哪，我太喜欢有趣的派对了。不过糟糕的派对我也喜欢，因为这样你就可以偷偷找点儿东西喝，和朋友一起去阳台上，做自己喜欢的事。

我觉得下一个任务可能不那么有趣，但它很重要。

我要你去跟我的房子道别。

大声地跟它道别（我就是这么做的，因为我患癌症就要死了，我可以做任何我想做的事），这听起来有点儿傻。

人要怎么和房子告别呢？

但是，哦，我喜欢那栋房子。我跟你和亚伯一样，都喜欢那栋房子。我们在那里玩槌球[①]游戏（这是最愚蠢的游戏）、做巧克力蛋糕、看电影……我私底下很开心我的工作狂哥哥和一个工作狂女人结婚了，这意味着我可以经常和你们这些孩子在

① 槌球是在平地或草坪上用木槌击球，让球穿越铁环门的一种室外游戏。

一起，并且有很多机会一起出去玩。我要是还能和你们出去玩个几百回就好了，为此我愿意付出任何代价。

而这栋房子很快就会变成别人的。不过这也没关系，将来还会在里面发生各种各样全新的故事。

但我认为，它的一部分永远只属于我们。

去替我对那座房子说再见吧。

爱你的海伦

我把信放下，看着埃姆翻了个身又睡着了。我试着想象一个新的家庭搬进海伦姑姑的家中，随后大脑就开始愤怒地抗议。

这么做是不对的，我明白，因为另一种选择更糟糕——让这栋房子一直空着，这没有任何意义。我想起了马戈，父母失踪之后她一个人在曾经的家里游荡。我感到心碎，为她，为我自己，也为我们不得不承受的种种失去。

我毫无困意，于是蹑手蹑脚地穿过房间，从书架上取出《阿尔文·哈特与风衣男子的归来》，随便翻到一页开始阅读。

我醒来时，埃姆已经走了。不管前一天晚上睡得有多晚，她总是在破晓时分就起床去跑步。她是我们高中田径队的金童，我从来没见过谁能跑得跟埃姆一样快，她肯定会获得全额奖学金保送进大学的。她常常说，她跑得快是因为这个世界上有很多脑子僵化的人，她需要远离他们。

爸爸妈妈和亚伯也已经起床了。我告诉他们我要去海伦姑姑家，他们问我可不可以一同前往。我这才想起哈里还给了我们一项任务，就是再去看看姑姑家的遗物里是否有我们需要的东西。这件事情原本让人很不舒服，但我现在很高兴我不必孤身一人前去了。

我们四个人上了车，往姑姑家开去。一阵熟悉的紧张情绪又冒了出来。

以前，姑姑和我一起坐在车里的时候，我们总是喜欢数来往的车辆，蓝色的、红色的，比赛看谁先看到最多指定颜色的汽车。而现在，我发现自己又在数蓝色的汽车，同时努力地思考乳腺癌到底是遗传的还是随机发生的。我想不起爷爷奶奶是怎么去世的，亚伯和我那时还小，我们不被允许参加葬礼。根本没有人能解释什么是死亡，我也希望我永远都不需要知道这个问题的答案。

亚伯坐在我旁边，拿着手机玩游戏。他的手机屏幕上是一堆不同颜色的圆点，我看他玩这个已经好几个月了，可还是搞不懂那东西有什么好玩的。

“你得到了姑姑的书，高兴吗？”我问他，试图用说话来阻止我的思绪堕入悲伤的旋涡。

“你在开玩笑吧？我当然高兴了，她可能有几万本书！”

“你准备把这些书放在哪里？”

“客房。”他马上就给出了答案，显然他已经考虑过这件事了，“墙上那些内置的书柜全都落满了灰尘。也许我会搬进去住，正好换个房间。也许我会把它当作我的第二间卧室。你知道吗？她收藏了罗尔德·达尔每一部作品的第一版！我迫不及待……”他说到这里突然脸红，转过身清了下嗓子。

“你是想说迫不及待要去闻那些书？”我问。

“当然不是。”他咕哝道。

“你知道那是霉菌，对吧？你闻到的是霉菌的味道。”

“那不是霉菌，”他略微提高了他的音调。不过，很快他就意识到自己只是在为书辩护，又降低了音量，“那是化学分解……你懂什么？不关你的事。”

“你这人一闻到墨水味就兴奋。”

“我不想跟你谈论这事。”他不耐烦地说。

我向窗外望去，惊讶地发现我们已经到了姑姑家，车也停在了她家的车道上。我竭力不去想象她就站在前廊上等着我们，脚穿拖鞋，头顶发髻。

我已经有一段时间没来这里了。姑姑在医院度过了她生命的最后几周。那时时间太紧，已经来不及给她安排姑息治疗[①]或把她转到别的医院，只能想方设法把她的病房弄得舒适一些。我们一天天看着她的生命之烛逐渐暗淡。我一直希望能有奇迹发生。后来，我也不再期待奇迹出现，只希望姑姑能好受一些。

她死后，很多人排着队来见姑姑最后一面。我站在海伦姑姑的病房里，一遍又一遍地给埃姆发短信：

---

① 对那些对治愈性治疗不反应的病人完全的主动的治疗和护理，控制疼痛及患者有关症状，并对心理、社会和精神问题予以重视。

你认为人死后会怎么样？

会觉得疼吗？我的意思是说，你觉得每一个人死的时候都会感到疼痛吗？

你想过这些事吗？比如我们所有人总有一天都会死，一定会死。

活着真的有意义吗？

我们这些人都在干什么呢？我们做的这些事有意义吗？

“好了，我们到了。”妈妈打破沉默。我们已经在这里待了两三分钟了，但是没有一个人吭声，汽车还没熄火。她把手伸到爸爸那边，关掉了引擎。

“我们到了。”爸爸悲伤地附和道。

海伦姑姑的房子是一栋白色的维多利亚风格的建筑，有环形门廊、阁楼和三角形屋顶，就像恐怖故事书里的房子一样，只不过它一点儿也不可怕。也许到了晚上会有点儿吓人，但现在它空荡荡的，看上去只会让人感觉伤心。

我先从车里出来，然后绕到房子的另一边去拿钥匙，钥匙就放在她门廊前的一棵树下。那是一把备用钥匙，挂在一根生锈的旧铜钥匙链上，上面还挂了一只米老鼠。我只想单独待一分钟，于是我打开了房子的后门，在里面慢慢地走，我的家人则留在外面。

房子很大，很安静，稍微有点儿陈旧——这也许只是我的感觉。里面的空气很不好，于是我打开了几扇窗户，拉开窗帘让阳光照进来。如果我们愿意，我们可以住在这里。哈里已经明确表示过，我们可以拿走我们想要的任何东西，我确信他的话里包括这栋房子，或者海伦姑姑的任何一栋房子，或者她的任何东西。但我知道我们永远不会到这里来住：因为这里离我们家有一小时的路程；因为它太大了，我们习惯了住小一些的房子；因为任何时候我们醒来，任何时候我们在屋子里走来走去，都会穿过姑姑的“魂魄”——她有上百个魂魄，我们得和她一起吃东西，和她一起浇花，和她一起读书。不，我们必须离开这栋房子。这房子是给别人的。

“再见，房子。”我试探性地对着房子前面的入口低声说道。但我的话立刻消失得无影无踪，再也承载不了任何意义。

我打开前门，妈妈和爸爸在走廊上站着，不耐烦地互相耳语，看起来是在驳斥对方。亚伯还在摆弄他的手机，手指在触屏上飞快地移动，可能是在给艾米发短信。

“我们先从楼上开始吧。”爸爸用手指了指自己和妈妈说，“亚伯，你想去地下室看看吗？洛蒂，你是不是想在这一层逛逛？”

他指的是一楼，包括一间厨房、餐厅、客厅、阳光房、书房、三间卫生间，另外可能还有四五个房间，具体多少我也忘了。

爸爸递上了哈里的便利贴。我拿到的是蓝色便利贴，妈妈拿到的是红色，亚伯紫色，爸爸自己则留下了绿色。

“别傻了，”妈妈轻轻地说，“我们家也有不少房间，只是没这里多。如果需要什么家具或者大件……我们还是自己去买吧。”

“什么，你不觉得那架大钢琴可以搬到我的房间里去吗？”我问。我本来只是开个玩笑，但接着我就想起海伦姑姑如何教亚伯弹琴，她耐心地教他弹不同的音阶，解释白键与黑键之间的区别。

“数一数，”我有一次听到她说，“你自己数一下总共有多少个琴键，你就再也不会忘记了。”

八十八个。

我也数了一下。虽然我对学钢琴没有兴趣，但我不想被冷落。

亚伯把手机放在他的后口袋里，眨了几下眼睛，然后对我淡淡地一笑。“没事的，”他说，“没问题。”

我们就此分头行动。偶尔我听到父母在楼上说话或争吵，地下室还传来一声特别响亮的撞击声，除此之外什么都没有，我感觉自己仿佛是孤身一人。

我先从书房开始（现在已经空空如也，因为所有的书都被搬走了），然后从她的书房走进阳光房。阳光房在房子的后面，里面满是她好不容易养活的植物。我在那些会让我想念她的，或者我不希望被送去拍卖的东西上贴了便条，包括一个像地球一样的镇纸——在里面还可以看到星系；她收藏的钢笔；一个小盆景，盆景中有一张微型金属桌和椅子，好像有一群仙子在此饮茶，在我到来之前刚刚散去；还有一堆相册，十来个小的、镶框的十字绣，主要是她十几岁时做的，上面绣着鲜花、树木、桥梁和太阳，还有许多已然褪色的橙色光线。

这些事情做完之后，我来到后院呼吸新鲜空气，感受户外吹拂的微风。

“你觉得我需要一套槌球吗？”亚伯走到我身后问道。我吓了一大跳，尖叫起来，他举起双手，像是在说：哇，冷静。

“哦！是你！”我说。

“我其实想说，你愿意和我玩槌球吗？”他问道。他把那套槌球递给我，那是一个巨大的古董手提箱，里面装着打槌球的各个器具。

“当然，”我说，“当然，我会跟你玩槌球。只要你不把我埋到地下去。”

“啊，这主意不错。”他说着把箱子放在地上，给它贴上紫色便利贴，“来吧，你看起来好像需要喝一杯水。”

我们回到房子里，他给我倒了一杯水，然后离开去做其他的事情了。我坐在早餐台边喝水，昨晚的聚会让我精疲力竭。在姑姑的书里，阿尔文和他的妹妹是不死的，也不需要睡眠。他们当然也可以入睡，有时也确实会小憩一会儿，但这仅仅是出于习惯。阿尔文永远是十三岁，而马戈永远十一岁。在目前的情况下，这件事听起来好像并不是太糟糕。

他们不必担心自己会患上癌症，不用担心癌细胞会潜藏在体内，不用担心那些邪恶的疾病会悄悄地夺走自己的生命。

那是很平常的一天，海伦姑姑去找一个很平常的妇科医生，医生做了一个很常规的乳房检查，他只是说好像哪里稍微有点儿不太对劲。“也许没什么，海伦，但我们不能掉以轻心。”第二天她就去做了乳房X光检查。在那之后的一周，她和我们一起坐下来，平静地谈论自己生存的概率，她说：“我只是想让你们知道我已经知道的事情，我不希望在这件事上对你们保守任何秘密。”

“啊，我的洛蒂。”这时爸爸走进厨房，我抬起头看着他，海伦姑姑的话仍在我脑海里回荡。她就是在这座房子、这间餐厅里对我们说的那些话。那天，她邀请我们去吃晚饭，直到我们准备离开，她才告诉我们这件事。

爸爸坐在我旁边，把我的水杯拉向他，喝了一口水。“你还好吗？”他问道。

“你还好吗，爸爸？”

“该死，”他平静地说，“我也不知道。”

我等了一两分钟，但想不出有什么话要说，于是我滑下凳子，把他单独留在餐厅，默默地走向卧室。走到门口时，我仿佛看见我们五个人抱成一团，痛哭流涕。爸爸哭了，妈妈哭了，亚伯和我睁大了眼睛茫然地看着对方，海伦姑姑没有看任何人，她只是环视整个房间，墙壁、天花板、椅子、窗户。

我的大脑挣扎着回忆那天晚上发生的事情。那天本不该那样结束的。我们本应该饭后吃点儿冰激凌当甜点，然后带着吃得饱饱的肚子上床睡觉。

我在卧室的沙发上坐了下来，感觉到一种莫名的愤怒（对癌症、死亡、病入膏肓，以及任何事情），我努力压制着这些情绪。

“再见，房子。”我再次低声与房子道别。

我能做的也只有这些了。

阁楼很宽敞，但宽敞似乎没有任何意义，因为这里堆放了太多的东西。阿尔文一边漫不经心地思考这里的建筑设计和面积，一边小心翼翼地走过房间，在数不清的木箱和实验用品中穿行：一台望远镜，一个球形仪器（不是地球仪），还有一台类似印刷机的东西。马戈跟在他身后，她的膝盖不小心撞到一套盔甲，疼得她咒骂起来。她的声音听起来平静而沉闷，在杂乱的房间里迅速消失得无影无踪。

阿尔文小心翼翼地往阁楼深处走去。地板上堆积了一摞过时的科学期刊，高高的货架上摆放了许多难看的罐子，里面用福尔马林浸泡着不知道什么东西。他用手指拂过它们，所有的东西都被一层厚厚的灰尘覆盖着。看来这个阁楼已经很久没有人来过了。

然后，他看到了一本书——一本不同寻常的书。

这是一本巨大的书，是他一生中见过的最大的一本书，有七本字典那么厚。

阿尔文立刻被吸引了，他不再小心翼翼地往前迈步，而是径直往前冲，撞翻了一架银色的天平和一口小小的铁锅。

这本书的封皮用深棕色皮革包裹着，扉页上印着一行金字——长生不老的魔法。

——节选自《阿尔文·哈特与森林中的房子》

5

下午回到家，我径直上楼走进我的房间，坐下来读海伦姑姑的下一封信。我去姑姑家之前把它留在了书桌上，这样我就不会忍不住在姑姑家就打开信读。我想要尊重她的遗愿，其中一条就是何时可以打开这些信件。现在，我把卧室的门关上，让自己暂时不受外面世界的干扰，准备好去看看她接下来为我安排了什么。

洛蒂：

我度过了一个悲伤并且孤独的下午，我在我的房子里走来走去，抚摸着我多年来所拥有的一切，包括收集的东西。我想知道为什么一些不起眼的小饰品会让我们傻傻地感到开心。你还记得吗？我们逛古董店的时候，你看到一只小陶鹿，爱不释手。但你把玩不到两小时，就不小心把它掉在地上，你顿时歇斯底里地大哭起来（不要太过自责，毕竟当时你只有八岁）。我现在回想起来总是很好奇——是什么让人迅速爱上一样东西呢？又是什么让我们这对姑侄心心相印呢？当然，我们不必像你小时候那样亲密。我知道有很多的姑姑，会在远方给侄女寄去生日贺卡，她们和侄子、侄女间的关系属于“圣诞节见”那种类型。当然这件事最好不要过多地去解读。也许我们只是特别幸运？至少比那只可怜的小鹿更幸运吧。

在那样一个下午之后，你又要遭遇这样的失去，这简直太奇怪了。我突然意识到，我很快就会离开。那些我生命里幸运地拥有过的人，那些我还没来得及好好去爱的人，他们的生活中将不再有我（这听起来有点自负，可我想你会明白我）。如果是他们中的任何一个人先离开我，我一定会非常伤心，并且想念他们。我想他们也是一样。

我现在最想去做但又做不了的事，就是去看看我们的老朋友克拉丽斯。今天已经太晚了，改天再去吧。她是我最喜欢的书店——纸墨书店的老板。记得从凯斯特咖啡屋给她买一杯热茶和一块香蕉松饼。给自己买几本书，洛蒂。

书可以在方方面面给予你帮助。

书可以让你拥有千百次生命，千百次不同的生命。

书让你不朽。

爱你的海伦

她在信封里塞了三张二十美元的钞票。

我马上发短信给埃姆：

我们明天就要回学校上课了，想最后再开心一下吗？

埃姆几分钟后回复道：

绝对的。我们去干什么？

我半小时内去接你。

她给我回了一个亲吻的表情。

我走下楼，发现厨房里有沏好的咖啡。我往我的杯子里倒了一些，然后走到后门廊。亚伯正在后院玩槌球，艾米也在，她穿着一件黄色的太阳裙和一件破旧的牛仔背心，上面还打着补丁（她真的是我认识的最酷的人）。她坐在台阶上看着亚伯，我走到她旁边坐了下来。

“你现在是在测量门与门之间的距离吗？”我问亚伯。

“这是三柱门，笨蛋。”他翻了个白眼。

“我不知道他为什么总是喜欢那些奇奇怪怪的东西。”艾米睁大了眼睛说。

“我想他只是喜欢那根球棒。”

亚伯叹了口气，无奈地说：“这是木槌，洛蒂，天哪！”

“我们应该玩火烈鸟的游戏[①]。”我提议道。

“好主意。不过你现在先闭嘴。”

亚伯十六岁生日的时候，海伦姑姑给了他一本第一版的

① 在《爱丽丝梦游仙境》中，红心皇后将火烈鸟当作槌球棒来打槌球。

《爱丽丝梦游仙境》。那天晚上，我走过他的房间，看到他戴着白手套，满怀敬意地抱着一个沉重的塑料箱子，那本书就装在里面。

“你是认真的吗？”我说着在他的门前停下了脚步。

“你知道这个版本目前世界上只有二十多本吗？”他头也不抬地说，“我需要一个保险箱，我需要一个能防火的保险箱，我需要一个能真正确保它安全的箱子。这本书可是1865年出版的，洛蒂，这是历史！”

“你受欢迎的程度现在也成了历史。”我认为这是一个很好的反击。亚伯听后马上站起来，关上了他的房门。

“他玩了多久了？”我问艾米。

“从我到这里开始他就一直在玩。他说，玩这种游戏有特定的规则，否则就变成玩地滚球了。”

“该死的槌球！”亚伯在草坪的另一头喊道，他肚子朝下趴在草地上检查他安置的球门。

“你跟着球走就行。”艾米说着，靠过来挤了挤我的肩膀，“你没事吧，洛蒂？再次回到你姑姑家一定会很难过。”

“我觉得，在一段时间内一切都会很艰难。但接下来会怎么样我就不知道了。也许会变好，但……”我压低了声音，靠近她，又开口说，“亚伯还好吗？他好像没有提起这件事。”

“是的，他也没有跟我说。那天晚上他来接我的时候，我感觉他肯定哭过。我知道他不想被我看出来，所以我没有揭穿他。

我想还是等他准备好了再和他聊聊吧。我希望这个时间快点儿到来。”

“亚伯很擅长回避那些他不想谈论的话题。他甚至都不愿承认博士把罗斯[①]扔在那个平行时空里。”

“嗯，我知道。”艾米说。我看得出她很担心他。这时亚伯舔了舔他的手指，然后举起来测试风的强度，脸上丝毫没有尴尬的神情。

“他总有一天会打开心扉的。”

“等他愿意敞开心扉了，我告诉你。”艾米笑了笑回答。

我留下他们继续游戏，独自去接埃姆。埃姆已经站在家门口等我了，身上穿着我给她买的印着“X档案”的T恤衫，她把它剪成一件露脐装（她把大部分T恤衫都剪成了露脐装）。她的头发凌乱不堪，她涂着红色唇膏，还戴着一副飞行员眼镜。

“嗨。”她说着跳上了车。

“你看上去很可爱。”

“别笑话我了！”她一边说，一边用手扇着风。

“你确定今天下午你可以在书店里度过吗？”

“这就是我们要去做的事吗？”

“我们要去纸墨书店。”

“这是……海伦姑姑交代的事情吗？”过了一会儿，她犹豫地问道，好像不确定她是不是应该提起这件事。

① 罗斯和博士是英国科幻电视剧《神秘博士》中的人物。

“是的，没关系，你不用这么小心翼翼，是我自己要告诉你的。”

“嗯，我不知道……我的意思是，我知道这是你的隐私。”

“好吧，是的，这是我姑姑交代的事。她想让我买几本新书。”

“太好了，我喜欢读书。”

“你最后一次看书是什么时候？”

“我读了那本关于那个女孩的故事！”

“哦，那本关于那个女孩的故事！听起来真像那么回事。”

“我听得出你什么意思，你这副腔调真让人受不了。不过，我真的很喜欢纸墨书店。我妈妈以前带我去过那里，不过从她觉得我是一个彻头彻尾的讨厌鬼开始，就再也没带我去过那里了。”

“你妈妈不是真的认为你是个讨厌鬼，她只是……误会你了。”

埃姆哼了一声：“你知道吗？你妈妈也带我去过纸墨书店。这件事回忆起来就让人舒服多了。”

一路上没有别的车辆，所以我们二十分钟后就到了，然后把车停进了停车场。凯斯特咖啡屋就在纸墨书店的对面。

“你想要吃点儿什么？”我问埃姆。

“我在苏格兰的时候，吃过一种带凝脂奶油的烤饼。我们这里没有凝脂奶油，所以我不想再吃烤饼了。”

“那么你想要……松饼？”我问。

“要不来一杯冰茶？”

“奇怪的人。好吧，我给你买一杯冰茶。”

按照海伦姑姑信中的指示，我给克拉丽斯买了一小杯热茶和一块香蕉松饼。接着我又给埃姆买了一杯冰茶，也给我自己买了一块香蕉松饼，因为这是我吃过的最好吃的香蕉松饼。然后我想了想，还是决定给埃姆也买一块香蕉松饼，因为她虽然总说什么都不想吃，但总会把我的东西吃掉一半。

我们在停车场吃了松饼，一起喝了埃姆的冰茶，然后我鼓起勇气，把车开到马路对面。

我不知道为什么我会对见克拉丽斯感到紧张，我的胃里像打了个死结一样，生出一阵不安的感觉。不管香蕉松饼有多好吃，这种感觉都挥之不去。

“我们该进去了，”埃姆说，“她的茶都要凉了。”

我再次发动车，开到纸墨书店前的停车位。克拉丽斯正好在店门外打扫前面的走道。她听到汽车的声音，转过身来，用手遮了遮眼睛。她认出了我们俩，立刻向我们挥手示意，然后扔下扫帚，向车这边走来。

克拉丽斯患有软骨发育不全病，这是一种很常见的侏儒症，我第一次来店里时她跟我解释过。我还记得当时她是多么开心，她告诉我姑姑，她最喜欢孩子们提的问题，因为孩子们是完全诚实的，不会夹杂任何偏见。

“洛蒂！”我一下车，克拉丽斯就过来拥抱我，“我这一个星期以来都在想你。昨天晚上我本来想去参加派对，但我从来没有跳过舞。希望你姑姑能理解。”她拉起我的两只手，看着我的眼睛，眼泪在她的眼中打转。“哦，你可怜的姑姑。我这个星期卖出去的阿尔文丛书都数不过来了。他们疯狂抢购，我都来不及把书摆到书架上去。我在店里的登记簿上放了一张我和你姑姑的照片，人们看到后都放声大哭。”她停了一下，用她的手指摩挲着我的头发，“哦，洛蒂。我真的好想她。”

“我也很想她，克拉丽斯。”

“但不能再伤心了，我无法承受更多的悲伤了。”

“我们给你带来了快乐！用茶和香蕉松饼！”埃姆一边说，一边把吃的递给克拉丽斯，接着便在车边上蹦蹦跳跳地玩了起来。

“埃姆！你染了蓝色的头发！我都没认出你来，但你看起来真的很不一样啦。你们两个女孩子太可爱了！”克拉丽斯边说边从埃姆手里接过茶和纸袋，“来吧，快进来！”

我们跟着克拉丽斯进了纸墨书店，进门后她就到柜台后面去了。她挥了挥手让我们自己随便看看，并让我们有什么需要就喊她一声。

纸墨书店里有那种老式的梯子，就是电影里那种可以在书店墙边的轨道上移动的梯子，我最喜欢这一点。克拉丽斯说这主要是为了方便取书，但真的很酷。

我这人要是进了书店，便会一直待着不走。爸爸和海伦姑姑也是这样，但妈妈从来都不像我们这样喜欢读书。有一天，海伦姑姑读完了家里所有的书，仍然如饥似渴，但那天已经太晚，没办法再出门去买更多的书回来阅读，于是她就开始自己写，第一本阿尔文·哈特的故事就是这样诞生的。

“这是我经历过的最美好的不幸。”有一次她对我说，“阿尔文诞生于内心最深处的厌倦和对新文字的极度渴望。”

我和埃姆在纸墨书店待了好几小时。我把埃姆一个人留在奇幻类图书区（虽然她讨厌看书，但我已经数不清她读过多少遍《指环王》了，她还是这个世界上为数不多的几个读完了《精灵宝钻》的人），我自己则来到了儿童类图书区。我用手指触摸这里的每一本书，不知道这里的书有多少是我姑姑读过的。书架上当然少不了六卷本的“阿尔文·哈特”系列丛书，不过已经卖得所剩无几。这套书所有的版本我都收藏了——即使有的只是封面变了，不过我仍然觉得不够。我发现自己总想拥有更多，虽然我知道这样很贪心。

遵照海伦姑姑的指示，我选了七本书。克拉丽斯把书塞进了一个纸袋里，她将书递给我时强忍着泪水。起初，她不肯收下书钱，直到我告诉她这是海伦姑姑的意思，她才让步。

“她就是这样一个人，还特意叫你来看我。”她说，“你姑姑这人多好呀！”

我们隔着柜台拥抱了一下，接着我就和埃姆一起上了车。

我们在那里坐了很长时间才发动引擎。埃姆迅速地浏览了一遍我选的书，然后问道：“你还要去做好多她让你做的事呀！这种感觉好吗？会很难完成吗？”

“我想两者兼而有之。”我说，“我感觉姑姑好像还活着，这很好，但是事实上她已经不在人世了。所以我不确定继续这样假装她还活着是不是好事情。”

“她这么做也许有她的道理，现在下结论或许为时过早。”

“我也相信她有她的道理。我觉得这总比她完全消失不见了要好一些。”

埃姆握着我的手，一根根地捏我的指尖：“她非常爱你，虽然这是每个想帮助你的人都会挂在嘴边的话，但她对你的爱是千真万确的，你知道吗？她真的很在乎你。”

“我也真的很在乎你。”

“很好，但不同的是你永远不会死。你也不能死，否则你让我到哪里去染发。”

“你可以去找我妈妈呀。”

“那么，谁来帮我保持染发的效果呢？没有你我怎么能将染色的效果保持得那么好！答应我，你会永远活着。”

“我向你保证。”我说。

我们拉钩发誓。

我们都希望这么做就足以让誓言成真。

悬崖顶上狂风肆虐，马戈挣扎着想要喘口气。她不知道阿尔文去了哪里，她感到害怕，这或许是她人生中第一次感到害怕。

这时，她看见那一排树边出现了一个黑暗的身影，她内心的恐惧瞬间被放大了十倍。那人影走进月光里，她借着微弱的亮光看出那人并不是阿尔文，仿佛瞬间又被恐惧刺了一刀。这个人正是一直追踪他们的“风衣男子”，他衣衫不整，双目狂野而不羁。

马戈已经身陷重围。她的身后是万丈悬崖，六十米高的山崖笔直地垂下，下方是森林。而她的面前，站着那个穿着风衣的男子，他看起来很满意，仿佛已胜券在握。

“没地方躲了，对吗？”他得意扬扬地问道。

“你是谁？”她大喊道，“你想要做什么？”

“你最好告诉我你是怎么进到那座房子里的，”他威胁道，“你最好乖乖地告诉我，快点儿说！”

“我们打开门，然后就走了进去，跟走进任何一座房子一样！这又不是火箭研究，有那么难懂吗？”马戈没好气地喊，因为他们已经跟他解释过了，他却还追问个不停。

“那座房子被施了魔法，根本就没有门可进！更谈不上走进去！你最好别跟我撒谎，小姑娘！”

马戈突然生起了反抗的念头，浑身上下充满了勇气。她双臂交叉放在胸前，尖叫道：“我什么都不会说的！”

这时他朝她冲了过去，他脸上的五官扭曲在一起，充满了愤怒。

接着他推了她一下。

在那个美丽而宁静的时刻，马戈在空中飞翔。

接着她意识到：哦，不，我不是在飞翔。

是在坠落。

——节选自《阿尔文·哈特与森林中的房子》

6

那天晚上走进家门的时候，我发现爸爸独自一人坐在餐桌旁，面前摆了一本书。我上前仔细一瞧，才发现那只是一本烤箱操作手册。他双眼紧盯着操作手册，就像抓住了一根救命稻草。这本书仿佛是一个道具，好让旁人相信他坐在那儿有事可做，并不是无所事事，也不是独自一人黯然神伤。我在想要不要告诉他海伦姑姑的信里都写了什么，要不要让他看看这些信——你看，仔细看，姑姑并没有真的离开我们——但我最终还是没说出来。我不想打扰他，不想打断他的思绪，因此直接上了楼。

那天晚上回房间后，我一个人在卧室里读海伦姑姑的下一封信。像往常一样，一看到她的字迹，我的呼吸都停止了。

亲爱的洛蒂：

没有什么可以和一本好书相比，对吧？

我被问了无数次——你是怎么想到塑造阿尔文·哈特这个

人物的？他看起来太真实了！

对我来说，我可以塑造出上百万个人物，而它们都是真实的。《纳尼亚传奇》中的埃德蒙——他或许真是个小浑蛋，但至少他毫不掩饰地想要满足他每一个欲望。他是所有角色中最真实的，因为他会犯错误，而且勇于承认错误，即使他的兄弟姐妹很讨厌他这样，他也仍然我行我素。《爱丽丝梦游仙境》中的爱丽丝也写得十分真实，书中人物的痛苦真实得让读者也掉进了泪水海洋中，真实得让那虚构的世界与现实毫无分别。《神奇的收费亭》①中的米洛也是一个十分逼真的人物，他说世界上最大的难题就是，有时候满足感给人带来的只有极度的厌倦，而自己的思想往往就是自己最大的敌人。

我想，对一位作家而言，"塑造的人物感觉非常真实"便是最好的赞美，这也是写作的意义，不是吗？这就是为什么我读了无数遍《傲慢与偏见》②，但仍然无法透彻理解达西先生这一角色。这就是为什么我们一次又一次地重回中土世界③、碟形世界④和永无乡⑤，并且乐此不疲。

我又开始絮絮叨叨了，你看，一说起这些人物我就很容易

---

①《神奇的收费亭》是美国儿童文学作家诺顿·贾斯特的代表作。

②《傲慢与偏见》是英国作家简·奥斯丁的代表作。

③ J.R.R. 托尔金著作中的大陆和世界。在中土大陆发生的故事，有《霍比特人》、《魔戒》和《精灵宝钻》等。

④ 英国奇幻小说作家特里·普拉切特在代表作"碟形世界"系列中创造的一个奇幻世界。

⑤ 英国作家詹姆斯·巴里的小说《彼得·潘》里的主人公彼得·潘所住的海岛。

说个没完。因为我手边有一堆空白信纸，我又特别喜欢用笔墨填满这些信纸。我不必去猜想你是不是喜欢逐字逐句阅读这些内容，因为这些是我写的信，而且当你读到这些文字时，我早已离开，所以一切由你决定。这么说你明白吗？时候不早了，我想我有点儿累了。

阿尔文的原型是真人吗？哦，当然是，但也当然不是。实际上，我们所能创作的东西，都是我们已知的事物和我们所有猜测的混合体。这时爱丽丝可能会说：这种事反之亦然。

但暂且让我们假设一下，他是真实存在的。

假设世界上真有这么一个青春永驻的男孩，这个想法也并不完全是荒唐可笑的。

洛蒂，如果你永生不老，你会怎么做？如果你知道自己不会受伤，你会怎么做？

我觉得你应该做点儿“冒失”的事情，看看感觉如何。

海伦

星期一我去上学，一路上都在思考我能做点儿什么。既要冒失，又不能太冒失，既要有点儿小冒险，又不能让我真的受到伤害。我脑子里始终是一片空白，想不出什么主意。

后来，埃姆和我一起商量了一番。我们坐在教室后面，我递给她一张字条：

我得做件有点儿冒失的事，你有什么好主意吗？

她读完后想了想，回复了我。

我知道该怎么做，而且你姑姑会同意的。

做什么呢？

保密。

太可怕了。

这是一个好迹象哟。

什么时候？

放学后，我们先去你家拿点儿东西。

拿什么？

保密。

看得出她对自己的想法很满意，这让我很紧张。埃姆可能会想出很多她认为适度冒失的事情，比如跳伞、蹦极和滑行。她想到的这些活动都“非常适合”作为星期一的课后活动。

埃姆用钢笔戳了我一下，又递给我另一张字条，上面写着：

放松点儿，我知道你在想什么。

她说得没错。埃姆确实了解我，她不会带我去跳伞。

我潦草地写了一句话，然后把字条扔回她的身边：

是跳伞吗？？

她拿起字条读完，然后整节课再也没有看过我一眼。

下课铃声响了，我试图抓住埃姆的胳膊，但她很清楚该怎么避开我。我越想抓住她，她就越发加快速度往前走。我还没收拾好东西，她就已经离开了教室。为了赶上她，我匆匆忙忙地把我的历史书、笔记本和笔都胡乱地塞进包里。我得尽快离开这里，我在学校只待了一小时，就已经有四个人来跟我说他们对我姑姑的逝世感到十分遗憾了。

倒不是我不想领这份情，而是因为我也对她的死感到遗憾。这同时也让我有点儿生气。她去世了，这已经够糟糕的了。我真的不想还有人不断地提醒我，她已经不在人世了。

埃姆从我家里拿来的东西可以放进她的背包——她的背包很大。我不知道她要去哪里，但我还是决定跟她一起。

埃姆开了一辆自己挣钱买的二手黑色捷达，她从十四岁起就在镇上的一家果汁店打工。“我并不是喜欢果汁店的工作，洛蒂，而是因为大家都去果汁店打工。”埃姆这样跟我说。她给那辆车取名为琼·捷达，她觉得这名字取得非常好，因此她逢人便说起这个名字，只是没有人对此感兴趣。

“就我们两个人去吗？”在她把车开上高速公路时，我问道。

“杰姬要去跳舞……”

“我还是觉得很神奇，你竟然会和一位芭蕾舞者玩得这么好。”

“亚伯说他和你在一起的时间太长了。我最近也一直觉得你需要一些独处的时间。”

“独处的时间，你是说和你独处吗？”

“当然，我就是指和我独处的时间。过分了啊，难道你想要和你自己独处吗？”

“那才是真正独处的时间，独自一人。”

“不管是谁发明了独处时间，他肯定没有一个像我这么有趣的好朋友。”

除了睡觉的时间，埃姆要么和我在一起，要么和杰姬在一起，要么和田径队的成员在一起，从来没有独自一人过。

她不肯告诉我要去哪儿，我只知道车在朝着大海的方向行驶。我们在一家汽车餐厅前停下，买了薯条和沙拉，然后你一口我一口轮换着吃。我在心里不止一次地猜测姑姑的下一个指示会是什么，还有当初她为什么要写这些信。我不否认收到这些信很高兴，但同时这也让我有种挫败感——这些信有没有在显而易见地指向某些事，而我却愚蠢地没有看出来？

尽管如此，我仍然希望这件事永远不要停下来。虽然从坟墓里传来的信息可能会让人觉得诡异或毛骨悚然，但我实在太想念姑姑了，我还无法就这样和她道别。她的大部分作品都是公开出版的畅销书，所以我喜欢这些信，因为它们是私密的，是只属于我的。

“洛蒂，你还好吧？你不能吃独食呀。”埃姆说着，从我手里抢走那差不多空了的薯条盒。

“对不起。”我说。但我并不是真的在致歉，我不会为几根薯条跟她道歉。

“我们快到了，你兴奋吗？有什么想法吗？”

我环视四周，想找个路标，但发现海滨小镇看起来都差不多。我之前没有留意我们是从哪个出口下的高速。

“我不知道我们在哪儿。”我说。

“真的吗？你太粗心了啊。”

“我们要去鹦鹉螺酒店吗？”

“我们离鹦鹉螺酒店远着呢。”她叹了口气，“我真为你担心呀！如果你的手机关机了，而你在陌生的地方醒来，你可能就永远找不到回家的路了。你最后可能会跑到中国西藏去。”

“西藏？”

“是的，我绝对相信你最后会跑到西藏去。然后你会找一个陌生人，借他手机给我打电话，但我们都知道，自从你把我的电话号码存到手机那天起，就没看过我的电话号码了。”

“你是说我们都不再记电话号码了？”

“是啊。不过，话说回来，这是我们所有人都有的问题。”

“找个时间让我洗耳恭听你对现代人存在的问题的种种高见。”

“那这个清单可长啦。”

“说真的，我们到底到哪儿了？”我把话题拉回来。

埃姆没有回答，把车开到了一个脏兮兮的停车场里。她在树荫下找了个地方，然后转过身来看着我：“你还记得你姑姑常带我们去游泳的那个地方吗？那时我们还很小。”

“我记得。”

“好吧。”她说着挥动起自己的胳膊。

“你想去游泳吗？这真的不算太冒失。”

“不，我不是想去游泳。”埃姆说，“你就跟我走吧。”

我们下了车。天气很热，空气有点儿闷。我原以为我们要到下面的海滩上去，但埃姆却带我走上了一条通向悬崖顶端的小路。我们很快就累得气喘吁吁、汗流浃背。往上爬的过程中，我们遇见了几个从上面下来的人，但当我们到达顶峰的时候，上面就只有我们两个人了。

埃姆从她的背包里拿出一件泳衣，然后递给了我。

她露出她特有的笑容，眼睛神采奕奕，但表情却变得阴森起来，这时不管她正谋划的是什么，都绝对会令人不寒而栗。

我突然明白了她在想什么。

“绝对不行！”我尖叫着，从悬崖边往后退，并把我的泳衣扔向她。

她一只手接住了泳衣，平静地说：“脱衣服，洛蒂。我们要开始了。”

“这件事可不行，埃姆。如果你想让我跳下这个悬崖的话……”

“你会跳的，洛蒂。我能预见未来，你和我一定会一起从悬崖上跳下去。”

“你疯了！我们会摔得粉身碎骨的。”

“哦，别这么紧张。我自己以前就跳过，亚伯在他十二岁的时候也这么做过，不过别告诉你爸妈。总之，你不会有事的。”

“可是现在这水很冷啊，而且从这里跳下去真的好高呀！”

“相信我，洛蒂，你不会有事的。我们所要做的就是跳得足够远来躲开那些岩石。”

“不，不，不，不，不！”

“我绝对不会让你有事的。”

“这位说要保证我安全的女士准备把我推下悬崖。”

“我绝不会把你推下悬崖的。我们要往下跳，一起跳。这肯定会很好玩。你看不出这和某个场景很相似吗？这很有创意。”

“我不知道你在说什么。”

“你不知道我在说什么？《阿尔文·哈特与森林中的房子》！”

哦，好吧。在《阿尔文·哈特与森林中的房子》的结尾，穿风衣的男子追上了马戈和阿尔文。他知道他们已经找到了方法，可以走进藏有世界上所有魔法的房子，他想逼他们说出这个方法。在最后一次生死搏斗中，风衣男子把马戈从悬崖上推下去，然后逃之夭夭。马戈当然不会死，因为她已经喝了长生不老泉，拥有了不死之身（发生这件事后，阿尔文也喝下了长生不老泉，因为被推下悬崖但平安无事对他有着不可抗拒的吸引力）。

“但我们不是马戈和阿尔文。埃姆，我们会死的。”

埃姆一直想把泳衣交到我手里，但我不停地推却。最后，她把它扔到我的脚边，然后脱下自己的衣服，她已经穿上了黑色圆点的泳衣。她把脱下来的衣服塞进背包，双手交叉，盯着我看。

“埃姆……”

“看，洛蒂，我看出来了。你害怕会伤害你自己，你害怕死亡，但你不能这样活着呀。”

我争辩着说：“我不往悬崖下跳也绝对可以度过我的一生。”

“是的，你是可以，但是你不可能一辈子都不冒险。当然，跳崖是有风险，但相对来说，这只是一种很小的风险。相比之下，每次你坐上车，都有可能遭遇交通事故；每次你坐飞机，有可能会丢失你的行李；每当你拿起笔记本的时候，有可能被其中一页划破手指。生活就是一种冒险，洛蒂。有时你必须响应它的召唤！”

她的演讲变得越来越夸张。当她说完，她跳上了一块大石头，然后开始尖叫。

“这些话你是不是排练过？”我问道。

“很明显，是的。我四年级的时候在杰姬身上排练过。”

我盯着她看了一会儿，她是一个独一无二的瞪眼比赛选手——她可以连续几小时不眨眼。

“好吧，好吧，好吧。”我败下阵来，把我的衬衫拉过头顶，短裤踢到脚踝边。

“好吧，好吧，好吧。”趁我还没来得及改变主意。

“好吧，好吧，好吧。”趁我还没来得及想清楚这是不是一个糟糕的主意。

埃姆把我的泳衣从地上捡起来，在我脱衣服的时候递过来给我。她给我带的是一件旧衣服，已经有点儿褪色了。穿上这件泳衣，我觉得自己就像是一个十二岁的孩子，开玩笑说自己有一天也会变为一个大人。埃姆看着我，得意地吹起了口哨。

“你给我闭嘴。”

“难道不可以对朋友说她超级可爱吗？”埃姆说着从背包里翻出手机，我们自拍了十多张照片，有的微笑，有的大笑，有的扮鬼脸。接着埃姆把手机塞回背包，抓住我的手说：“别再拖延了。”

她把我拉到悬崖边上，我的胃开始翻江倒海。

“你的包怎么办？”我挣扎着。

“周围没有人，我们跳完后再回来拿。”

“要是我们死了怎么办？”

“那我们也就用不着再为一个背包操心了。怎么都好。”

我往下看了看，我的胃剧烈地抽搐，心脏也狂跳不止。我真的不敢往下跳，如果我没有摔死，也会因心脏病发作而死。

“那……我是说，我们会全身湿透的。所以……我们真的会全身湿透的。”

“我的后备厢里有毛巾，放松。这些事我都想过了，你只需要深呼吸。”

我照她说的去做，但是我的肺已经不能正常运转了——它们大概有更有趣的事要做，下午请假了。

“我数三个数！”埃姆说。

我想念我的姑姑。

“一——”

我还不想死。

“二——”

我可不是马戈。

“三！”

往下跳！

埃姆紧紧抓住我的手，把我往前拽。不知道从哪个陌生的地方获得一股力量，我弯腰屈膝，然后跳了起来，接着身子往悬崖下笔直坠落。空气立刻变得寒冷，风吹过我的耳朵，发出一种奇怪的、长长的嗥叫，还夹杂着埃姆的欢笑声。世间的各种颜色开始在我的眼前混合，杂糅成一种美丽的混合色，直到……

我们以一种难以想象的冲击力坠入了冰冷刺骨的海水。

我的嘴里满是咸味的气泡，身体的每一寸肌肤都仿佛在燃烧。这种感觉好奇怪，一边感觉冰冷刺骨，一边又像是身处沸腾的开水中。埃姆的手已经从我的手里滑了出去。当我睁开眼睛时，只看见漆黑一片，连哪边是水面都分辨不清。我疯狂地朝着一个方向划去，但那不是水面，于是我转过身，但好像这个方向也不对。看来我虽然没摔死，却会淹死在这里。但这似乎正是我要做的事情。要是我有埃姆的无畏，或者亚伯的力量，妈妈的毅力，或者爸爸的运气。要是我有……

这时我感觉有东西箍住我的胳膊（是触手，还是牙齿？），我吓得几乎尖叫起来，但是你在水下无法尖叫，你所能发出的只是带着气泡的低哼声。接着，那个东西把我往上拉，我的头露出水面。我立刻情不自禁地大笑起来，同时大口大口地呼吸着空气。我还活着，真的，我还能大声叫喊，这实在太好了！

埃姆也笑了，她紧紧地抱着我，亲吻我的脸颊，然后又把我推到水面下。我们游向岸边，爬上了一块岩石。在那一刻，我们都很开心，很开心我们都还活着，还能在一起。

这就是你想要的吗？我在心里问姑姑。

这就是你想让我做的吗？

但姑姑已经永远无法回答我的问题。

天色已晚，所有人都已经上床睡觉了，阿尔文蹑手蹑脚地穿过大厅来到他妹妹的房间。他壮起胆子开始敲门，听到妹妹马戈轻声地尖叫道：“进来！”

他转动把手，推门进去。他发现马戈还没有睡，她还穿着外套，正忙着把衣服塞进她的小手提箱里。

“你在干什么？”他问道。

“你应该问‘他们’在干什么？”马戈说着转过身来面对他，“永生社。他们会用什么方法来找到我们的父母？”

“所以你要走？”

“别装蒜，阿尔文。难道我还不了解你？我敢打赌，你的包里也塞了一瓶长生不老泉。”

事实上，他的包里确实有。

他原本以为他是来劝他妹妹的。他以为他要劝说她离开这里。

“我从来没有这么爱你！”阿尔文说。

“恶心。赶快去拿你的包。没什么时间了。”

——节选自《阿尔文·哈特与白费心机》

7

午夜时分爸爸来到我的房间，看到我正在读《阿尔文·哈特与白费心机》。我还没洗澡，头发被海水和风弄得一团糟。

爸爸站在卧室门口看着我。我想，他对我这副模样一定既感到好笑，又想知道我有没有事。

“你没事吧，孩子？”他问道。

“我很好，爸爸。这比看上去要糟糕得多。”我指了指我的头发。他睁大眼睛，仿佛在说：是的，这真的很糟糕。“你还好吗？”我转而问他，好让他不要再盯着我看。

“我没事。那种感觉来来去去，一会儿浮上心头，一会儿又消失不见，过一会儿又重新浮现。”

“是的。我懂你的意思。”

“我想让你帮我个忙。”

“帮什么忙？”

“你星期二一早会出门，对吧？你能帮我开车到鹦鹉螺酒店去吗？你妈妈和我都得上班。”

“鹦鹉螺酒店？怎么了？”

“酒店的人打电话告诉我说，派对那天晚上我把我的西装外套忘在那里了。我不知道我什么时候有时间去拿，但我真的很喜欢那件外套，所以我想给你点儿油钱，或许你愿意帮忙。”

这就是为什么我在周二下午放学后开车去了神秘镇（其实这不是它的真名）。我本来想让埃姆和我一起去，但她和杰姬另有约定，而亚伯整天都要上课（我们下课后是上自习——当高年级学生真棒），所以我只好自己一个人去。我收下爸爸的油钱，临出门的时候心想，妈妈会不会让我开她那辆克尔维特呢？我表示怀疑。

我开车往鹦鹉螺酒店驶去，摇下车窗，拧开了收音机。对我爸爸来说，把一件衣服忘记在某个地方再正常不过。而每次他落下东西，都会让我去帮他取回来。爸爸这个人，衣柜不大，但里面好像装满了多愁善感。

我把车停在了泊车的地方，告诉工作人员我很快就走。他接过我的钥匙，我小跑着进了酒店。

让我惊讶的是，同一个地方在不同的场景下会显得那么不同。在我姑姑的派对上，鹦鹉螺是一场梦，是一个梦幻世界，是来自异世界的场所。现在只过了几天，蜡烛已被悉数移除，取而代之的是照射进来的阳光。虽然它还是很美，但显然属于这个现实世界。我穿过两扇白色的门走进大厅，一切都感觉那么真实和平常。我问服务员爸爸的衣服在哪里，他便走去取衣服，几分钟后胳膊上搭着衣服回来了。

“请收好。”他说，“很高兴我们还能知道该给谁打电话。”

“哦，是啊，你们是怎么知道的？”我爸爸不太像会把名字缝在衣服里的人。

“派对结束的时候一个年轻人拿给我们的，他说衣服是海伦·里夫斯的哥哥的。我们这里有你父亲的联系方式，那个年轻人还要求把这个放进衣服里。”服务员把手伸进衣服口袋，取出一个印有鹦鹉螺酒店标志的白色信封。上面写着一个名字。

是我的名字。

接过信封和爸爸的西装时，我的心禁不住一颤。看到我的名字又一次出现在信封上，我的手也忍不住颤抖起来。

洛蒂。

字体很小，很潦草。

这么纤细、潦草的字迹，该不会是……

姑姑写的？会吗？

不可能是她写的。我告诉自己。

我低声对服务员说了一句“谢谢”，然后接过服务员扔过来的钥匙（“接得好！”），几乎是跑着回到车上。我把衣服和信封扔到副驾驶位置上，飞快地发动汽车离开了。我整个人突然变得冰冷，身体止不住地发抖。往前开了大约五分钟，来到了一个小商场的停车场。我把车停下，熄了火，头靠上方向盘。

我出门时把海伦姑姑的下一封信带在身上了，打算在回家之前把它读完。

这封信也是她写的吗？这根本说不通，因为死去的人不可能把信塞进别人的西装口袋里。这是不可能发生的事情。

又或者是可能的？我也不知道。如果有人在变成灵魂后还知道怎样在高档酒店里把信塞进别人的西装口袋，那这人一定是我姑姑。

只有一个办法能找到答案——我拿起信封，从里面取出了鹦鹉螺酒店的信纸。

我很喜欢和你聊天。

——萨姆

我的脸一下子火辣辣的，尴尬无比。

控制自己，洛蒂，你快要方寸大乱了。

萨姆在信里留下了他的电话号码。我甚至没有多思考一秒，就在我的手机上输入了这个号码，然后趁我改变主意之前，给萨姆发了条短信：

你怎么知道这是我爸爸的外套？

我把车窗摇得更大一些，把座位放倒。几分钟后，我感觉到我的手机在大腿上嗡嗡作响。他回信了。

我看见你走了，然后就看见了那件夹克。你爸爸把它放在椅子上了。我想追上去给你，但当时人太多了。

好吧。这个回答合情合理。

我在期待什么样的答案？不合理的吗？

谢谢。谢谢你把衣服交给酒店。

我其实想自己保管这件衣服的。

几秒钟后，他又发来信息。

我开玩笑的！你还好吗？

我很好。

你还在神秘镇吗？

我现在在桥旁边。

我们可以见个面吗？

我看了下时间。时间还早呢，刚过了两点，我也不需要去别的地方。

当然可以。

那一会儿见。

我不知道他住的地方离这里有多远，但神秘镇不大。我调整了一下座位，从包里拿出姑姑的信。

洛蒂：

自从确诊后，我的生活节奏变慢了许多。我终于有很多时间去思考这样那样的事情，思考我的整个人生，思考所有构成我人生的小片段。人总是很健忘，总是会忘记思考我们经历过的那些事情。我有一次从康涅狄格州开车到加利福尼亚州，在一堆“世界上最大的干草堆”或“美国最大的毛线卷”（在沿海地区有很多“最大”的东西）边上，我都没有停伫片刻。这是多么愚蠢啊！我不愿意花时间、腾出时间、找到时间，这是多么愚蠢啊。如果有人告诉你他们没有时间给你，你就告诉他们，我们只为我们愿意腾出时间的事情腾出时间，然后让他们滚到一边去（或者礼貌地请他们离开，这似乎更符合你的风格）。

就在我的人生即将到达终点的时候，说起来倒也轻松（马后炮谁都会），我多么希望自己做过更多的事，看到过更多，经历过更多。我花了那么多时间在书桌上写作（不是抱怨，写作对我很有帮助），而没有注意去平衡写作和更有趣的生命体验，没有去体验真正的好东西，体验那些你会永远记住的东西。

当你还是个小女孩的时候，也许十岁，也许十一岁，我们去了布鲁克林的植物园看盛开的风信子花，你还记得吗？哦，那时候你的眼睛睁得大大的，像两个月亮挂在你的脸上。你跟我说感觉自己就像是花园里的爱丽丝。我说只要花对你好就行，花其实也有态度。

我至今还记得那一天你脸上的表情，你脸上清晰地展露出什么是真正的好奇。在那个时候，烦人的时钟和日程安排早已被抛诸脑后。我们本来约好了和你的父母还有亚伯吃晚饭，但最后却迟到了一小时，因为我们俩都忘记了时间。

我想让你去寻找那种感觉，洛蒂。也许不是每天都这样（那样人会很累），但至少每隔一段时间就要找寻那种感觉。忘记时间的存在。关掉你的手机，从容地生活。

海伦

我把姑姑的信放回信封，塞进我的包里。每次我读完她的信，心中都会感觉非常平静。但是一想到她已经不在人世，我又不由得心跳加速，手心也开始出汗。这明显是焦虑对生理产生的影响。同时我也非常愤怒——她太年轻了，她不该经受这一切。我们根本没有做好心理准备。

我把车窗摇上，然后走下车。这里有一小块公共绿地，还有一条通向吊桥的狭窄的木板路。我找到了一张长椅坐下，然后给爸爸发了条短信：

外套已经取到了。

我试着玩亚伯喜欢的那款愚蠢游戏（已经下载好了，我决心要搞清楚他为什么会喜欢玩这种游戏），但我总是卡在第一关。最后，我把手机收起来，试图做姑姑想让我做的事。大海，天空，人们在水上划独木舟，这似乎是一个可以让人忘记时间的好地方。

但是我却一直盯着手机上的时间看，紧张的情绪在我的肚子里慢慢堆积。我不是一个擅长结识新朋友的人，但是萨姆认识我姑姑，我不想错过和他一起谈论姑姑的机会。

所以我等待着，我以秒为单位来计算时间（这基本上和海伦姑姑想让我做的完全相反），大概一两分钟之后，萨姆出现了。他看到了我，微笑着挥了挥手。他的左脸颊上有一个淡淡的酒窝，当他笑的时候，眼睛会眯成一条缝。我从长椅上站起身，来不及思考如何和只见过一次的人打招呼，是该拥抱、握手还是击掌。萨姆先我一步靠过来，和我轻轻地拥抱了一下，然后就往后退到合适的位置。

“我很高兴你给我发短信。”他说。

“这是应该的呀，感谢你还能记得那件衣服。”

“小意思。”他笑着说，“你饿了吗？我饿死了。你去过神秘比萨店吗？”

“当然！那个地方简直就是天堂的一角。”

“我喜欢这个说法。我很高兴你能像我一样认真对待比萨。一起去，好吗？”

“走吧。”

我们走过吊桥，穿过市中心的小型商业区，来到了因茱莉亚·罗伯茨的电影[1]而声名大噪的神秘比萨店。很久以前，海伦姑姑、我，还有亚伯一起看了这部电影，当时我们买了一大桶爆米花。

“你住附近吗？”我问道。

“就在这条路上，梅森岛。”

“你走路来的吗？”

“我骑自行车来的。”

“我都不记得上次骑自行车是什么时候了。”

“真的吗？风吹拂发丝、阳光洒在脸上的感觉很好哟。”他甩了一下头发，想示范那种感觉。

“我小时候骑自行车摔过一跤，当时头朝下摔在地上。在那之后我就失去了骑自行车的兴趣。”我回答道。

“我会给你一个非常结实的头盔，你会没事的。”

我们走到神秘比萨店，萨姆替我开了门。

“我们打包出去吃吧。”他提议道，“我们可以带到海边去吃。”

“我没意见。”

我们点了一个中份的“地中海之乐”比萨。在等比萨的时候我们来到马路对面，逛了我喜欢的一家小书店——银行广场书店。

海伦姑姑总是说如果你真想了解某人，就带他去书店，你可

---

① 茱莉亚·罗伯茨主演的电影《现代灰姑娘》(*Mystic Pizza*)，讲述了三对恋人的成长故事。

以根据他们对书的态度来判断一个人。萨姆喜欢历史小说，他拿起了一本关于海盗的书。我跟在他后面，想装作看不到儿童图书那部分。儿童区那里放了一张桌子，上面放着“阿尔文·哈特”系列图书。

但没过一会儿我就没法装作看不见这些书了，因为萨姆已经放下了关于海盗的书，直接来到儿童图书区。他拿起其中一本关于哈特的书开始翻看。

“你喜欢这些书吗？”我问道。

他抬头看着我，脸上带着微笑，但那是一种悲伤的微笑。最近我经常看到这种微笑，在哀悼亡人时，人的脸上常常带着这种笑容。

“我当然喜欢。难道有人不喜欢这些书吗？”

“网络上有很多人自称‘反哈特者’，他们在各种网络平台上烧书，非常引人注目。他们说永生是对上帝的亵渎。我觉得他们没太理解小说的意思。”

“亵渎上帝之罪，是吧？”萨姆说着，把书合上，小心翼翼地把书放回原处。那个悲伤的微笑还在他的脸上徘徊，但我看得出他正努力想要摆脱它。

“抱歉。”我说。

“抱歉？”

“因为你所遭受的损失，也是我们共同的损失。我知道你也认识我姑姑，她对很多人来说都很重要。”

“啊。”他慢慢地点了点头，“她给了我很大的启发，她是一位非常棒的老师。”我等着他继续说我姑姑的事，但他却停了下来。他看了看表，说：“我们该回去了，比萨应该已经做好了。”

我们按AA制付了钱，取了比萨，然后往回走，回到我停车的那片小绿地。那里有很多长椅，我们在一个玩具商店后面的长椅上坐了下来。阳光十分炽热，但是从海面上吹来的微风足以让我们保持凉爽。

吃比萨的时候，有一会儿我们谁也没说话。后来萨姆开口道：“你知道吗，你在那天的聚会上把我给晾在一边了。”

“哦。”我不知道说什么好。

“上一秒还在跳舞，下一秒就像灰姑娘一样消失了。如果不是后来看到你们离开，我还以为你已经变成了一个南瓜呢。”

“哈！当然没有。对不起，我那么做确实不对。我这人不是很擅长参加派对。派对里有一大群人，然后你还得……”

“应付叫你去跳舞的陌生人？”

“不，那倒没有。”我笑了，“是有很多事情。我的姑姑，你知道……这并不容易。”

“我知道。”他说，“我是说，我猜到了。很抱歉刚刚揶揄你是灰姑娘。”

“叫人灰姑娘可不需要道歉。”

“我知道这有多重要……”他深吸了一口气，脸上又出现了那种悲伤的微笑，“失去你所爱的人。这多么痛苦啊！”

“哦，很抱歉。”

“事情已经过去很久了，但我还记得那个时刻。当然，这事你永远也无法真正忘记。”

最近有很多人来安慰我，但我突然意识到，我真的不知道如何去安慰别人。我想知道萨姆是不是也曾失去过亲人，但我又觉得我不应该问，如果他想告诉我，他自然会说的。但是，我发现自己想和他分享这些信，或至少分享其中一封信，这也许是因为他曾认识海伦姑姑，也曾为她哀悼。所有这些，让我觉得我可以信任他。

于是我说：“还有其他一些事。派对之前，她托人交给了我一些信件，也交给我一些事情去做。现在她已经走了，这些小事情我应该做好。这本来很好，但是……我很担心我没能按照她的想法去做她希望我去做的那些事，我担心自己做得不够好。”

“哪些事？”

“她让我做的下一件事情是……设法忘记时间的存在。”

萨姆想了一会儿。他看上去在很认真地对待这件事，虽然我这么大声说出来感觉有点儿傻。他把空比萨盒折起来，问道：“你有什么想法吗？”

“没有，不过我觉得我明白她的意思。她想要我沉浸在某件事里，超越对时间、地点以及所有一切的感知。”

“这么说她也许是想推着你走出你的舒适区？”

“是的，我想是这样。”

“好吧，我知道我们该做什么了。”他说。十分钟之后我坐在了萨姆自行车的车把上。他把他的头盔给了我（他用指关节敲了敲，证明它很结实），但他不肯告诉我要去哪里。我半路上不得不下车，因为七岁以上的人再坐车把就一点儿也不舒服了。我绕到自行车的后方，站在后轮外面凸出来的金属轴上。我犹豫了一会儿，然后把手搭上他的肩膀。

“好了吗？”他问道。

“好了！”

我们开始往前骑。他骑着自行车穿过火车站，拐了一个弯，然后骑上了一条我以前从未走过的路。我在路上看到一个小牌子，上面写着“梅森岛”——他家就住在这里。

他不停地骑着，好像永远不会疲倦。我们的左边是大海，现在正是退潮的时候，大海的味道比我们刚刚闻到的更浓烈。像是卤水，又像是盐和沙粒的气味。

我们一直行驶到另一座桥边上，这座桥将梅森岛和另一座小岛连接起来。萨姆把自行车停在了桥头，我们从自行车上跳下来。

“恩德斯岛。”他指着前面说。岛屿很小，中间有几幢低矮的房子，它们围成一个不规则的圆形。“我在这里替人做花园养护。这里是圣埃德蒙静修所。”

“圣埃德蒙？”

“我不信教。”他说，“但这里的人都很好。没关系，这里很安静。”

我们走到桥对岸，映入眼帘的是修剪整齐的草坪、宗教雕像和神龛，还有一个凉亭、一个小的池塘、长椅、石头建筑和石头拱门。

我们走到岛屿的最前端，大西洋像一条深蓝色的毯子一样在我们面前铺展开来。

“有时我会来这里思考一些事。”萨姆说道。

我能理解其中的原因。这里是如此的宁静，它几乎完全被海水包围着。周围有很多小岛点缀着海岸，还有无数的帆船和汽艇。看到这里，我真希望自己能住得离海近一点儿。它让我想起了我姑姑在海边的大房子，可惜我可能再也看不到那幢房子了。

我不由得感到愤怒，不过这只有一瞬间，我很快就把怒气的火花压制下去。我镇定地来到草地上，在萨姆旁边坐了下来。

“她留给你最美好的回忆是什么？”他问道。

我的脑海里立刻浮现出许多回忆。在房屋前面的草坪上吃早餐、在毛毯支起的堡垒中看书、在城市里一日游……很难挑出哪一个是最美好的。

接着我想起了姑姑的信，我们去布鲁克林看风信子，晚餐迟到，以及她提到的“忘记时间的存在”。

海伦姑姑喜欢时间长河中的各种错综复杂性——时间的前后矛盾，时间的背叛（完美的一天如何在眨眼之间就溜走，而糟糕的日子则会永远持续——就像她死去的那一天，好像可以持续到永远）。她喜欢大海，喜欢安静，喜欢在平平常常的下午搞卫生。她还喜欢改变主意，上一分钟刚决定要跳下悬崖，下一分钟又决定还是等等再说。我想这正是她想要告诉我的，人每天都有很多种选择。

萨姆仰面躺在地上，用胳膊遮住脸，以免被太阳晒伤。我望向海面，试着想象漫山遍野的风信子。我瞥了一眼萨姆，他已经闭上了眼睛。

能和你一起安安静静地待着的人可不好找，我想。

我在他旁边躺下来，我们的双臂只隔了几厘米。突然间，我视线所及全是天空，整个世界都是天空。就好像永远只有天空，蓝、白色的，明亮而永久的天空。

不知道我们这样待了多久。

“那是什么？”马戈指着阿尔文手里的那本旧书问道。

“是爸爸的日记。”他紧紧地盯着书，眼皮都没抬地回答道。

马戈走近了观察。日记本里塞满了剪报和旧照片，一页接一页全都写着小而窄的文字，她立刻就认出这是爸爸的笔迹。

“你需要好好睡一觉。”马戈说。

“我就知道这里面肯定藏了什么秘密。”阿尔文说，仍然没有抬头看她，“这里肯定会提起那个穿风衣的人，告诉我们该怎样找到他。如果我们找到了他，就能找到我们的父母。现在答案好像就在我面前，但我不知道怎样把这些碎片拼在一起。”

“也许到了早上……”马戈温柔地说，但她没再继续说下去，她意识到阿尔文全部的注意力都集中在他手里的日记本上，已经听不到她讲的话了。

于是她下楼来到爷爷的厨房，给他沏了一杯茶。

——节选自《阿尔文·哈特与白费心机》

8

上星期我大部分时间都没去上学，不过现在我又回来正常上课了。令我感到奇怪的是，突然有很多人对我感兴趣，对亚伯也是——我在走廊里总是看到他被一群陌生人包围着，甚至还有人递给他一本阿尔文的书。不过我马上就转身离开了，我不想知道他们这么做是要干什么。我在几米之外，甚至从外太空中都能辨认出那些书的封皮。或许他们是想让亚伯签名。当然，这事他是不会做的。

我真的、真的希望他不会这样做。

我提前到了自习室，找了个后排的座位坐了下来，拿出《到灯塔去》[①]。我本该在上周就读完这本书的（丧亲之痛让我有了很多不完成作业的借口）。刚读完一段，手机就嗡嗡响起。

是亚伯发来的短信。

① 英国女作家弗吉尼亚·伍尔芙的长篇意识流小说。

来卫生间找我。

或许这只是弟弟乱发的一条搞怪短信，但我知道他指的是二楼的男卫生间。那里的卫生间都上了锁，只有老师能用。但老师太喜欢亚伯了(况且海伦姑姑最近刚刚去世)，我有预感他会溜进去。

我跟自习室的老师打了个招呼，径直去了二楼。我敲了一下卫生间的门，但是什么反应也没有。我打电话给亚伯，然后又敲了敲门，这时听到里面有手机在嗡嗡作响。

“开门！”等到他接听电话，我低声说道。

一分钟后门开了，他把我拉进去，又锁上门。

“这真是个惊喜！”他靠在洗手池边上说，好像这是他的私人办公室一样，“你怎么知道到这里来找我？”

“你刚刚告诉我的呀。”

“不过还是得小心点儿。”他说。

“你想干什么？”

“只是看看我姐姐。难道这有错吗？”

“你今天去上课了吗？你好像在这里待得很舒服嘛。”

“别担心，我所有的课都上了。我们俩最近一直都没有机会好好说话。妈妈有一次透露说哈里在办公室给你的信其实是海伦姑姑列的一份清单。是这样吗？我只是好奇，想问问。”

我没有把信的具体内容告诉弟弟，也没有告诉爸爸，我只是把其中的简要信息跟妈妈、埃姆和萨姆说了说。至于这些信本身，我希望保持它们的私密性。

下一封信现在就放在我后面的裤兜里，等我有机会再读，等我一个人独处的时候。我昨天回家有点儿晚，我不想匆匆忙忙地去读信。

“他们是有点儿像清单，像是……要去完成的事情。”

“要去完成的事情？”

“比如，去参加派对就是其中之一。”

“还有什么？”

“各种东西。我猜她只是想确保在她离去之后，我还能好好的。你知道的。”

“哦。”亚伯说道。

“你这是什么意思？”

“我只是说‘哦’。”

“但你那语气好像是说这里面还有什么深意。”

“这就说得通了。”

“什么说得通了？”

“你知道，这是妈妈告诉我的。我很好奇。为什么她把那些东西留给你，而不是我。”

“现在明白了吗？”

“因为她认为你会更需要它。”

“哦。”我这人一直以来都有点儿紧张、焦虑，总是睡不好觉。这个显然大家都知道。我的家人都知道，埃姆也知道。但是从我弟弟那里听到这样的话还是有些古怪。这里头肯定有什么名堂，但我又不知道到底是什么。

“这也不是一件坏事。”亚伯很快地说，“我刚才不应该那样说的。”

“没关系，真的没关系。这只是小事，而且也不是什么坏事。”我说道。我提醒自己，这又不是什么秘密——家人很亲密的缺点之一就是任何事都不是秘密。

“很抱歉。但你现在好多了，所以她可能只是想和你确认一下。”

“是啊，可能吧。”我说。但是，我想姑姑写这二十三封信，应该不仅仅是为了和我确认一下吧。

“接下来你打算做什么？”

“我不知道，我还没读下一封信呢。”

“那我先走了！”

“什么？”

“我这安排很完美。没人会来这里，没人会来打扰你。我现在就走，然后我们稍后再聊，好吗？”

我看得出来亚伯现在心情很糟糕，他差点把自己绊倒在了卫生间里（他最讨厌的四件事是：拥抱、跟人发生冲突、伤害别人的感情，以及有人折书角）。我还没来得及跟他说再见，他就消失不见了。

不过我领会了亚伯的意图。现在我独自一人在卫生间里，无人打扰，也有足够的时间。我爬到那排洗手池上坐了下来，拿出下一封信开始读。

洛蒂：

写作有很多不同的种类。有轻松、严肃、悬疑、梦幻、政治、浪漫……我一生都在写一对获得永生的小兄妹的故事，写这些故事的时候我很开心。写作并不一定适合每个人，这需要花费大量的时间和精力，还需要一点儿天赋，但更重要的是下定决心和多加练习。有一种说法，即天赋和努力在成功中所占的比重分别为10%和90%。这点我完全同意。我见过很多才华横溢的人（当然，他们都远比我更有才华），最后却什么作品也没写出来。我也见过有人连一个正确的句子都写不出来，最后东拼西凑写出了一个故事，竟然成了畅销小说家（名字我就不说了）。所以你可以看到，毅力才是成功的关键。

我一辈子都在写作，除了写阿尔文·哈特的故事，也写其他的东西。你现在拿到了我的日记（可能还没来得及阅读）以及我的电脑。我真的觉得我写出来的东西比我实际发表过的要多出一千倍。这是好事。我需要先清理掉大脑中的很多垃圾，才能写出真正的好作品。

所以，接下来的事情很简单。

写日记，洛蒂。你以前一直都这么做，现在也应该继续写下去。我觉得这对你会有好处。

或许你也会发现属于你自己的永生男孩。谁知道呢。

爱你的海伦

我的第一个日记本是我八岁的时候海伦姑姑送给我的生日礼物。我给它贴满了亮闪闪的猫咪贴纸，画上了画，我还记下了那天颇有深度的思考。

彼得·嘉宝是个白痴，亚伯吃了自己的鼻屎。如果我能变成世界上任何一种动物，我愿变成一只长着翅膀的猫。像彩虹那样的翅膀。

这本日记写满之后，我骄傲地把它献给了海伦姑姑，她假装被我写的日记震惊了：“这真是太棒了，洛蒂！未来有一天，你回过头来读这些，一定会很高兴你把它们写下来了。”

她又给我买了一本日记本，十五岁之前，我每年都要写完两三本。后来，我觉得我想写的那些东西都太沉重了，没法用纸去记录。而我比以往任何时候都要焦虑，我的大脑成了一个危险的地方，我不敢再随意进去巡航。我认为那些想法最好藏在我的内心，而不是随便把它们写在纸张上。于是我把日记本收进了壁橱的一个盒子里。

我已经好几年没再看那些日记了。但看完信的那天晚上，我从盒子里拿出了最后那本只写了一半的日记本，然后走进了阁楼。那里又热又闷，但至少最大限度地给了我一个私密空间。我坐下来，开始写日记。

或者说，我试着写日记。

我的笔尖停在距离纸张两厘米的地方，我想不出该写什么。曾经布满文字的日记本，现在只剩下寂静的空虚。突然之间，我的耳朵嗡嗡作响，听不清其他声音，我猜想这就是人被活埋时会听到的声音。

我最近想了很多关于死亡的事情。很长时间以来，我很好地控制着我的焦虑情绪，但是后来海伦姑姑死了，她的去世如一场洪水冲击着我的大脑。死亡有很多种方式。被活埋，患上癌症，以及很多离奇诡异的死亡，比如在珠穆朗玛峰上缺氧而死，或人体突然自燃，被活活烧死。

我试着把注意力拉回到我面前这张空白的纸上。但是这张小小的白纸并没能让我感到安慰。这空白的纸在我脑海中不断延展，旋即布满整个房间，让我无法呼吸。

我闭上眼睛，把笔紧紧地攥在手里，然后睁开眼睛，写道：

我非常想念海伦姑姑。

又写道：

我觉得我做得还不够。

但我还能做些什么呢？我不是医生，即使我是医生——据他们所说——海伦姑姑的癌症也是无法治愈的。

那么，为什么我会如此自责呢？为什么我会因为我无法控制的事情而不肯原谅自己呢？

我很愧疚。我不知道为什么会感到愧疚。但我确实很愧疚。

那天从悬崖上跳下去，我觉得很害怕，但那是很久以来我第一次忘记了所有的烦恼。虽然我在空中急速下坠，却感觉自己是在自由飘浮。尽管周围传来刺耳的尖叫声，但我仿佛找到了内心的平静。

也许这才是问题所在。也许当一切都很好的时候，我就会手足无措。也许是我搞砸了所有的好事，因为不知道如何去应对。也许只有当一切都悬于一线的时候，我才能真正地快乐。

我不知道。我已经写了好一会儿了，但我不确定我到底想表达什么。如果你现在在这里，我想，我会告诉你我爱你。

我不知道为什么我总是这么害怕。

我不知道怎样才能平静下来。

我不知道如何停止，如何让自己不再思考每个人的死亡，亚伯的死、埃姆的死、爸爸妈妈的死，还有我不认识的人、世界各地的人的死。我从书上得知，每天有超过十五万人死去。我不喜欢想这样的事。每一天有那么多人的生命不再延续，或肢体残缺，或倒地不起。有一天地球上会没有足够的空间来安置这些尸体，我们或许需要另一个地球。

我们将不得不学会如何在月球上生活。

写到这里，我停下笔，用力地闭上眼睛，感觉眼皮底部有点点亮光在跳跃。我回到过去。那时，海伦姑姑每天早上醒来，冲上一杯咖啡，将头发盘成一个小圆髻，在她的办公桌上开始一天的写作。有时她甚至来不及换下睡衣。我小的时候会坐在她的桌子下面，玩乐高积木或画我的彩色画册。她的笔在纸上划过的沙沙声让我感到平静。

“你还在写阿尔文的故事吗？”我会这么问她。我还没来得及自己拿起来读，姑姑就开始念阿尔文的故事给我听。这套书的最后一本，也就是第六本书，并没有真正完结。在这本书里，阿尔文和马戈站在他们爷爷被烧毁的房子前，吸收了很多无人知晓的知识，无比孤独。

“我正在努力写。”她总是这样回答我，然后朝桌子下面瞄一眼，微笑着对我说，“这并不是很容易。”

“他们必须从此过上幸福的生活。”我说，“在一座岛上。”

“一座岛？为什么是一座岛？”

“因为岛是一个快乐的去处。他们度过了一段很艰难的时光，到了岛上他们就可以放松了。”

“这主意不错。”她会这样说，然后继续写作。

要是事情有这么简单就好了。如果我们最终都能去往某个岛屿就好了——一座属于我们自己的私人岛屿，在那里尽情享受阳光和大海。

我想海伦姑姑会赞成这个结局的。至少这个结局比现在的那个要好得多。

“你准备好了吗？”阿尔文问他的妹妹，“这将会改变一切。”

他们来到坐落在树林里的那幢房子的门厅，肩并肩地站着。这里曾经是他们的家，他们的安全港湾。每隔一段时间，每隔几周，就会有人来敲门，通常是永生社的成员。但阿尔文和马戈对传入耳中的敲门声没有任何表示，因为除了阿尔文，没有人能打开这道施了魔法的门。最后，那些不受欢迎的客人大都灰心丧气地离开了。也有些人在屋子周围走来走去，尝试从窗户爬进去，但很快他们就会知道这没有任何作用。也有人冲里面大喊大叫，说些不太好听的话。有时马戈会从二楼的窗户向他们扔西红柿，这个举动会让他们嘴里那些不太好听的话变成非常不好听的话。

这算不上是一种生活，但又确实是一种生活。一种安全而平静的生活。他们下棋，读魔法书。马戈经过反复的练习，现在已经非常擅长编辫子。

而现在，他们却决定离开，把这里的一切都抛在脑后。

因为过安全的生活并不是世界上最重要的事情。他们的父母还在外面，急需他们的帮助。

“我准备好了。”马戈说，她的脸上流露出决心已定的神情，令人动容。

阿尔文把他的手放在施了魔法的门把手上——这道门只有他能打开——然后拉开了门。

——节选自《阿尔文·哈特与白费心机》

9

我在阁楼上待着的时候，我们从海伦姑姑的房子里挑选出来的东西送来了。我来到楼下，看见门厅里摆放着堆成一座小山的箱子。

“我的大女儿回来了！”爸爸说着，走过来紧紧地抱住我，“你去哪里了，出去了？我去你的房间找过你。”

“我正忙着。”

“啊，忙什么呀，年轻人，神神秘秘的。”他冲我眨了眨眼。

爸爸心情很好，可能是因为他拿到了期待已久的海伦姑姑的台球桌，我猜他已经把台球桌放进地下室里了。无论如何，我很高兴看到他笑了。

妈妈正拆着箱子，解开缠绕在带足茶杯上一层又一层的棉纸。我用了半小时把我的那一箱子东西搬到了卧室。搬完后，我坐在床上看着它们。有些日子非常难熬，比如今天，我的身体像是经历了几百场小战役似的，一场接一场，疲惫不已。

不知为何，我想起了萨姆。那天从梅森岛的海边回来之后，我就没再跟他联系。我给他发了一条短信。

那天我玩得很开心。

他没有回复。我打开了一个盒子，里面装的是海伦姑姑的相册。我把它们整齐地叠放在书架的底层，不过很快我就改变了主意，转而把它们整齐地放回到盒子里。我还没有做好准备去重温她选择捕捉并粘在相册里的那些记忆。这时我的手机嗡嗡作响，是萨姆的短信。

我们应该找个时间再聚一聚，如果你愿意的话。

现在很晚了，我没有立即回复。我洗漱完毕，换上睡衣，把床上的一条毯子盖在那堆盒子上。它看起来像是一座城堡，就像是小时候亚伯和我用沙发垫子和枕头搭建起来的城堡一样。我爬上床，打开了海伦姑姑的下一封信。

洛蒂：

自从写完上一封给你的信之后，我就一直在考虑写作的事。

我一直梦想着自己能写出真正令人赞叹的东西，那种可以被称为“又一部伟大的美国小说”的东西。有时候，写那些愚蠢的儿童故事，讲述长生不死的孩子和堕落的魔法守护者这样的故事，会让我觉得很难过。我害怕没有任何重要的作品留在这个世界上。我尝试了很多次，但是都没能写出让我感到有分量的作品。可是后来一次短暂的偶遇让我明白了自己是多么的愚蠢可笑。当时我正在公园里散步，一位年轻的母亲带着一个小男孩走到我跟前，那是一个六七岁的可爱的小男孩。这位母亲因为看过我上过的一个电视节目而认出了我，她对小男孩说："这就是写阿尔文和马戈的故事的那位女士。"小男孩的眼睛立刻亮了起来，他兴奋地问我："你是马戈的朋友吗？"他的母亲低声告诉我，他会说的第一个词，他人生的第一个词，就是马戈。那一刻我的心都碎了，下一秒又柔软不已。我想：这就是最重要的，这就是大作，这就足够了。

这也是你的下一个任务，洛蒂。打开我的电脑，你会发现一个文件夹，叫"马戈·哈特的永生"。是的，这就是"阿尔文·哈特"系列的结局（我想这一次马戈应该站在舞台中央）。请把这个交给我的经纪人，她在纽约，名字叫温迪·布鲁克斯，你可以在网上找到她。是的，你必须亲自去，她见到你会很高兴的。我想，在这趟旅程中你可能会发现，悲伤的时候，稍微出去走走会分散注意力。相信我，那会是一段美好的经历。

是的，当然，有时候那些想法还会回来，那些关于重要性、完成一部大作等让人不得安宁的想法，还是会反复在我的脑海浮现。

但我想，哪怕有一个平凡的孩子能从阿尔文的故事中获得力量，这一切就都值了。

爱你的海伦

天啊！

还有一本关于阿尔文·哈特的书？人们会疯掉的！她以前说过这部作品已经写完了，她说她不会再写哈特的故事了，可是现在又有了一本。然而，她甚至无法参加新书发布会。

我在手机上搜索温迪·布鲁克斯，很快就找到了她的信息。她的办公室在曼哈顿下城区，靠近百老汇大道的地方。

我姑姑的电脑就在那些箱子里。我打开灯，把那座用箱子和毯子堆成的城堡拆掉，翻了好一阵子才找到那个薄薄的笔记本电脑，它用一个灰色软垫包着。我把它拿到床上打开，看到电脑桌面上有一个叫“马戈·哈特的永生”的文件夹。

我立即打开这个文件夹，从扉页一直翻到题献页。

献给S.W.，为那些岁月。

以及那些我从未拥有过的岁月。

S.W.？这人是谁？我怎么完全不知道？“阿尔文·哈特”系列的六册书分别献给了我爸爸、我的爷爷奶奶、亚伯、温迪、我妈妈和我。或许S.W.是我姑姑在写作界的朋友吧。

不过这似乎没那么重要。一本新的阿尔文·哈特小说！这才是最好的消息。

我可以在这个周末去纽约，星期六就去。或许可以让埃姆和我一起去，但她那天中午要去开个会，会议在一所离这儿一小时车程的学校里举行。另外，据我所知，亚伯和艾米在计划一场有关约翰·休斯的观影马拉松。

可除了他们，我也不想和其他人一起去。

除非……

但这样做有点儿奇怪。

如果你叫一个和你只见过两次面的人一起去纽约（而且在第一次见面时，聊了半小时你就躲进了卫生间），一定会很奇怪，对吧？

但我猜想我当时就处于那种奇怪的感觉之中。我拿起手机，给萨姆发短信。

你想星期六去纽约吗？

他几乎秒回。

我想去。

我把手机放在床头柜上，关上灯。我在黑暗中煎熬了好几小时，辗转难眠。这将是最后一次为马戈和阿尔文冒险。

周六早上闹钟还没响我就醒了。就要启程前往纽约市，我内心充满了激动。我把小说的文件保存在一个U盘里，放进了我的包。当太阳升起的时候，我去冲了个澡。

我已经读完了那本书——最后一本关于阿尔文和马戈的故

事，但我还没有告诉任何人。这是我的秘密——我是全世界唯一一个读过《马戈·哈特的永生》的人！这真是令人激动不已，仿佛掌握了一个世界上最大、最重要的秘密。不过现在，到了把秘密告诉别人的时候了。

我看见妈妈和爸爸在厨房里喝咖啡，于是走过去把海伦姑姑的电脑放在他们中间的桌子上。

爸爸看了看电脑，又看了看我，露出困惑的神情。

“这是谁的？”爸爸问妈妈。

“看起来很像是我们女儿的。”她回答道。

“我们女儿的，洛蒂？”

“我们只有一个女儿。”

“现在几点了？”

“八点钟，萨尔。”

“今天是星期几？”

“今天是星期六，萨尔。”

“我想也是。”

“我今天要去纽约。”我插嘴道。

“你要去纽约？为什么去纽约？和谁一起去？”妈妈问道。

“这可是一件大事，好吗？”我在桌旁坐下来，“我有一件大事要告诉你们。”

“哦，不！”我妈感叹道。

“怎么了？”我问。

“我不知道。但是我想，在星期六早上八点，有人说‘我有一件大事要告诉你们'，应该不会是什么好事情。”

“可我这是好事，是大好事。”我把手放在电脑上，心跳加速，“这是一本阿尔文·哈特的新小说。”

妈妈的嘴微微张开，爸爸则看起来好像没听清我说的话。

“不可能。”他否定道。

“是真的。姑姑又写了一本书，她想让我把它交给她的经纪人。”

“天哪！”妈妈叫起来。

“我已经读了，这本书很好。”

爸爸看上去有点儿晕头转向，但他好像慢慢明白过来了。我看到他脸上逐渐露出夸张的笑容。他大笑着说：“我就知道！我就知道《阿尔文·哈特与风衣男子的归来》不可能是大结局！太棒了！太好了！我们什么时候能读到这本书？”

“全都在这里呢。”我拍了拍笔记本电脑，“请欣赏吧！”

说完我从桌子旁站起来，给了他们俩一个吻，然后往保温杯装满了咖啡，好在开车的时候喝。上车后我把车窗摇了下来，把音乐声开得很大，曲子很温暖，我也很开心。

萨姆和我约定好九点半在神秘镇的火车站见面。这样我们就可以坐火车进城，不必担心在曼哈顿堵车。

我把车开进停车场时，他早已等在那里，正坐在长椅上喝着咖啡。他一看见我就挥了挥手，走过来迎接我。

“我们去纽约做什么呢？”我下车时，他问道。

“你可能不相信，”我说，“她还写了一本哈特的小说！就要出版了！我们现在去把它交给姑姑的经纪人。”

萨姆靠在我的车上，惊讶地说："哇哦。"

"我早该知道，对吧？"

"我就知道故事不会就这样结束！那个结局——他们站在爷爷的房子前——我的意思是，那不可能是最后的结局。等一下，你读过了吗？告诉我，他们找到了他们的父母！告诉我，他们最终打败了那个穿风衣的人！快点儿告诉我！"

萨姆就像小孩子一样蹦蹦跳跳的，还伸手拽了拽我衬衫的下摆。

"这种事我才不会告诉你呢。"我说着，从他身边走过去，径直走向售票处去买票。

"等等！"他叫住我。我转过身来，看见他手里拿着两张票。"如果你告诉我到底发生了什么，我就把这个给你。"

"我不能把情节透露给你，那是泄密。"

"她嘱咐你不能告诉别人了吗？"

"没有，但是……我只知道我不能告诉你。这必须保密。况且我现在还不知道是否能相信你。"

萨姆看起来很伤心，但还是把火车票递给了我。"给你。"他嘟囔着说道。

"谢谢你。其实你不用替我买火车票的。"

"你不告诉我书里发生了什么事，我很难过。"

"我知道。但你很快就可以自己去读了呀。"

他似乎接受了自己的命运，只在火车站台上噘了一会儿嘴。我们等待十点零四分开往纽约宾州车站的火车。我不记得上次坐火车是什么时候了，之前我和海伦姑姑总是开车去城里。所以一路上我都很兴奋，毫无困意，也可能是开车时喝了咖啡的缘故。一想到这次进城是要去送书稿，我几乎浑身颤抖。我还带了海伦姑姑的下一封信，因为我有预感，这封信会和纽约有点儿什么关系。

火车提前几分钟来了，我们找到后排两个面对面的座位坐下，膝盖紧挨在一起。

我想起了我包里的U盘，海伦姑姑没有告诉任何人她写了另一本书，她甚至都没有告诉我们她还在写作。这时我想起了爸爸说过的话，他说感觉海伦姑姑总是藏着什么东西。我现在明白他那句话是什么意思了。

有时我看到她盯着窗户看，我知道她不是在看在面前发生的事情，而是在看遥远的事，可能是另一架飞机、另一个星球或另一个世界。

有时我会问她一些简单的问题，比如："除了写作，你希望自己还能做些什么？"每当这时，她会变得非常严肃、非常安静，然后说一些奇怪的话，比如："总有一些事情我们希望跟别人做得不一样。"

有时我看着她，看着她脸上的阴云，那层莫名生起的阴云。她身上有些东西是我在别人身上找不到的。

除了萨姆。

萨姆脸上也有那种阴云，他移动的时候，那片阴云也跟着移动。阴云在强光下会消失不见。但基本上他走到哪里，它就跟到哪里。

“你看到的是光环。”我跟埃姆讲述的时候，埃姆这样说，“你就像是一个巫师，但不是那种能预言未来的巫师。你更像是在运用女人的直觉本能。”

我完全不认同她的说法。

萨姆在我对面的座位上坐着，他的膝盖和我的膝盖靠在一起。这时火车颠簸了一下，我的思绪立刻飞了起来，脑海中浮现火车着火、脱轨的画面。

被火车撞死是个不错的选择。当然，这样会死无全尸，但是可以死得很快，而且没有痛苦。

不过另一方面，火车事故中……这我还得再做一些调查，这方面的统计数据我完全不清楚。我想这应该和车祸很像，结果只有三种，要么活下来、要么死去、要么受重伤——可能会很痛苦。

“没关系的，火车本来就是这样的。”萨姆说道，他似乎察觉到了我的紧张。

“哦，我知道。我就是琢磨一下。”

三小时后我们到了纽约宾州车站。下车后做的第一件事就是从街头小贩那里买了些椒盐脆饼。萨姆蘸了点儿芥末酱，让我也尝一尝。看见我盯着他手里的饼看，他干脆把他那份全给我吃了。这一天天气很好，有点微风，温暖晴朗，纽约该有的好天气都让我们赶上了。

“我们走路过去吧。”我提议。

“地址是在哪里来着？”

“在富尔顿街与百老汇大道的交叉口。”

“好，离这儿大约有五十条街远。”

“我不想坐地铁，你看天气多好呀！”

“我们可以先步行，累了再说。”他妥协了，“然后可以叫辆出租车。”

但我们最后走完了全程。在穿越这五十个街区的路上，我们谈论着我们最喜欢的书（萨姆读过我提到的每一本书，还有其他我没读过的书。他说他读书速度很快。我不知道他是怎么做到的，除非他有大把的空闲时间）。我们还谈论喜欢的乐队、喜欢的课程，以及我们毕业后想做的事情。在最后一个问题上，我感觉他有一种难以察觉的犹豫。他说对于未来他不喜欢考虑太多。

“你有什么打算？”他问。

“我打算去康涅狄格大学读小学教育专业。”

“以后想当老师，是吗？像你姑姑一样。”

“她很喜欢人们称呼她为老师。”我说，“不过大多数人只把她看成一位作家。”

“我明白。但她是我所见过的最好的大学老师。”

“等等……你见过多少个大学老师？”

“哦，我旁听过很多课程。”萨姆似乎有点儿脸红，转过头假装对附近的摩天大楼产生兴趣。

“你怎么会有时间呢？课业负担不会很重吗？”我追着问道。

“我喜欢学习。”他说完笑了起来，“这是史上最书呆子的回答吗？”

“当然。你还学习过哪些课程？”

“哦，也不是太多啦。比如，嗯……英国文学、爱尔兰文学、中东文学、诗歌、创意写作、高等数学和木工。”

“木工？”

“如果你想听，我还可以给你吹笛子。”

“你真是个万事通。”

“我只是喜欢让自己忙起来。”

“说真的，你太了不起了。我突然为我看了那么多电视感到羞愧。”

“其实这真的没什么了不起。”他坚持说道。

“你还很谦虚。有什么是你做不到的吗？”

他想了一会儿，然后认真地说：“我不会写英文艺术字。我报过一个班，做过各种努力，但就是不知道怎么写那些小圈圈。”

“这真是个悲剧。”

“可以这么说，我的签名看起来像一个四岁孩子写的。”

我们到了温迪·布鲁克斯的办公楼——一座靠近自由塔的摩天大楼。我们向门卫报了名字，但温迪其实并不知道我们的到来。于是门卫给她打了个电话，然后挥手示意我们去坐电梯。我很紧张，不知道我们是不是应该提前预约，或者先给她发一封电子邮件。但是我姑姑让我直接过来，而且我身上还带着最后一本阿尔文小说。希望温迪不会介意。

电梯门打开的时候，温迪就站在电梯门口，双手紧紧地握在一起，头发盘成一个斜斜的发髻。我还没迈出电梯，她就快步走上前来用力地拥抱住我，过了一会儿她松开双臂，又抓住我的胳膊，注视着我。

“洛蒂，我听过很多关于你的故事。”她说，“我想在你姑姑的派对上去找你，但是那天人太多了，还有那么多美食和饮料，等我想起去找你的时候，你已经走了。”

“我很高兴我们现在能见面。”我说着从口袋里拿出了U盘，“我有东西给你。”

当我把U盘递给她时，她后退了一小步。“不。”她摇了摇头。

“这是真的。”我肯定地说。

“这不可能。”

“她让我把书稿给你。”

她伸手去拿，但很快又缩回了手指。“我非常喜欢这些书。我非常爱你姑姑。”

“我知道。所以她不会把这件事交给别人的。”

“你读过吗？”她问道。她仍然没有接过U盘，但是再次伸出了手，我注意到她的手指在颤抖。

“我读过了，非常棒。”

“比《阿尔文·哈特与神秘的失踪》更好吗？那一直是我最喜欢的一本。”

“老实说，它比所有的都好。这是最好的一本。”

“我就知道它还没结束。”她终于接过U盘，“会有很多人喜欢这本书的。谢谢你把它拿给我。”

“别谢我。”我说，“谢谢她吧。”

然后我们都沉默了。因为，比起其他这些，我们更想要的是海伦姑姑。我们希望能当面对她说声感谢。但我们再也做不到了。

“瞧，这是我给你做的。”哈特爷爷说着把一盘装饰得无可挑剔的粉红色纸杯蛋糕推到马戈面前。她目不转睛地盯着蛋糕，好像不确定到底是她会吃了这些蛋糕，还是这些蛋糕会吃掉她。

“是你做的吗？”她沉默了片刻之后，又重复了一遍，“是你做的这些粉红色的纸杯蛋糕？”

“你这孩子可真是不识好歹。”他瞪了她一眼。

“不，不！它们看起来真的很不错！我只是不确定是不是你烤的。”

“我会烘焙，会做饭，我想做的事我都会自己做，懂了吗？你要是不愿意吃就算了，垃圾桶就在那边。”

他又往前推了一下盘子，然后就回到厨房里忙其他的事去了。他拿起一个干净的玻璃杯擦拭，又抹了抹干净的柜台。马戈想，他肯定是在等她尝一尝蛋糕，于是她拿起蛋糕。

“哦，哇！”她咬了一口蛋糕。

“你喜欢吗？”哈特爷爷突然出现在她面前问道，他的脸上露出了一种满怀希望的表情。

“真是太好吃了。”马戈嘴里已经塞满了蛋糕，含糊不清地说。

“嗯，你只是说说而已。”他说着摆了摆手，脸上却露出了高兴的神情。马戈以前从未见他这么高兴过。

——节选自《阿尔文·哈特与神秘的失踪》

10

温迪的办公室里全都是儿童读物，从地板堆到了天花板，仿佛是一座儿童图书馆，任何值得一读的书这里都有。她给萨姆和我沏了茶，随后大声读着新书的第一章。茶水很烫，我的舌头被烫了一下，但我还是安静地听着马戈诉说她哥哥深切的沮丧，说着他们在森林中的房子里的新生活（这是他们最安全的地方，因为穿风衣的男子无法进去），以及她笨拙的赚钱计划，好让他们有钱买东西吃。

“哎，他们一定要找到他们的父母。”温迪读完第一章，关上了笔记本电脑，“对他们来说，这段旅程太漫长了。他们需要幸福的结局。”

“她不肯把结局透露给我。”萨姆看着我说，“她说我得等这本书出版后自己去看。”

“洛蒂说得没错！你得自己找答案，否则就失去意义了。”温迪抿了一口茶，把手放在笔记本电脑上，“非常感谢你把这本书拿给我，洛蒂。前段时间我一直很难过，海伦是我最好的朋友。”

“她六本书的经纪人都是你，对吧？”我问道。

“七本！”温迪微笑着纠正了我，她的笑容极富感染力，“说起来你们可能不相信，海伦和我已经在一起合作十七年了。”她抬起头仰望天花板，陷入沉思。过了一会儿，她又转身说道：“你们知道吗，是我说服她不要让风衣男穿泡泡纱，也不要叫他‘夹克男’。”

“不……”萨姆说。

“她很喜欢泡泡纱，我也不知道为什么。”温迪说。她笑着把那个笔记本电脑拉到自己身边，仿佛那是我姑姑的灵魂转世——在某种程度上确实如此。

“这会引起轰动的，很大的轰动。”温迪一边拍着笔记本电脑一边笑。“别担心。”她继续说，“出版商会想要尽快出版的，不需要等太久。我一读完就给出版商打电话。”

“你觉得需要多长时间呢？”

“嗯，几个月吧。对于出版界来说，这就相当于一眨眼的工夫。我会确保你是第一个拿到新书的人，我知道这是你姑姑的意思。”

“谢谢你。”

“别谢我，你在开玩笑吧？是我该谢谢你！”她说着从椅子上站起来，绕到桌子的另一边，再次拥抱我，“这是她告诉我诊断结果以来最美好的一天。这是这么久以来，我过得最美好的一天。”

萨姆和我离开了温迪的办公室，她则继续去读这本书的剩余部分，她说她读书的速度很快，一读完就会和我联系。我在外面的人行道上打开了下一个信封。萨姆假装对别人丢在人行道上的地铁地图很感兴趣，好让我有一些时间独自读信。我对此非常感激。

洛蒂：

我很高兴你和我一样，一直爱着纽约。这是一个与众不同的地方。我一生中去过很多城市，不同的城市有不同的魅力，都让人无比沉醉。但是纽约更加与众不同，它的现代活力和历史沧桑交融在一起，会彻底将你颠覆。你还活着，并且可以在纽约的街道上漫步，这是多么令人兴奋的事情。我和纽约之间还有一个小秘密，我会慢慢地把这秘密告诉你。

在纽约总有一些新的东西值得你去探索。有一件事我们从未一起做过，那就是参观自由塔。从温迪办公室出来走一小段路就到了。上到顶层去，洛蒂。有时候登高能帮助你从不同角度看待事物。如果你已经回到了康涅狄格州，我很抱歉，但我想你应该刚刚离开温迪的办公室。

我希望她一切安好。我希望你喜欢最后那本书。

爱你的海伦

又一次提到有一个秘密。

这是信的重点吗，海伦姑姑？一次大揭秘？

我告诉萨姆我们要去自由塔，他很兴奋，激动地走在我前面，离我有几步远。当我们走到大楼入口的时候，我突然有点儿犹豫。我不喜欢高的地方，而这栋楼实在太高了，简直高耸入云。

从建筑物上掉下来——如果它是一个很高的建筑——肯定会死的。还有就是，从高处落下去的距离很长，你会有相当多的时间来想象最后掉在地上的情形。你也可能将别人置于危险之中——那些在人行道上行走的人可能会因为你的坠落而遭殃。

“我们不要到边上去。”萨姆说。在我们穿过旋转门进入大厅之前，他握住我的手。“没关系，这儿设有栏杆。”我们排队购票时，他继续说道。

“我根本不知道你在说什么。我才不在乎呢！”我辩驳道。

“是吗？这么说你脸色那么苍白是因为……你怕坐电梯？”

其实我也不喜欢电梯，但这还能应付得来。电梯很少失事，但一旦失事也会造成很大的危险。

“我不怕电梯。”我嘟囔着。

“那你是害怕排队买票吗？”

“我什么都不怕。”当我们走到窗口的时候，我逞能地说道。我们付钱买好了票，然后在电梯等待区坐了下来。

“那你很厉害。我就有很多害怕的事情。”

“比如说？”

“比如芥末，我真的很害怕吃芥末。”

“你刚吃椒盐脆饼时蘸了芥末。”

“哦，对。好吧，因为我认为克服恐惧最好的方法就是直面它。”

“哦，是吗？”

“好吧。骗你的。如果你告诉我一些你害怕的事情，我就会告诉你一些我非常害怕的事情。”萨姆转过身来又对我说。

“等到了最上面我再告诉你。”我想这趟电梯可以给我足够的时间来鼓起勇气。

我们走到队伍的前面，和一小群人一起走进电梯。门咔嗒一声关上的时候，我开始数数。然而在我们到达塔顶前，我还没来得及数到四十。

“这是西半球最快的电梯，速度达到了每分钟六百米！”我听到有个爸爸对他的孩子们说，但孩子们对爸爸的电梯知识很不以为意。

“飞机飞得更快。”小男孩耸了耸肩说道。

“汽车更快吧？汽车走得更快。”小女孩否定道。

我们从电梯里走出来，进入一个宽敞的空间，四周都是巨大的窗户。我透过窗户向外看去，看到纽约在我脚下蔓延开，我的胃翻腾起来。周围的每个人都拿出照相设备开始拍照。我尽量往玻璃边上走去，但不敢靠得太近，免得头晕。

“你看，”萨姆指着前方说，“有栏杆。”

我听过一个故事，几年前有一个人从帝国大厦顶上摔了下来，那里没有窗户，只有栏杆。他跑着翻过了栏杆，跳了下去，摔在地上，没人能阻止得了。

我永远也无法理解人为什么会自杀。

如果一定要说的话，另一种完全相反的情况我倒是能够理解——把自己锁在一个密封的球体中，永远不出来。放弃朋友和家人，以确保自己与疾病和各种病菌相隔绝。采取一切可能的措施来延长我们在这个星球上短暂的时光。我完全理解马戈·哈特，她和阿尔文闯入了树林中那栋房子，几分钟后发现了一个满是灰尘的玻璃瓶。玻璃瓶上面贴着一个小标签，上面写着“长生不老泉”。马戈想都没想就喝掉了，一饮而尽。甚至来不及品评泉水的口感，她就获得了永生之躯。

我不想死。

我目睹了姑姑去世。

我不知道为什么会有人想死。

身处这座城市上空的感觉很好，但此时我更多在想下面的人，以及可能发生在他们身上的可怕的事情。我希望我们可以让一切暂停，我希望我们能休息一下、放松一下。但是我们不能放松，我们必须不断努力，尽力保护自己。

“很久很久以前，我犯了一个严重的错误。”萨姆说，“时间无法倒流，我再也没有机会弥补我的过失了。这是我最害怕的事。”

我花了一分钟才明白他在说些什么——我们进电梯之前的约定。

我看了看他。他的头发梳成低垂的马尾辫，他咬着下唇，显得遥远而迷茫。这使我对他产生了保护欲——我有时会对所有人都产生保护欲，但这用在萨姆身上实在太奇怪了。我也不知道为什么会这样，但这件事确实发生了。

“死亡。”我说，“这是我唯一害怕的事。”

之后我们没有再谈论害怕的事情。我们绕着自由塔走了一圈，我给妈妈发了一张照片（她回复短信：看起来很漂亮，注意安全，我现在不方便说话，我在看那本新书呢！！）。然后我们乘电梯回到地面，那感觉像是在做自由落体，几乎让我失控。

从自由塔下来之后，我们走上布利克街，到玛格诺莉娅面包店门口排队买纸杯蛋糕。

“大家是在排队买纸杯蛋糕吗？”萨姆问道，伸长脖子看了看前面的人群。

“这些纸杯蛋糕值得等待哟，相信我。”

回到地面，回到外面，这感觉实在太好了，就连在我最喜欢的街道上不得不排队等候的感觉也很好。那首西蒙和加芬克尔的老歌在我的脑海里静静地回荡，我不禁哼唱起来。萨姆也跟着一起哼歌。我试着回忆歌词，可就是想不起来。

“我很久没听这首歌了。”他说。

“这是一首悲伤的歌。”我说，“我记得歌词描述的内容跟云有关。”

“所有的歌曲都可以是快乐的，也可以是悲伤的。这取决于你如何看待它们，也取决于你在听歌时想要找的是哪种感觉。”

“幸运的是，纸杯蛋糕肯定是让人快乐的。”

“那你想买一块让人快乐的巧克力小蛋糕还是一块让人快乐的香草小蛋糕呢？”

“我要买一个让人快乐的香草蛋糕，你买巧克力蛋糕，然后我们可以把它们切成两半，把两种口味组合在一起，这样我们就拥有了双倍的快乐。”

“这个纸杯蛋糕攻略太棒了！我猜你以前肯定也这样做过。”

“也就一两次吧。”

我们在一块褐砂石铺成的门廊前坐下，吃完了我们的组合蛋糕。我吃我那份时，每一口都是巧克力和香草味的混合。萨姆则是先吃了巧克力口味的，然后再吃香草口味的。他咬了第一口后就闭上了眼睛。

“我跟你说了吧。”我心领神会地说。

“哇。”

“这个纸杯蛋糕真的很好吃。”

“我是说……”

“我知道。你什么都不必说了。”

天色已晚，但我不想回到火车上，我不想回康涅狄格州。我希望这一天可以永远持续下去，我想要时间再重新过一次。我想象着这世上有一个超大的遥控器：一个按钮暂停，一个按钮停止，一个按钮可以倒回去。这样萨姆和我就可以坐在陌生人家的台阶上，永远吃着蛋糕，吃完了再让这一过程重来一遍。我永远不会对此感到厌倦。

“我们最好叫辆出租车。”萨姆说，“最后一班火车七点就要开了。”

“我们可以不回去吗？”我提议。

萨姆笑了：“你这样可不太好哦，洛蒂·里夫斯。”

我们在布利克街和第十一街的拐角处叫了一辆出租车，然后把后座的窗户摇下来，以便在我们离开之前尽量多呼吸一点儿纽约的空气。

“我希望有一天可以搬到这儿来住。”等火车的时候我说。

"到这个火车站来住？中央车站比这里好得多。"

我笑了笑说："你明白我是什么意思。我可以在布利克街买一套公寓，在华盛顿广场公园吃午饭，在东河那边的学校里教书。"

"你可以做任何你想做的事。"萨姆说。我们的对话一开始感觉很好，但后来就有一种悲伤的感觉，让人觉得压抑。"你还有无尽的岁月等着你。"

"你也是。"我看着他说。

压抑的感觉变得更重了。

"你有什么心事吗？"上火车后我问道，此时火车开始向家的方向驶去。

"没什么。我今天很开心，很高兴你邀请我来。"

"那你为什么看上去这么伤心呢？"

他朝窗外看了很久，然后才回答："还记得我们在自由塔上提到的最害怕的事情吗？我猜这件事也是其中之一——生活中美好的东西：友谊、旅行、火车、西半球最快的电梯……这一切都不是永恒的。"

"该死。"

"对不起。我不是故意的。"

"不，没关系。不过我想告诉你，你错了。生命是一种恩赐，让你有时间去做所有你想做的事情，然后在一切结束的时候做好准备。但你说的也对，失去的感觉糟透了，这会让人怀疑我们为什么要费心费力去做那么多的事。"

我们面对面坐着。萨姆握住我的手，三秒钟，然后就松开了。

“你让我想起了一个人。”他说道。

“谁？”

“一个比我聪明得多的人。”

“世上总有人比你更聪明。”我说，“你越早接受这个事实，你就越早停止试图对所有事情都做出所谓的正确判断。”

“这话说得很有智慧，洛蒂。”萨姆点点头说。

我没有告诉他这句话是我从海伦姑姑那儿听到的，但不知道为什么，我感觉他好像知道。

回到家时已经接近午夜了，亚伯是家里唯一醒着的人，他正躺在客厅里那张他最喜欢的扶手椅上看书。我在他对面的椅子上坐下来，对他说：“你有过这样的经历吗？就是脑海里一直在重复这些话：这很重要，记住这个，记住所有这一切。”

他把书放在腿上，思考了一会儿，然后回答道：“爸爸教我开车的时候，还有我们偷偷溜到铁轨上看流星雨的时候，以及我遇到艾米的时候，我都有这样的感觉。”

“这么说你明白我的意思？”

“我当然明白你的意思。为什么问这个呢？今天发生了什么事吗？爸爸妈妈跟我说“阿尔文·哈特”系列还会出版最后一本书。是因为这个吗？”

“嗯……因为这一切。因为那些信件，还有那个家伙。”

“派对上的那个人吗？”

“你见过他？”

“我从远处看见了他。他发型很漂亮，舞也跳得很好。”

“他和我一起去了纽约。”

“你们玩得开心吗？”

“我们玩得很开心，但我觉得他有事瞒着我。”

“比如说？”

“我不知道。我觉得倒不一定是件坏事。只是……他好像有什么心事。”

“哦，你的直觉一向很准，洛蒂，所以我打赌他一定有什么事瞒着你。不过也可能不是什么事。”

“也许他身体多长了一个器官？”

“这例子举得不错。”亚伯夸张地打了个哈欠，站了起来，“我累坏了。妈妈和爸爸整天都在霸占海伦姑姑的笔记本电脑，所以我根本没机会读。那本书好看吗？他们找到父母了吗？他们真的长生不老吗？”

“亚伯，天哪。这本书很好看，太精彩了。但我不会告诉你任何故事情节的。”

亚伯翻了下白眼，从我身边走过，说：“那我自己去读。”

“这就对了。”我在他身后低声说。

我回到房间，钻进被子准备睡觉。临睡前看了一眼手机，有一封温迪发来的邮件（在我们离开她的办公室之前，我给了她我的联系方式）。

洛蒂，哦，我的天哪。我刚刚读完第二遍。我甚至一整天都没离开过办公室。真是个奇迹，确实是个奇迹。我会尽快再跟你联系的。太棒了，这全都要感谢你。

不过，真正需要感谢的人不是我，书又不是我写的，我不过是一名信使。

我的手机又嗡嗡作响，是萨姆发来短信。

我今天很开心，一直笑个不停。

我们是在海伦姑姑的派对上认识的，现在不过一个星期。派对之后几天，我们在海边吃了比萨，一起躺在草地上看云。几小时前，我们站在自由塔的顶层，讲述自己内心深处的恐惧。

我给他回短信：

我也是。希望很快能和你再见面。

然后我从床头柜上拿起下一个信封，把它撕开。

洛蒂：

从高处俯瞰的景色感觉如何？我希望你现在已经平安归来，躺在床上或沙发上读这封信。跋涉了一天一定疲惫不堪，尽管你去的是个温暖又舒适的地方。平常的日子里爬上床是一回事，但是经历了一天的冒险之后再爬上床又是另外一回事——你会睡得特别香，那是一种仍然兴奋、仍然忙碌的睡眠，这时梦境会与现实交织在一起，二者之间的界限已然模糊，转变成了一体。

接下来你要做一件简单的事，可能会让你有一个有趣的发现。很久以前，我借给别人一本对我来说很重要的书，对方至今仍未归还。我希望把这本书送给你，因为我觉得它对你也很重要——但你得自己做些研究。去魔法槽商店找伦纳德。那家店很有趣，我想你会喜欢的。还有很多有趣的事等着你，我希望你喜欢这一切。

海伦

我在手机里打开了地图应用程序，搜索“魔法槽商店”，只有一个可能匹配的地方跳出来，在康涅狄格州的格罗顿。据描述，那是一家唱片店。

我给埃姆发短信：

又有一个任务了，明天一起去如何？

她几乎秒回：

好的，好的。我会早点儿过去。

我把手机放在床头柜上，然后抓起离我最近的那本阿尔文的故事《阿尔文·哈特与神秘的失踪》，又从头读了一遍。

“那个穿风衣的男人没死？”阿尔文悄声地问道。

“更糟糕的是……”A说，“你把他一个人留在了森林中的房子里，让一切都暴露在他眼前。我们都不知道他到底偷学了多少秘密的魔法！”

“A，冷静点儿。”E斥责道。

“这不是我们的错。”马戈说，“他想杀了我们，记得吗？你怎么不说‘恭喜你们没死’？”

“当然。”E说，“这件事我们都很高兴。”他停顿了一下，目光从马戈扫到阿尔文身上，好像现在才注意到他们俩看起来有多累，黑眼圈有多重，皮肤有多么苍白。“我们太没眼力见儿了，你们俩都需要休息，我们明天早上再继续讨论吧。”

说完，他和A立刻离开了房间。

阿尔文在地毯上踱来踱去，马戈双臂交叉，重重地坐在床上。

过了一分钟，阿尔文脸上带着微笑说："'恭喜你们没死'？你知道对我们来说这并不算什么了不起的事，对吧？"

"可他们并不知道这件事。"马戈打断道，"愚蠢的社团再加上这些人愚蠢的名字，让人烦透了。你听说过有哪个女人会取名为'A'吗？"

"这是人家的隐私。显然，他们还不信任我们。"

"很好，我也不信任他们。"马戈回答。

尽管"永生社"可能是他们找到父母的最佳途径，但阿尔文也不确定自己是否能信任他们。

——节选自《阿尔文·哈特与永生社》

11

“这次我们要到哪里去呢？”埃姆问道。我们正在厨房里，把一壶咖啡分成两份。

“再去一次海边。”我说着在每个保温杯里都放入奶油，再用长勺搅拌均匀。

“跳崖以后我就再没去过海边了……我这不是抱怨啊。”

“你听说过一家叫作魔法槽的音乐商店吗？”

“魔法槽！”亚伯大声地嚷着，睡眼惺忪地走进厨房，“那个地方我喜欢。”

“你去过那儿吗？”

“我过去经常和海伦姑姑一起去。没有咖啡了吗？”

“我再去磨一点儿。”我一边说着，一边从柜子里拿出研磨机。

“我喜欢去音乐商店。”埃姆说。

“哦，这家是最好的。你们要去吗？我可以一起去吗？他们现在还卖黑胶唱片和盒式录音带，就是磁带。你们最后一次看到磁带是什么时候？”亚伯说着，往嘴里塞满了烤面包片。

“嘿，那是我的早餐！”我抗议道。

“可你把咖啡都喝光了。”

“我不是又在磨咖啡了嘛。”我把一碗咖啡豆舀进研磨机里，然后把盖子合上，按下启动键。

“为什么烤面包这么好吃呢？”埃姆靠在案子上思忖着，她手里拿着一块面包，把它翻过来翻过去，“这只是面包而已呀，热面包。”

“‘热面包’，这用作乐队名字不错。”亚伯点点头。

我把磨碎的咖啡豆倒进了法压壶里，又把电热水壶里的沸水倒在咖啡粉上。这时亚伯说：“我去穿衣服。我可以去的，对吧？还是说这是你们女孩子的事？但不管怎样，我都要去。”

亚伯回到楼上，我和埃姆站在那儿吃烤面包片，没加黄油或果酱，尽管我已经把它们都放在了台面上。

“纽约之行怎么样啊？”埃姆问，她尽量不让自己显得过于好奇，但还是掩饰不住声音里的兴奋。

“你的意思是‘萨姆怎么样’吧？”

“哦，他去了啊……我都忘了。他和你一起去的吗？”

“别装了，你知道他和我一起去的。我们玩得很开心。”

“是……真的很开心吧？”

“如果你要问我们是否在自由塔的顶层亲吻了，我要告诉你，没有！”

“真可惜，那样多浪漫啊。”

“我发誓，世界上没有人比你更喜欢亲吻。”

“嗯，还行吧。可这不是我的错啊，除非你发誓一辈子单身或者出家什么的。”

“我没有立下任何誓言。我也没见过学校里有人在塔顶或其他任何地方亲吻。”

“你这么说也对，不过我们确实选择有限。”

“我一直觉得我会上大学，会有更多的选择。”

“但是现在你看到了隧道尽头的亮光……而光的名字叫萨姆……”

“我可没这么说。”

“好，随便你怎么说。但是你很开心对吧？”

“我是玩得很开心，是的。他很容易相处。他就像是你的男性化身，不过他说话可从不会尖酸刻薄。”

“嗯。他住在神秘镇，对吗？”

“是的。”

“我们要去格罗顿的一家唱片店？”

“是的。”

“就在神秘镇的附近……”

“你想见见他吗？”

“我当然想见他！我得去看看这个偷走冰美人之心的家伙到底是何方神圣。”

“他没有偷走我的……好吧。我来看看他现在在不在神秘镇。”我说着掏出手机，给萨姆发了一条短信。他马上回复了我。

当然！你到了给我发短信。

“他说什么了？”埃姆问道。

“他问：‘你那位喝醉的朋友会来吗？’”

“他才不会这么说！”

“他是没这么说，他说好的。我想我们可以一起玩儿了。”

“哇！你和他一起去了纽约。哇！这可是大事啊，好像你就要结婚了一样。”

我又递给埃姆一片烤面包——她嘴里含着食物就不能再说话了。

亚伯换好了衣服，我们拿起咖啡和剩下的烤面包，钻进了我的车里。我们打开车窗，大声放着音乐，亚伯和埃姆讨论了半天黑胶唱片和数字音乐的价值，以及保留这样的历史究竟有没有意义。所以我一直等到要从高速路出口下去格罗顿时，才找到机会问亚伯那家店在哪里，剩下的路就靠亚伯指引了。我们将车开上了一条偏僻的街道，来到一个沙石小建筑前，小停车场里停满了汽车，建筑物上还挂有一个褪色的牌子，上面写着“魔法槽”。

“这个地方看起来很有趣。”埃姆说道。

“这地方看起来是冠军级的黑胶唱片店。”我说。

“这个说法不错，这个地方非常有名。”亚伯说着下了车，“人们从四面八方赶来这里买专辑。他们还会在后院举办音乐会，录制现场的表演声音对外发行。那是真正的好东西。”

我在下车之前给萨姆发了条短信。

我们在格罗顿的魔法槽。

店里很暗，布满灰尘，但同时也称得上完美无缺，这正是我想象中那种可以花上数小时挑选散发着霉味的旧唱片的地方。不过，如果它们是书的话，我会更喜欢的。但唱片也不错。

亚伯和埃姆在货架间穿梭，已经进入了忘我的境界。我独自走向柜台后面的那个男人，他三十岁出头，一头棕色短发梳向一侧，身穿一件法兰绒衬衫（店里空调开得很足），戴着一副又小又圆的金属框眼镜。他看起来很友好，甚至在整理文件时脸上都带着微笑。注意到我之后，他抬起头来，笑得更热情了。

“嗨！”他冲我打招呼，“我能帮你找点儿什么吗？”

在每一部我看过的电影或书里，都有一间这样的唱片店，店员都是些自命不凡、痛苦不堪的人。我很高兴这家店不是这样。

“请问你是伦纳德吗？”我问他。

“就是我！找我有什么事吗？”

“我猜你认识我姑姑海伦·里夫斯。”

“哦，老天。”说话间他脸色阴沉下来，“里夫斯教授，我当然认识她。她是你姑姑吗？听到她去世的消息，我真的很难过。”

“你是她的学生？”

“很多年以前是。也许有八年了吧？那是我上过的最好的课。她很擅长解释她想让你知道的事情，好像她本身就是一本打开的书，把她所有的知识都带到了课堂上任我们翻阅。哦，这个比喻太糟糕了。”伦纳德笑了一下，将他的眼镜往鼻梁上推了推，接着说道，“她会因为我这样说而给我不及格的。”

“实际上，说到书……我想从你这儿取走一本书。她说她借给了你一本书，却一直没拿回来。”

“多好的记性呀！八年了……我当然还留着这本书，不过书在我家里呢。我可以打电话给我女朋友，让她把书带过来，她现在在家。”

“嗯，不用麻烦你女朋友。我可以等你下班，你觉得呢？”

“没关系的，反正她也要来这里找我，我给她打个电话。”

“谢谢你，伦纳德。那我在外面等你。”

“我愿意为里夫斯教授做任何事。”他郑重地说。

我来到唱片店的后排货架边，找到了亚伯和埃姆。他们静静地浏览着装有唱片的货架，表情看起来严肃极了。

“他的女朋友会把书带来，我出去透透气。”我对他们说。亚伯嗯了一声，以示回应。埃姆耸了耸肩。

我穿过一排排货架走出大门，想起亚伯说商店后面会举办音乐会，于是我绕着这里走了一圈，看到外面搭了一个小小的舞台，舞台周围有十几张折叠椅，散落摆成半圆形。我想知道伦纳德是这个店的主人还是在这里打工。我想知道到底是谁会在这么偏僻的地方开一家唱片店，举办只有少数人能参加的音乐会。谁才会有这样的梦想？

“我在这儿见到过康纳·奥伯斯特[①]。”一个声音在我身后响起——是萨姆，他坐在折叠椅上，眼睛看向舞台，“现在这里看起来不太像舞台，但当他们打开所有的彩灯，点燃蜡烛时，这

① 美国歌手、作曲家、作词家，主要作品有专辑《康纳·奥伯斯特》。

里就是天堂。每个来到这里的人都会很开心，会感觉自己在观赏一场非常特别的演出。”

“我想象不出那样的画面。”我说着坐到了他身旁。

“问题就在这里，你得亲自来看才行。但是这些节目从来不会提前公布，甚至提前一两小时都没有过，所以想要看到需要一点儿运气。你必须在正确的时间出现在正确的地方。”

“听起来真不错。”

“我来看过很多次，我看过最好的表演就是在这里举行的。”

“我家附近没什么音乐会可以去。”

“那看来你这次旅行是有收获的。”他说完转过头看我，好像忘记了我刚才就在这里，还跟他聊了一会儿，“嗨，洛蒂。”

“嗨，萨姆。这段时间你怎么样？”

“我一直很好。”他说，“是什么风把你给吹来了？是你姑姑的信吗？”

“我得从这家店的工作人员那儿拿本书，我姑姑借给了他，但他一直没还。”

“什么书？”

“我还不知道，书在他家里，他女朋友会把它带来的……”

“你在这儿啊！”我还没说完就被埃姆的声音打断。她和亚伯拎着唱片模样的蓝色塑料袋。看到萨姆时，她挥了挥手。“嗨，我是埃姆，请假装这是你第一次见到我。”

“我是亚伯，洛蒂的弟弟。”亚伯走上来和萨姆握了握手。

“埃姆，你有唱片机吗？”我问道。

“我爸爸有一台，可能在地下室的某个地方。”

亚伯爬上了舞台，环顾四周，嘴里嘟囔了一声什么。

“怎么了？”我问亚伯。

“这里白天看起来完全不一样。”他跳下来，坐在舞台边上。埃姆也坐了过来，开始和他比较买来的唱片。

萨姆找到一根棍子，在土地上画了一些井字格，我们玩起了跳格子的游戏。大概跳了十圈之后，我看到伦纳德走过来，他手里拿着一本书。

“我说过不会让你久等的。”他说着把书递给我，“嗯，不过实际上已经很久了。八年零十分钟，差不多吧。”

我没有细看就将书接了过来。“谢谢，我想这对我姑姑来说一定有重要意义。”

“我很高兴能帮上忙，不过很抱歉，一直没还书。”

我想起海伦姑姑过去曾说过，书会自己回到归属之处。于是我笑着对伦纳德说：“如果她以前想要，一定早就要你还了。”

等他离开后，我读了下书名——《寻找永恒：一部关于胡安·庞塞·德莱昂的历史》。

“庞塞·德莱昂是谁？”我问道。

萨姆俯下身来，看了看书名。我发誓，就在那一秒，我在他脸上捕捉到了复杂的表情。他先是小小的一惊，然后又定神看了看，接着流露出一丝惊慌失措。这时亚伯凑过来瞥了一眼，说：“他是一位探险家，你不知道吗？”

“庞塞什么？”埃姆问道。

“她为什么要我来拿一本关于探险家的书呢？”

“他很有名。”亚伯说，“你真的没听说过他吗？就是他找到了长生不老泉！”

“据说是这样的。”萨姆快速地说，他笑了笑，然后似乎仔细思考了一下，又补充道，“这可能是她为写作所做的研究吧。”

“噢，是的。”我说，“这就说得通了。”

“也许里面写了些什么？”亚伯问道。

我打开它，把书页翻了个遍，果然，在书的开头，她圈出了“长生不老泉”这几个字，并在页边画了一条线，在那里写着“S.W.！！！”。

“S.W.！亚伯，姑姑把最后一本书献给了她！”我激动地说。

“嗯。这个人是谁呢？她是不是有个朋友叫苏珊？”

“是叫莎拉吧？”我说，“我也不清楚”。

这时我发现萨姆已经跑开了，他跑去看舞台。过了一会儿又跑了回来，他说：“这是一个探险家的故事，也许她是想给你传递一个信息，要你去寻找属于你自己的路，永不停止探寻……这一类的信息。”

“太深奥了，萨姆。”我皱了皱眉。

“我也不明白。”他说，“你们接下来想干什么？”

“给我一分钟，我们在前面见。”

我一直等到他们三个人走到另一侧，从我的视野中消失，然后才从包里拿出海伦姑姑的下一封信。

洛蒂：

我第一次去听音乐会是在上高中的时候。那场音乐会在波士顿举行，乐队的名字叫“芝加哥”。我和你爸爸一起去的，我们偷偷从家里溜出来，一路开着车去，然后带着耳鸣开回来（那时我们还没有真正了解听觉受损。现在我生病了，明白了噪声会对人的耳膜造成损伤。但是无论如何，生活和学习还是少不了要被噪声干扰）。音乐会令人十分难忘，又或者只是因为那是我们第一次听音乐会，因为会场巨大而且能够容纳太多人，多得远超我的想象，也因为哥哥和我做了一些非常不靠谱的事情——我们偷偷从家里溜走，一路开车过去，还把车停在了一个疑似拖吊区的停车位上（庆幸后来车没被拖走）。我实在记不起那场音乐会具体的细节，以及音乐实际上要传递的东西了。我只记得我被征服了，那是我生命中最重要的时刻之一。我知道我会永远铭记那场音乐会，但并不是出于任何显而易见的原因。

结束后，你爸爸站了起来，他拍拍牛仔裤的口袋找车钥匙，结果发现钥匙不见了。我们跪下来找钥匙，而其他的观众则陆续退场。接着出现了一个非常有趣的转折——灯光突然亮起，乐队成员们走过来问我们是否需要帮助。想象一下，那时我们都还只是小孩子，芝加哥乐队的成员们和我们俩一起，在座位附近寻找一把可能根本就不在那里的车钥匙——钥匙可能掉在别的地方或被人偷走了，或者干脆消失在夜色中了。但我们真的找到了钥匙，它就躺在地上，一切都那么顺利。后面的几星期，你爸爸和我几乎不停地提起这件事（因为我们被禁足两个月，所以我记忆犹新）。后来，我们也常常聊起那天晚上发生的事。

那个夜晚是我一直以来反复回顾的记忆。我觉得这很正常，每个人都会试着把自己塞回老地方，也试着欺骗身体，让自己相信真的回到了那个地方。但实际上，我从来不曾真的回到过去。有些夜晚，我播放着喜欢的音乐，打开窗户，点燃一两根蜡烛。有些夜晚，我想象自己又回到了高中时代，或者住在你爸爸的车库里的那段时光，或者在追随着那个永生男孩。有时我又想象我身处任何我想去的地方，或成为任何我想成为的人。

在过去的几个月里，音乐是一种极大的安慰。我想和你分享这种感觉，洛蒂。听音乐。我是说听，真的，认真听。看看它会给你带来什么。

我最喜欢的歌是吉姆·克罗斯的《瓶子里的时光》。如果你还没有离开魔法槽，那就去买有这首歌的唱片吧。

爱你的海伦

《瓶子里的时光》？我从来没听过。

我小心翼翼地把信折好放回钱包里。我绕着转了一圈，发现他们几个都站在车旁边。

“再给我一点儿时间，可以吗？我想买点儿东西。”我说道，然后回到了魔法槽。

伦纳德的女朋友给他带来了食物，他们正在柜台后面吃午饭。我很快就找到了这张唱片——《你不要把它弄得一团糟》，然后拿到前台来付款。

“你姑姑在课堂上给我们播放过这首歌。”伦纳德说着将唱片翻了个面，当他看到我拿钱包时，急忙说，“不，不，不，不。这张唱片由我来出钱，就当是我借书的滞纳金吧。”

“真的吗？谢谢！你知道哪里能买到唱片机吗？”

“当然！我知道一个很棒的地方。”他说着在一张餐巾纸的背面写下那个地方的地址，“你很快就可以到那里。”

我拿起这张餐巾纸，再次感谢了他。我走到外面，萨姆、埃姆和亚伯正倚靠着汽车，看着他们买的东西。

“走吧。”我说着跳上驾驶位，“我们还有下一站哟。”

那天阴雨绵绵，是马戈最喜欢的天气。她从学校回家走了很长一段路，没有带伞，全身都湿透了。

如果妈妈看到她现在的状况，一定会说：“天啊，你会感冒的！”

但是这个玩笑话对马戈不再适合了——她再也不会感冒了。

她和阿尔文并不准备告诉父母他们已经是不死之身。不，这仍然是只属于阿尔文和马戈的秘密。这也是为什么阿尔文那天能待在家里不去上学——“我感觉不舒服”仍然是能够让父母信服的借口。

马戈并不介意独自一人上学和回家。

她有她的耳机和音乐相伴。

她享受着一场冰冷而美好的雨。

然后她突然意识到自己被跟踪了。

——节选自《阿尔文·哈特与风衣男子》

12

萨姆把他的自行车留在了魔法槽的停车场，在座位上帮我解读伦纳德画的示意图。亚伯和埃姆在后排座上激烈地争论如果约翰·博纳姆①几年前没死的话会怎么样。

“整个音乐史的轨迹都将改变。”亚伯说。

“像他那样严重滥用药物和酒精，是不可能始终保持高产的。”埃姆说，“也许他们会再发行一张专辑，但是……”

“再发一张专辑就能改变整个音乐史的轨迹了！”亚伯抢着说。

“你只会不停地重复这句话。”埃姆指出。

“这是真理嘛，我坚信这是真理。”

汽车行驶了几分钟后，我遵从萨姆的示意把车停在路边。这里一定离大海更近了，尽管看不见海岸，却能听到海浪拍打的声音。我费了一会儿工夫才看到那间坐落在稀疏树林里的小商

---

① 英国摇滚乐队齐柏林飞艇的鼓手。

店，门外的牌子上写着“二手商店”，最后一个“店”字褪了色，只能看清一部分。这可能是我见过的最小的房子，它的外面堆满了东西，有野餐桌、洗衣机，还有狗舍、工具箱、路标，以及带着水迹的玩具屋。我们从车里下来，在一个塑料摇摇马和一个超大的精灵雕塑之间找到了一条通道，从前门溜了进去。

“塔迪斯[①]。”亚伯低声说，他兴奋地轻推了我一下。沿着过道往里走，我们来到一个很大的房间，里面堆放的垃圾比我在任何地方看到的都要多。

“塔迪斯是什么？”埃姆问。

“警察岗亭。”我回答道。

“哦。这个解释不错。”说完她和亚伯一起走开了。

萨姆走过来问我：“在找唱片机吗？另一封信里的指示？”

“算是吧。”

萨姆似乎认得路，他带我来到一个古董唱片机的展柜，每台唱片机的角上都贴了一个小小的白色价签。

“你以前来过这里吗？”我看着不同的机型问道。

“这是个小镇，”他说，“基本上每个地方我都去过。”

“你了解唱片机吗？”

他弯下腰去查看这些唱片机，然后向我指了指一个带内置扬声器的小手提箱。他说了一些具体数据（关于每分钟转数和唱片

---

① 英国科幻电视剧《神秘博士》中的时间机器和宇宙飞船，拥有20世纪50年代英国警察岗亭的外形。

重量之类的东西，我根本听不懂），结论是：买这台，这台是一个不错的选择。

“你是个天才吧？”他把那个唱片机递给我，我说道。

“什么意思呀？”

“你学过那么多的大学课程，还懂这么多东西。谁会这么了解唱片机呢？”

“我想这只是因为我读了很多书。”他说。

“跟唱片机有关的书吗？”

“方方面面的书。”

“那你睡过觉吗？”

“我每周都会试着打个盹儿。”他眨了眨眼，笑着从我身旁经过，走到收银台前。埃姆已经站在那儿了，正和一个看起来很无聊的二十多岁的老板谈论她刚买的唱片。

“你喜欢黑胶唱片吗？你在这附近上学吗？你喜欢在旧货店工作吗？”埃姆仿佛连环炮一样快速发问。

“是的。”店主回答道，“是的，我在这附近上学。不，我不喜欢在旧货店工作。”

我把唱片机放到收银台上。“四十美元！”埃姆看着价签说，“这简直是偷呀。说真的，洛蒂！”

我付钱的时候，亚伯把埃姆从收银台拽走了。萨姆来到我身边，店主看到他时笑了：“嗨，萨姆。”

“嗨，禅。”

“你的名字真的叫禅吗？”埃姆被亚伯拉出店外时还回头大

声问道。

“很抱歉，她有点儿热情过头了。”我说道。

“没关系，我已经习惯了。旧货店常能激发人的好奇心。”禅耸了耸肩。

“禅，这是我朋友洛蒂。”萨姆说，“洛蒂，这位是禅。”

禅把一只手伸到柜台上，对我笑了一下。我感觉萨姆的任何朋友都值得信赖。

“很高兴见到你。”我说。

“我也是。这是一款不错的小机器。”禅边说边轻轻地敲着我挑选的这台唱片机，“四十美元，既然是萨姆的朋友就免收税点啦。”我递给他两张二十美元的钞票，他又说道，“你们可以去海边玩一玩，米凯拉又做了一个浮木雕塑。”

“真的吗？哇，那我们一定要去看看。”萨姆转头看着我说，“米凯拉是禅的搭档，她是一位非常出色的艺术家。”

“那太棒了！”我说，“我们走吧。”

“谢谢你。”萨姆对禅说道。

“有事随时吩咐。”

“大红人。”我们走出唱片店，等到禅已经听不见我们的声音时，我用胳膊肘轻轻地推了下萨姆。

“我和你说过，这是一个小镇！”

我们在停车场找到了亚伯和埃姆。“这边走。”萨姆指着店铺后面说，“带上唱片机。”

我从车里拿出了吉姆·克罗斯的唱片，然后跟着萨姆来到二手店后面一条在树林里开辟出来的窄道上。

我们排成一列往前走——这也是唯一可行的方式。萨姆在最前面带路，接着是我，然后是亚伯，埃姆走在最后。走了一会儿，我们听见海浪声越来越大，脚下的小路也变成了沙地，一个隐蔽的小海滩呈现在眼前。我们向海边走去，没走多远就看到了米凯拉的雕塑——其实想看不见都难——它看起来就像是沙堆中一个完全成形的树屋。它建在离海面很近的地方，建成后就开始涨潮了，底部半米的位置已经被海水淹没了。一个女孩坐在雕塑凸起的小平台上，我猜那就是米凯拉。她还用浮木做了一个火炬，火炬的火虽烧得不太旺，但火光很亮。

“哇！”埃姆惊叹道。

“这太棒了。”亚伯接口说。

“她上次做了一个巨大的蜂鸟雕塑，连翅膀都会动，你们真应该看看！”萨姆说。他看到米凯拉正看向这边，便向她挥了挥手。她从摇摇晃晃的平台上爬下来迎接萨姆。

“萨姆！我正想着你要是能来看看这个雕塑就好了。它很快就会被海水吞没，不过我已经拍好了照片。”她说道。米凯拉比我们年长几岁，长得很漂亮。她梳着两根长辫子，脸上还有点儿泥印。她的手有些粗糙，长满了老茧。“你还带朋友来了！我想你身边从来不缺少朋友。”她对我们热情地笑着说。

“这是洛蒂、埃姆和亚伯。你有电源吗？”萨姆问道。

“在那儿呢。”米凯拉指着电源回答道。萨姆从我手中接过唱片机，插入一条橙色的加长电源线。我不知道电源线是从哪里来的。

“这太美了。”我问，“这个雕塑是你做的吗？”

“谢谢你！是的，我只是做着玩儿的。”米凯拉说道。

“你刚说雕塑会被吞没，是什么意思呢？”

“涨潮时它会被水冲走的。就快了。但是我并没有用什么不属于海洋的东西来做雕塑，所以它只是返回大海而已。”

“难道你不会失望吗？”

“没什么。不是所有事物都必须永久存在，毕竟已经有很多博物馆了。这只是我为自己做的，为现在这个时刻做的。”她回答道。

“但这不就像是创造了某种东西，仅仅是为了看到它被摧毁吗？”我问，“对不起，这么问听起来有点儿刺耳，无意冒犯。”

“没关系！”米凯拉笑着说，“我喜欢与人交流。不，我不这样想。毁灭并不是唯一的目的，只是艺术无法避免的结果而已。艺术终将被全部毁灭，即使是《蒙娜丽莎》也终有一天会化为尘埃，只不过它会比我那些雕塑存在的时间更久一点儿。但在万物演变的漫长时空中，它们都只不过是沧海一粟。”

“这么说太苛刻了！”萨姆说。

“‘雕塑毁灭’！又一个绝妙的乐队名字。”亚伯兴奋地说。

这时唱片机里传来音乐声。“这张唱片里有你姑姑最喜欢的歌。”萨姆听到后对我说。

“她也为你们在课堂上播放过吗？”

“是啊。”他温柔地说，“我就是那个时候听到的。”

当我们走到米凯拉的雕塑旁边时，音乐声伴随着海浪声显得格外悦耳。

“它能承受得住我们所有人吗？”萨姆把手放在雕塑的横梁上问。

“试试不就知道了。”米凯拉回答。

我们把唱片机、鞋子和手机放在远离大海的地方，然后一个接一个地爬上了米凯拉所做的雕塑。我们五个人挤在一起，想尽可能地让自己的动作轻一点儿。即便我们成功地在上面安顿下来，它还是摇晃了一下。这个平台只有三米多高，但在上面的感觉和在沙滩上明显不一样。海风吹得更猛，风里夹杂的海水的咸味也明显更浓。音乐声和风声交织着环绕在我们耳畔。

我想到了米凯拉刚说过的话，忍不住去思考一个事物的持久性是否会影响它的价值。

“洛蒂，该你了。”埃姆说着把什么东西塞到了我手里。是一把锋利的小折刀。

“干什么？”我问道。

“我们在刻木头。你可以刻下任何你想写的东西，一些重要的事或者你想留下的东西。”米凯拉说，“我写了‘毁灭’。”

“我写了‘齐柏林飞艇’。”亚伯说完，埃姆瞥了他一眼，他又说，“怎么了？这可是很重要的东西。”

“你写了什么？”我问萨姆。

他指着一块木头，我凑过去看他在那上面刻的字——

时间。

“这很重要，但并不代表一切。”他平静地说。

我捡起自己的那块木头，开始刻起来，这比我想象的要难。

我刻得很慢，字母歪歪扭扭的，但每一个都比上一个要好些。当我刻完的时候，我向后靠了靠，看着我手中刻了字的木头。

"'听'。"萨姆读了出来。

"这是姑姑想让我做的，"我解释道，"但这好难啊。"

亚伯和埃姆聊着约翰·博纳姆，米凯拉被吸引了过去。我听到她列出了一个非常详细的时间表，显然是经过深思熟虑的。她谈论着如果约翰·博纳姆没有死的话，会有哪些事发生。

"有一次上课时，你姑姑说家长送孩子去学校学习数学、语文和历史，但他们从来不教孩子如何独立思考。"萨姆一边说着一边向我靠过来。

"她也这样跟我说过，她说我们花了很多时间学习加法和减法，却根本没有时间去学习如何控制焦虑、如何控制愤怒，以及如何理解我们的情绪。"

"这似乎是一个相当大的错误，对吗？"

"是的，确实如此。"

我再次闭上眼睛，试着屏蔽所有的干扰。但即使是试图阻止干扰的行为也变成了一种干扰，我感觉自己很生气也很着急。

"不如试试这样。"萨姆提议道，"每当我觉得头脑很混乱时，这样都很管用。闭上眼睛，跟着旋律走。不是歌词，而是旋律。想想你脑海中的音符，忘了音符以外的所有事情。在你随着音乐漂浮时，不用太过用力集中注意力。"

好吧，我试试。我又闭上了眼睛，这次我把音乐想象成一种有形的东西，仿佛能在我脑海中呈现出来一样。一首歌结束了，

《瓶子里的时光》开始了，我以前没听过这首歌，只是听过这个名字。我想象这些音符有了自己的模样，可以自由地跳跃和演绎。这个办法真的很管用。突然间，我的整个世界里都充满了吉姆·克罗斯所唱的时间和爱，以及这两者转瞬即逝的本质。海浪和风的声音，还有亚伯、埃姆和米凯拉的争论声，全都消失不见。这个世界只有我一个人，只有我，还有一把吉他和一位歌手的声音。

这首歌结束的时候，我睁开了眼睛。萨姆目不转睛地盯着我看，我忍不住大笑起来。

“怎么了？”他有点难为情地说，“我做了什么？”

“没什么。成功了，这真的很管用！”

我们在那里待了很久，直到将整张唱片听完。现在雕塑底部一米多已经没入了海水，我们不得不游到岸边去。不过没关系，因为我车里有毛巾，而且我们都不介意喝点儿海水。

埃姆第一个跳入水中——为了溅起巨大的水花，她欢呼着腾空而起，把腿收缩到胸前。接着亚伯从容地下水了，然后是最优雅的米凯拉。他们三个在狭窄的海滩上欢笑着抖掉头发上的水，只剩萨姆和我还在平台上。

“不会太久了。”萨姆指着这座雕塑说道，我感觉他还有别的意思，但是我不明白那是什么。我还没来得及开口询问他就抓起了我的手，带着我一起跳了下去。海浪涌来，我甚至没时间去思考是否应该让头浮出水面。咸咸的海水灌进我的眼睛和嘴里，我浑身都湿透了，冻得瑟瑟发抖。上岸后，我们一起返回到车那边。趁着大家站在那儿用毛巾擦干身子时，我打开了车里的暖风。

禅从店里走出来，看着我们几个微笑。米凯拉拒绝使用毛巾，她带着水珠跳起舞，已经准备好做下一个雕塑了。

我们跟他们俩道别，然后送萨姆回魔法槽取他的自行车。我没有给车熄火，陪萨姆走着去取锁在大楼一侧的自行车。

“谢谢你来见我们。”我说。

“有事随时吩咐。”他答道，然后解开链锁，缠到自行车中间的车杆上，“我希望你姑姑的信还能让我们一起做些什么。”

“我相信会的，她很喜欢这里。”

我坐回车里，看着萨姆骑车渐渐远去。亚伯和埃姆同时发出类似亲吻的声音，哼唱着一首有关爱情和婚姻的古老歌谣。

“洛蒂爱上某人喽！”埃姆用一种非常恼人的声音说。

“我没有爱上谁，我才认识他一个星期。”我辩解道。

“洛蒂对某人动心了。”亚伯纠正道。

但这么说也不太对，这个说法太肤浅了。我不知道该如何形容，这一切都太复杂了，没办法准确地解释。我对萨姆动心了吗？我不知道。我脑子里乱七八糟的，好像有太多信息要处理，却没有足够的空间去整理。

我没再理会他们，埃姆和亚伯也知趣地安静下来。

那天晚上，我把唱片机放在房间里，单曲循环那首《瓶子里的时光》。我觉得这首歌好像是要告诉我什么，但我一时之间又理解不透它的深意。

“阿尔文？”马戈呼唤着他，她的声音在黑暗中显得格外微弱。

“什么事？”

“如果你不是永远十三岁的话，你会想做些什么呢？”

“哦。”这个问题让他瞬间难过起来。如果在一个月前或一年前有人问阿尔文·哈特是否想永远活下去，他一定会很快给出答案——当然！谁不想永远活着呢？

但真的永生了之后，他们立刻陷入了现实的困境。

他们的父母不见了。

他们的爷爷去世了。

他们唯一能确保安全的地方就是这里——无尽荒凉的树林中，一座四面透风、阴森可怖的房子。

所有的一切都显得那么悲凉和破败。

现在，他愿意付出一切代价，把这个永生的诅咒送还回去，送还给那个穿风衣的男人。让他拿回去吧！让永生社认领走吧！阿尔文根本就不想要它。

但他不能这样对妹妹说，因为他是哥哥。

一个是永远停留在十三岁的孩子，一个是永远十一岁的孩子。

为了妹妹，他必须保持乐观。

“哦，我不知道。”他一分钟后才回答，努力让自己的声音听起来轻松愉快，“我现在可以做很多事情，我也有很多的时间去做这些事，这太酷了。”

他们钻进各自的睡袋，把自己深深地藏在里面。月光尽了最大的努力，但还是无法穿透那扇脏兮兮的窗户。房子里非常安静，整晚都没有风吹进来。

马戈过了很久才回答阿尔文的话。当阿尔文快要睡着的时候，一个词穿过夜空，在他头顶飘浮着，跟随他进入梦乡——

“骗人。”马戈轻声说道。

——节选自《阿尔文·哈特与风衣男子的归来》

13

星期一的到来意味着还有三个星期我就要离开高中校园了。这真是不可思议——我就要毕业了，而海伦姑姑却不能来参加我的毕业典礼。她一直支持我们上学读书，也正是因为她，我一直努力学习，想要成为一名教师。我相信过不了几年我就会实现我的理想。康涅狄格大学有一个五年本硕连读的项目。从某种程度上来讲，在完成了高中四年、初中三年和小学五年的学习之后，我觉得大学的五年时间根本就算不了什么。

上学前，我打开了她的下一封信。

洛蒂：

当我坐在这里写信的时候，我试着想象你为了回应我的每一个突发奇想而到处奔走的样子。当然，我无法控制你的行为，只知道你一直都值得信赖。这几乎就像长生不死一样，不是吗？即使我的时间走到了尽头，即便医生已经在我的病历上盖上了生命终结时间，我想要做的事却都一步步完成了。

我希望我还能再过一个夏天——那一直是我最喜欢的季节，再健健康康地过一个夏天……但愿这不算太奢侈的要求。但我想，既然你正读着这封信，也就意味着他们说的是对的——我已经带着我所有的夏天走了。但你还有那么多的时间呢，洛蒂，你的人生还会有很多个夏天。为此我非常感恩，也非常高兴，我知道你会充分利用这些时间。

说到这个夏天，我在学院里还有最后一门课要上。我已经告诉他们了，如果我今年不能完成任务，就让他们找人代我上完剩余的课程，除了最后一节课。我将为最后一节课推荐一位代课老师，而那位代课老师就是你，洛蒂。相关的信息在我电脑的日程表里。

这堂课既没有教学大纲，也没有课程计划，但是我敢肯定，学生们听到你所讲的内容，一定会觉得自己非常幸运。你很出色，洛蒂，就像所有那些致力于为年轻人传授知识的老师一样，你天生不凡。总有一天你会成为教师中的一员，而这将是你证明自己的第一次机会。

爱你的海伦

我的心怦怦直跳。姑姑这么安排的目的是什么呢？她想让我在一群比我大的学生面前难堪吗？她想让我因心脏病发作而死吗？

但死于心脏病似乎并不是那么糟糕。可能会很痛苦，但痛苦也就持续一两分钟。还有很多更糟糕的死法让人无法承受。

我明白海伦姑姑并不是真的想让我心脏病发作。她大概认为这是一个很好的机会，让我可以在未来想做的事上进行一些实践。只不过这真的很可怕。

早上轮到亚伯开车去学校。我在楼下跟他碰头，飞快地吃了一碗麦片，而他则好奇地打量着我。

“你怎么了？”他问道。

“海伦姑姑要我去替她教一堂课。”我嘴里塞满了食物，言语含混不清。

“什么？”他有点儿惊讶。

我咽下麦片，重新说：“海伦姑姑让我去教她这学期的最后一堂课。”

“给大学生上课？”

“是啊。”

“哇哦！责任重大啊。”

“我也觉得。”

“你的脸色看起来有些苍白。”

“我知道。”

“走吧，我们得去接艾米，要迟到了。”

在去艾米家的路上，我们都没怎么说话。每次亚伯想说什么，我就把头埋进胳膊里哼哼两声。最后他也明白了我的想法，不再试图与我交流。

艾米站在她家车道的尽头等着我们。“天太热了。”她说着爬进了后座。亚伯和我沉默不语，仿佛陷入了沉思。在一分钟的沉默之后，艾米问：“我错过了什么吗？”

"洛蒂会替海伦姑姑讲授一堂课。"

"哇。"艾米用一种讨我欢心的方式回应了亚伯，"洛蒂，你真的要去教课吗？教一个班吗？"

"我想是的。"我说，"她已经全都安排好了。"

"要是我的话，我可能会紧张得晕过去。"她说道。

"你的乐队还在数百人面前表演过呢。"亚伯指出。他开着车，艾米伸出手来揉捏他的肩膀。"是的，但这可不一样，教课需要与人互动。而当我在舞台上的时候，我可以假装只有我和音乐。你明白吧？"

"好极了，伙计。"亚伯说着用手比了个摇滚的手势。

"闭嘴。"她说，"洛蒂，你比我勇敢多了。"

我觉得自己并不勇敢。我想教的是小学生，而不是大学生；我想教的是一加一等于二；我想读适合孩子们的读物，让孩子们装扮成他们最喜欢的历史人物。我对教高年级的学生没兴趣，我一直对教低年级的学生更感兴趣——这些孩子还能睁大眼睛、好奇地接受新的思想，我有机会真正改变一个小学生的人生。这就是成为小学老师吸引我的原因。我不知道我能对一群大学生说些什么，除了睡觉以外，他们似乎什么都不愿意做。

那天晚上我查看了海伦姑姑的电脑。她的最后一堂课被安排在星期五，也就是四天之后。好吧，我可以在四天之内制订出一个课程计划，但我甚至不知道他们在学习什么。长篇小说？短篇小说？经典文学作品？

接着我想到了萨姆。他上过我姑姑的课，应该知道一些基本的情况。我睡觉前给他发了条短信：

这周五我要代姑姑去教课，简直太可怕了。你能帮我吗？

我一边等待他的回复，一边刷牙洗脸，然后上床躺下。就在我要睡着的时候，他的信息来了，短信声音轻轻地赶走了我的睡意。

当然可以，我倒是有个主意。什么时候上课？

下午四点钟。我中午放学就过去。

那所大学离神秘镇很近，萨姆可能会骑自行车去。

那天下午一点钟，我们在图书馆外面见面吧。需不需要在路上多留出点儿时间？

一点钟可以的。真是太感谢啦。

我正好想再见见你，所以这个安排对我们俩来说都很好。

我把手机调成静音，并定好第二天的闹钟。

这将是史上最长的四天。

我预感得没错，接下来几天的每分每秒我都度日如年、痛苦不堪。老师们尽可能在最后关头让学生挤出时间来学习，但除了少数几个平时就很勤奋的高年级学生，几乎所有的学生都已经不学习了。星期五那天，埃姆在教科书空白处画了一只邦尼兔，被老师撵出了历史课教室。我找到她时她正坐在我的储物柜前，给画好的兔子旁边加上了几只小鸭子。

“你去找校长了吗？”我一边问她，一边把我的东西放在一边，从储物柜里拿出金属挂钩上的车钥匙。

“她并没有让我去校长办公室，”埃姆低着头回答道，“只是让我从教室里出去。对我来说，这里似乎是一个不错的地方。”

“这个想法不错。这个周末我们能见一面吗？”

“是今天去大学里讲课吗？”她跳起来问我，然后跟着我穿过大厅走去停车场。今天亚伯和我是分别开车来的，这样我就可以直接从学校去大学了。

“就是今天去讲课。”我确认道。

“你紧张吗？”

“也许有那么一点儿紧张吧。”

“去见萨姆让你紧张吗？”

“还好吧，我只是想让他帮我弄清楚这课到底该怎么讲。”

“嗯，当然，除了这个还能谈什么？”埃姆说。

“我不是叫你别瞎说了吗?!”

“对，你说了。但我第一次和别人约会的时候，你在我卧室贴了满满一屋子便利贴，上面写着：埃姆永远爱她的恋人。所以我这次得好好抓住机会整整你，就像你之前做的那样。”

“我得为自己辩护，你的确永远爱你的恋人，而且我是在你真正开始约会之后，才在你卧室贴便利贴的。”

“那等你开始和萨姆约会，我就可以去刺一个写着‘洛蒂永远爱萨姆’的文身了？”

“也许你该想想不那么长久的事情。”

“说得好。好吧，玩得开心！晚些时候给我发短信。”

我答应晚上给她发短信，挥了挥手便钻进车里。埃姆还待在停车场，手里拿着她那本面目全非的历史课本。

这些年来，我曾上过我姑姑的几门课，但我已经记不太清了。她教儿童文学写作和儿童文学史。这些内容我倒是了解一些，但远不及她懂得那么多。我把她的电脑带来了，说不定电脑里的东西可以帮到我。

当然，我还完全没准备好。

海伦姑姑在信里说得好像我就是代课老师的不二人选，她好像完全不担心我执行这件事的能力。可我不太敢确定，我觉得亚伯可能会是更好的人选——虽然他不想成为一名教师，但他读过英国语言史上每一本重要的儿童读物，还读过很多杂七杂八的书，并且能清晰地记得那些词句。他长大后很可能会成为下一个约翰·罗纳德·瑞尔·托尔金[①]，或者成为下一个海伦·里夫斯。

没过多久我就到了图书馆，坐在馆外的草坪上打开我姑姑的笔记本电脑。虽然几天前我就已经看过了，但我还是花了几分

① 英国语言学家、作家，因创作了奇幻小说《魔戒》三部曲而闻名于世，一般简称他为J.R.R.托尔金。

钟再次浏览她的文档，并点开了一个标为课程计划的文件夹。文件夹里最后一个文件是在几周前完成的——也就是她去世之前。学生们最近的三四次课都不是她上的，而是由学校指派来的代课老师教。这一次轮到我了。我真的不想让学生们和姑姑失望。

我感觉有一只手拂过我的发丝，接着就看到萨姆愉快的笑容。他戴着太阳镜，穿了件蓝色的T恤衫，在我的对面坐了下来。

“嗨。”

“嗨。”

“首先，你看起来好像要吐了。你是不是想吐？”他问道。

“没觉得想吐啊。但我也不是百分之百肯定不会吐。”

“好吧，那我得离你远一点儿。你在忙什么呢？对这次上课你有什么想法？”

“毫无想法，我根本不知道该做什么。此时此刻，我只想到在课上读完《马戈·哈特的永生》的第一章，然后下课。”

“太好了！我正好有个主意，我们走吧。”他猛地跳起来抓住我的手，拉起我就要走。我匆忙把笔记本电脑放进包里，跟着他一起离开了图书馆。

“我们要去哪儿啊？”

“一个很棒的地方。”他说道。

“这就是你短信里说的那个主意？”

“就是这个主意。”

没过多久，我们来到了一个露天的圆形剧场。我以前和亚伯还有爸爸妈妈来过这儿，一起看了戏剧系排演的夏日莎士比亚系列剧。

“我们是来看戏剧表演吗？我们应该要制定课程大纲呀！”当我们快到售票亭时，我问道。

“离上课还有三小时，如果你现在还没计划好，那就干脆别计划了。你只要即兴发挥就行，洛蒂。”他买了两张票，还拿了两份节目单，将其中一份递给我。

“小王子。”我看着节目单读道。

“这是由里夫斯戏剧社改编的舞台剧。”

“里夫斯？”

“你姑姑是他们的头号支持者，她组建了这个戏剧社。他们过去叫‘海滨戏剧社’，但自从……他们就改名了。”

“这些同学人真好。”我说。

我们找好了座位，我也看完了节目单，它只有薄薄的两页，折叠在一起。小王子由米凯拉·巴恩斯饰演。

“嘿。”我指着一个布景说道。

“没错，就是她告诉我这个演出的。她还制作了布景，并帮助改编了剧本。她做任何事都很出色。”

至少有一半观众是孩子，可是在整个演出过程中，没有一个孩子大声说话或走来走去，这足以说明这部剧有多好了。米凯拉饰演的小王子简直太棒了，所有的演员看起来都很开心。演出结束后，萨姆拉着我的手走出了剧院。我有些发蒙，又有些开心，都快不能集中精力走路了。

“你觉得这个演出怎么样？”我们走到外面时，他问我。

“太棒了，非常精彩！谢谢你。”

“你真的喜欢吗？”

“我当然喜欢啦。而且我现在已经明确知道我要讲什么了。”

“真的吗？那太好了。你看这就是我的好主意哟！”他说着挺起胸膛，显得有点儿扬扬得意。

“好吧，我还是有那么一点儿不相信，不过还是谢谢你。”

“你介意我也来教室旁听吗？”

“当然不！我本来就觉得你会来旁听的。”

“真的吗？哦，太好了。我不想太冒昧。”

“我们还有时间喝杯咖啡吗？”

萨姆看了下手机，然后给我看了眼屏幕。三点半了。

“你姑姑上课那栋楼里有个咖啡店。”他提到。

“真的吗？”

“这里是大学，基本上每栋楼里都有一家咖啡店。”

海伦姑姑上课的教室在特纳大楼，是校园里一栋比较大的建筑，也是英语系的主教学楼。它仍然是我记忆中的模样——楼里有很多间塞满书和文件的办公室，还有很多间配有高高的天花板和木嵌板的教室。这栋楼配置很完善，但也有点儿令人毛骨悚然，仿佛海伦姑姑的灵魂还在大厅里游荡。我甚至感觉自己闻到了她的味道，但我知道那只是我的幻觉。

我第一次下定决心要当一名教师就是在这栋楼里。我过去经常旁听海伦姑姑的课，但大部分时间我都没有认真听她讲课的内容，而是注意她如何抓住学生们的注意力。学生们带着本子、笔或笔记本电脑来教室听课，但教室除了我姑姑的声音外，鸦雀无声。

我反复告诉自己我也可以做到，不管我多紧张，都可以做好自己想做的事。

这家咖啡店位于地下室，最近重新进行了装修。店里有一个很大的学习区，用独立的小隔间划分开来，每个隔间里放着一张长方形的开放式书桌。这家咖啡店叫作“阿尔文的咖啡店”，这再次刺痛我的心。店里坐着一小群戴着眼镜看书的人，耳朵后还夹着钢笔。这种场面使我更加紧张，我的胃不停地翻腾，一遍又一遍，就像浪涛汹涌的大海。

“深呼吸。”萨姆低声对我说。前台的女孩穿着复古连衣裙，涂着红色唇膏，可爱极了。我从她那儿买了两杯咖啡，然后颤抖着递给萨姆一杯。

“她上课的教室在哪儿？”我问，“我忘了是哪间教室了。”

“没事儿，我知道教室在哪里。我们找个位置坐会儿。”萨姆说道。我们把东西放在一张空桌子上，然后挨着坐在一起。“你做过呼吸练习吗？”他问我。

“我经常呼吸，现在也正在呼吸。”

他笑了起来：“我不是这个意思，是……好吧，来跟我试一试。用鼻子吸气，尽可能多地吸入空气，然后慢慢地用嘴吐气。这样做三次，每次呼气的速度都要比前一次更慢。你也可以闭上眼睛。”

“我现在超级紧张。”

“我知道。你试试这样去呼吸，就没那么紧张了。”

我闭上眼睛，照他说的去做。

我能非常清楚地感知身体的每个部位，我的心脏跳得很厉害，呼吸沉重得好像有一块硬糖卡在胸腔里一样。

这并不是真正的焦虑症发作，但我知道自己的身体正酝酿着一场焦虑症发作，它等待着时机，随时准备爆发出来。

我心里默念：“你现在要做的就是完成这堂课的教学……”

我慢慢地呼出气来，慢到我的肺都开始疼了。我做完三次深呼吸，然后睁开眼睛看着萨姆。

“哇。”我感慨道。

“有点儿用吧？”

“真的很管用。”

“呼吸对我们很重要，一直以来我们对呼吸都没有足够的认识。”

“我觉得我对你还没有足够的认识。”

他笑了：“走吧，我们去404教室。”

电梯出了故障，所以我们只能从地下室走到四楼。走到教室后，我又开始喘了，不过这种程度的喘气还是可以接受的。虽然我还是有点儿恐慌，耳朵嗡嗡作响，但相比刚才已经缓解了很多。我知道我没有退路，不管是为了海伦姑姑还是我自己，我都必须好好完成这个任务，所以不妨试着去享受这一过程。

现在是三点五十五分，教室里已经坐满了学生。大家都听说今天会来一位新的代课老师了。当我把包放到海伦姑姑曾经用过的讲台上时，我觉得教室里所有的目光都转向了我。萨姆坐在前排的座位上，他傻笑着对我竖起大拇指。我刚把海伦姑姑的笔记本电脑从包里拿出来，就听到有学生倒吸了一口气。我猜可能有人认出了姑姑的电脑，这倒也在我意料之中——这台电脑前面的苹果商标被涂成了彩虹色（是埃姆用指甲油涂的），辨识度很高。海伦姑姑很喜欢这个彩虹商标。

“你真是一位艺术家！”当埃姆向她展示彩虹苹果商标时，姑姑说，“视觉享受！”

“你说的是法语吗？”埃姆问道。

“差不多吧，有可能。”

我开始上课之前，又有几个学生蹑手蹑脚地走进教室。我打开电脑里的文件，将海伦姑姑的一本笔记摊开放在电脑键盘上。我找到第十个文件，这是很重要的一个文件，所以我一直保存着。

四点整，我走到讲台前面，身体靠着讲台。那一刻，我只想让自己的声音保持稳定。

请让我的声音保持稳定。

“我的名字叫洛蒂·里夫斯，海伦是我的姑姑。她说如果她不能亲自来的话就让我来给大家上这最后一堂课。”后面的人已经哭了，他们压低声音，低声抽泣着。抽泣声从教室的天花板上飘过来，几乎要把我也惹哭了。“我不清楚你们这辈子都想做些什么，但我猜你们中至少有一部分人想成为作家。我觉得这想法挺好的。但我们在生活中想得到任何东西都不容易，即使是像我姑姑这样有成就的作家，也有很艰难、收到堆积成山的退稿信、决心逐渐被磨灭的时候。

“我姑姑经常提到永生的概念。鉴于这是她选择的写作主题，这倒也并不奇怪。生活中，我们总会提到时间这个概念。时间——似乎我们总嫌时间不够多，对吧？我姑姑的时间不够多，但是她在短暂的一生中取得了很大的成就。我想我们也有机会，我们还有那么多时间，可以去做任何我们想做的事。

“沿着这个思路，我希望每个人都花几分钟时间想一想这个问题，然后在纸上写下你的答案。如果你可以拥有世上所有的时间，你想做什么呢？一两句话就可以，完成后你可以把答案随机交换给邻座的同学，告诉别人你自己的想法。向别人敞开自己的心扉是非常重要的。”

我冒险瞥了萨姆一眼。不知什么原因，他没有动笔，看起来并没有为我高兴……他是不是有点儿担心？但后来他注意到我正在看他，脸上很快露出了灿烂的笑容。他靠向他邻座的同学说了什么，随后那位同学从笔记本上撕下一张纸递给了他。萨姆冲我稍微竖了竖大拇指，然后便开始低头写自己的答案。

但为什么他刚才看起来很犹豫呢？

难道我这个主意很愚蠢吗？

我原本准备告诉大家“阿尔文·哈特”系列要出新书了，然后把第一章读给大家听。我敢肯定所有人都会疯掉的，但后来我又想起海伦姑姑让我做这件事的意义。如果她只是想让某个人简单地透露一下有新书即将出版的消息，读几句她写的话，她本可以让其他人来做。不，这节课应该是我的事——只有我能做的事。

全班同学都在努力作答，我轻轻地走到了教室后面。几分钟后，我看到第一批学生开始交换答案。一种奇怪的成就感油然而生，因为他们是应我的要求才完成这个小作业的。然后，越来越多的学生开始互换答案，直到最后大家的作业都混在了一起，每个人手里都拿着别人的答案。

“都准备好了吗？”我说，“好了，现在你们的话已经说出去了。这也许看起来是很小的一步，但小步和大步一样重要，因为小步同样使你进步。有人愿意读下手里的答案吗？”

好几个学生都举手了，我点到一个穿着牛仔服的女孩。她清了清嗓子，读道：“我想知道如何在海底建立居住地。真的是人口过剩了！”教室里响起一阵轻轻的笑声，我也忍不住笑了。

“还有人愿意说说吗？”我示意一个穿荧光黄T恤的男孩来回答。

“我想找到一种办法，把美国过剩的食物带给那些正在挨饿的人。”

我又点到一个梳着面包头的女孩。“我将向那些无法研制疫苗的国家提供疫苗。”

“太棒了。”我说，“大家是不是期待诸如‘我要成为百万富翁’，或者‘我要追完所有的电视剧’这样的答案？但到目前为止，所有答案都是关于改善人类生存状况的。太酷了！还有人想说说吗？”

一个戴着黄框眼镜的女孩说：“我要重新设计更适合骑自行车的环境友好型城市。”

一个穿着亮粉色衬衫的男孩说："我要倾尽一生让那些不相信的人明白全球变暖是真实存在的。"

最后，坐在第二排的一个戴黑框眼镜和毛线帽的安静男孩说："我要试着找到不再长生不老的办法。"

有几位同学听了这个答案后笑了起来。我完全没有料到会有这样的回答，所以很感兴趣。谁不想长生不老呢？我思考着，并向全班抛出了这个问题。大家都陷入了沉默，没人回答。

过了一会儿，第一个发言的女孩说："这可能是一个极端特例。"

后面的学生喊道："阿尔文和马戈什么都没留下。"

又有一个学生说："如果爱的人离开了，我想我也不愿意活下去。"

课上大家的讨论简单、自然而流畅。学生们走来走去，争论着永生的利弊。我希望萨姆也能插话进来，但他始终沉默地看着书桌。我不想显露出不自然的神情。也许他上课时就是这个沉默寡言的样子，但应该还是在听讲吧？

四十五分钟一眨眼就过去了，最后我们讨论了时间本身的含义，以及时间作为一个完全人造的概念所具有的隐含意义，我们还谈到了阿尔文和马戈。最后，在这堂课接近尾声的时候，我决定告诉大家一个秘密。我想海伦姑姑应该不会介意的。

"感谢大家的配合，让我今天能在这里完成这次教学。这对我来说很重要，同时我也知道这对海伦姑姑来说意义重大。说到她……可能不该由我说出来，但我相信她不会介意。我要告诉大家一个消息，那就是“阿尔文·哈特”系列还有一本新书即将出版。这本书名叫《马戈·哈特的永生》，写得真的真的很棒。”

瞬间，整个教室都沸腾了，欢呼声、掌声还有尖叫声此起彼伏。此时教室门开了，一个教授把头伸进来。同学们示意让她进来。她后面还跟着另一位教授，还有一些路过的学生，接着越来越多路过的学生挤进了教室，直到最后，教室和门廊里挤满了人，门都被堵住了。我看到大厅里还挤着更多的人。大家紧张地打听着，谈论着那本新书，谈论着海伦姑姑，谈论着永生和时间，似乎没人想要离开。最后萨姆溜到教室的前面找到我，我们一起离开了那里。没人注意到我们走了，因为他们还在继续庆祝着。

“你很棒。”萨姆站在我的车外对我说。我把包放到后备厢里，当他告诉我这一课上得有多好时，我正站在那里发抖。虽然他这样说，但我还是不禁想起上课的时候，他显得非常不感兴趣，课堂讨论时也没说一句话，甚至故意避免和我进行眼神交流。他当时确实是这种状态，我没有瞎编。

“有人哭了。”萨姆接着说，“今天让你伤感了吧，洛蒂·里夫斯。”

“那你怎么看起来那么……”

“什么？”

“你看起来有点儿怪怪的。”

“可能是悲伤吧，我想起了很多事。”

“好吧。那你觉得这课上得还行吗？”

“简直太棒了！很抱歉，我不太会表达。”

“我很高兴一切都结束了。”我胸腔里有东西微微地颤动了一下。所有来自身体内部的冲击力，以及所有那些紧张焦虑的情绪开始向我袭来。

“洛蒂？”萨姆拍了拍我的肩说道。

“我真的累了。我该回家了。”

“要不要先吃晚饭？我知道一个不错的印度餐厅。你喜欢印度菜吗？还是墨西哥菜？或者其他什么菜？”

“不是我不想，只是……我太累了。对不起。要不这个周末我们再聚？”

其实我一点儿也不累，只是我好不容易赶走的那些焦虑症又都回来了。我的指尖开始刺痛。我很努力地忽视焦虑症发作的前兆，但我实在坚持不下去了，而且我真的不想让萨姆看到我变成那样。

“也好。”他关切地看着我，很担心的样子。

“我没事的。”我说，这时我意识到当一个人说“没事”的时候，听起来正好相反，“我晚些时候给你发短信。别担心，我真的只是累坏了。”

我上了车，在他还没来得及说再见之前，我就把车开走了。我通过后视镜看到他一动不动站在那里，车渐行渐远，他的影子也越来越模糊。

我想对他说实在抱歉，我想掉头往回开，想跟他解释这一切与他无关。但是我无法做到，我已经呼吸困难。那感觉就好像我又一次跌入水下，又一次搞不清水面在哪个方向，而我也无法回到岸边。

阿尔文知道他妹妹不喜欢哭，因为她认为哭泣这种特殊的身体反应是弱者的表现。她没有哭，她开始生气了。马戈的脸涨得通红，像番茄一样，她的双臂紧紧地交叉在胸前，以至于呼吸都有点儿困难。

但阿尔文本人却和他的爸爸一样容易流泪。这事曾一度困扰过他，但他的爸爸告诉他：首先，长大了就不会那么容易哭鼻子了；其次，如果他真的想哭，何必要在乎别人是怎么看他的呢？

“我爸爸一生中从来没哭过，但你看他那张脸。”爸爸曾经这样说，“他的脸皱得像葡萄干一样！我觉得少量的盐水对皮肤有好处，每个人的脸都需要时不时地浇灌一下。”

阿尔文知道，如果他的爸爸看到这个场面，他一定会哭的。因为阿尔文也哭了，他哭得很厉害，泪水汹涌，几乎无法控制。

但此时的马戈就像一尊雕像一样，一动不动，面无表情。

他只能看到她眼中倒映出的火焰。

那是哈特爷爷房子燃烧的火焰。

老人根本不可能活着出来。那绝对是地狱。

“马戈。”阿尔文哽咽着喊道。

马戈转向他。她的眼睛很红，但还是没有流泪。他想象着马戈的耳朵和嘴里冒着怒火，像是要把她完全吞噬掉。她说话的时候，身后的房子里冒出滚滚黑烟，这时阿尔文又想象着怒火会从她的鼻子、指尖，还有皮肤的毛孔里翻腾出来。

“那就让他付出代价吧。”她说。

她说得如此坚定，阿尔文几乎相信了她。

——节选自《阿尔文·哈特与风衣男子的归来》

14

埃姆家的私人车道上只停了那辆琼·捷达，所以我没有敲门，直接从后门进了她家。我有埃姆家的钥匙——埃姆将那把钥匙拴在骷髅头形状的钥匙链上。

我看到埃姆正趴在床上，我猜她应该是看了几小时的《X档案》。我推开门，她抬头看了看我，然后马上按了暂停。

“你怎么了？”她边说边坐过来，伸出双臂，然后握住我的手，拉着我在床边坐下。

“我没事儿。”我本能地说道，我甚至都没想一下，就直接这样说了，“我没事。我还行。我还好。”

“你脸色看起来很苍白，手出汗出得都发黏了。”她说着用手背探了探我的额头，然后做了一个鬼脸，又用两根手指在我的手腕测脉搏。她眯眼测了一分钟，说：“你的脉搏很快。怎么搞的？你跑步来的吗？”

“我开车来的。”我回答道。

“那你的脉搏怎么跳得这么快？”她把手机拿过来，开始用秒表计时。伴着秒表嘀嘀嗒嗒的响声，她数着我的心跳，“一分钟一百二十五次。”

“什么一百二十五？”

“你的心率。你感觉还好吧？发烧了吗？恶心吗？”

“我没事的。”我又说了一遍。埃姆从床上跳下来，她一直拉着我的手腕，用力让我摆正坐姿。“我就是……就是焦虑症发作了。”

“哦，洛蒂。”埃姆感叹道。她终于放心了，但同时又显得很伤心。

“或者可能是心脏病发作了。”我说，“我觉得不排除这种可能性。”

“别担心，好吗？这不是心脏病发作。我妈妈经常有这种症状。”她的脸色柔和下来，用手抚摸着我的脸颊，“躺下来，好吗？我去给你倒点儿水。”

埃姆把几个枕头叠在一起，然后帮我躺下来。她走出房间后，我试着把注意力集中在天花板那几颗依然还有黏性的星星上。整个天花板都被埃姆刷成了深蓝色，上面贴满了星星，给卧室增添了些许神秘感。但后来星星一个接一个地掉了下来。再把星星粘回去有什么意义呢？这一切又有什么意义呢？

“我都跟你说了你得躺下。”埃姆端着水回来了。我仍然盘腿坐在床上，稍微有点儿眩晕，整个人前后摇晃。

“谢谢。”我说着拿起水杯，一口气喝下了半杯水，“我感觉好多了，现在感觉好了很多。”

埃姆没有理睬我。她从我手中接过水杯，把它放在床头柜上，然后挨着我坐下来。她抱着我，抱了很长时间，长到我哭了出来。眼泪就像是她从我身上挤出来的一样。

“我就是不明白她为什么会死。我们所有人为什么最后都得离开人世。”我哭着说。

“我知道，洛蒂。你姑姑还很年轻，对吧？但还有很多人享受着长久的、快乐的和充实的生活。所以活着就要好好活，别辜负生命。”

“但我们没办法预知这一切，我可能明天就会死去。可我的父母养了我十八年，花了那么多钱、时间和精力，最后这一切都会付之东流。”

“好吧，看来我们需要再聊聊，但现在我得先让你冷静下来，好吗？我们尝试一下图像替换，好不好？我妈妈用这种方式很快就能放松。”

尽管我的胸和肺都很疼，我还是坚持着问她：“图像替换？”

“想象一下，可以是某个快乐或平静的瞬间，或者是你想去的某个地方，再或者是你脑海中一张能够将自己带入的画面。要是最近发生的就更好了，这样记忆就更清晰。”

“米凯拉的雕塑。”我想都没想就马上回答道。

“太好了，这个选择不错哟。”埃姆从床上滑下去，跪在我面前，双手握住我的手，“好了，闭上眼睛吧。现在，你想象一下你在雕塑上的画面。你可以是一个人，或者和我在一起，或者和你想要的任何人在一起。尽可能地让画面完整些，画面中要有水和音乐，还有你所能想象出的全部细节。”

我闭上眼睛，脑海中想起了吉姆·克罗斯，仿佛听到了那首《瓶子里的时光》的前奏，就好像埃姆家的立体声音响真的在播放这首歌一样。我尽可能清晰地想象着：当我们还在雕塑上逗留的时候，潮水涨了上来，我感觉自己手上仿佛还拿着刻刀在刻字。

“当你感觉自己的思绪开始漂移，就要立刻重新调整你的注意力。”埃姆的声音好像是从远处掠过水面飘进我的耳朵。

但我的思绪并未漂移。我被牢牢地锁定在了彼时彼刻，被锁定在那个地方。我甚至可以清楚地闻到海的咸味。

慢慢地，我的身体缓和下来。我的注意力集中于音乐和呼吸上，心跳也渐渐地变慢了。我能感觉到心脏在放松、休息，心率逐渐恢复至正常水平。我能听到埃姆深沉的呼吸声——我还以为她睡着了呢，但当我睁开眼睛的时候，她还跪在那儿，腰背挺得直直的，闭着眼睛。她看起来十分平静。

那首歌结束了，她也睁开眼睛站了起来，再次用手指在我的手腕上测脉搏。又过了一会儿，她睁开眼睛笑着说：“嗨，你看起来好多了。”

“你怎么知道这个办法管用啊？”我盯着她的手指问，“还有你又是怎么知道这个办法的？”

“这种对比前后脉搏的办法对我妈妈很有用。这个办法更容易让她知道自己的情况得到改善了。你现在的脉搏是每分钟九十下。比刚才好多了。”

“那图像替换法呢？”

“我说过啊，她经常焦虑症发作，所以我做过一些相关研究。”

“嗯，谢谢。你真的帮了大忙。”

“那是！你想吃冰激凌吗？我们去吃点儿冰激凌吧。”

于是我们去了厨房，她往半个葡萄柚状的两个碗里分别舀了一勺香草冰激凌。我们在白色的餐桌上吃冰激凌，餐桌上面还摆放着黄色的垫布和餐巾纸。窗户上挂着黄色的窗帘，瓷砖也是黄白相间的。埃姆家的每个房间都遵循严格的配色方案。

黄色属于欢快的色彩，虽然我感受不出到底有多欢快。我们慢慢地品尝着冰激凌。埃姆把她的冰激凌捣碎，弄成了一碗白汤。她舀了一勺白汤，让冰激凌一滴滴地落到舌头上。

“你课上得怎么样啊？”等到我们都吃完了，她小心翼翼地问道。

“一切都很顺利，我觉得。”

“所以你没往桌子上或其他什么东西上呕吐吧？”

“没有啊。”

“那你看见萨姆了吗？”

“看到了，他也去了。我不……我不知道他喜不喜欢。”

“他喜不喜欢什么？”

“我的教学方案。或者说，我的无方案式教学。”

“他为什么会不喜欢？”

“我觉得他好像没有参与进来。”

“你们讨论了些什么？”

“时间、永恒、长生不老，还有生命。”

“哦，那你是用轻松的方式来讲的吗？”埃姆把手搭在我的手上，笑着说，“我不想深入解读，洛蒂。你知道吗，很多人害怕谈论这些话题，特别是那些刚刚失去亲人的人。但别告诉我你是因为萨姆才变成这样的。”

“不，根本不是这个原因。其实是多种原因导致的。要在众人面前教课本来就令我很紧张了，不知道自己要讲什么就让我更紧张了……在进教室之前，我就开始觉得焦虑了，我当时就一心想着要克服焦虑。”

“你已经有一段时间没有这样了，对吧？至少从你上次告诉我到现在有一段时间了。”

“确实有一段时间没发作了，不过刚才真的很严重。”我说道。

“是呀。你告诉你爸妈了吗？”

“还没说呢。”

“但你会跟他们说的，对吗？如果情况变得更糟或者再次焦虑症发作的话，你会告诉他们吗？”

“我会的，我会告诉他们的。现在我们可以看《护戒使者》了吗？”

“我们先看完这集《X档案》嘛。快来。”

直到回到家里我才看了下手机。当时已经是晚上十一点钟左右了，我的父母、亚伯和艾米正围坐在餐桌旁玩着大富翁游戏。像往常一样，爸爸面前堆着厚厚一沓钱和财富卡，脸上挂着得意的表情。

我跟大家简单地打了招呼，问候了下彼此就上楼了。

上楼后，我看到萨姆发来的三条短信：

你回家了吗？

我真的觉得你今天做得很棒。对不起，我有点儿走神了。

你在生我的气吗？

我回复了他短信。

嗨。是的，我到家了。再次谢谢你。我一点儿也没生你的气。

他回信很快。

那你还肯再见我吗？

我当然会再去见你。

星期天怎么样？我去找你，或者你可以来我这儿，或者我们可以约在某个地方见面，再或者你有什么想做的事吗？

怎样都行，你决定吧。

那就这样，星期天中午咱们在下边这个地址见。

他给我发来一个附件。我打开附件，看了看地址，是康涅狄格州的新迦南。从神秘镇到那里大约需要一个半小时，从我这儿过去也要一个半小时。我从没去过那儿，但我知道那里离纽约很近。我快速地上网搜索了下“新迦南”，并没有发现任何有趣的东西。于是我简单地回复了他。

到时见。

正在这时，敲门声响起，然后有人慢慢地推开了门。是妈妈。她已经换上了白大褂，看上去十分疲惫。看来她又要去医院通宵值班了。

“如果你想玩大富翁，就去跟他们玩吧。”她一边说着，一边坐到床上，把手放在我腿上。

“我准备一会儿就上床睡觉了。”

“真羡慕你啊。我多希望我也能睡觉啊。”

“你看起来很累。”

“最近我值了很多次夜班，医院人手不够，而我又太好说话了。”

“你下次是什么时候休息？”

“星期一，美好的星期一。不过通常没人会这样说。”她笑着说。

在那一刻，我差点就告诉她我对死亡的看法。我很想告诉她，但我想不出合适的词。

妈妈，我常常想到死亡。

妈妈，我知道海伦姑姑已经去世了，但现在我觉得我会成为下一个离开的人。

妈妈，我总是忍不住去想离开人世之后的事情。

“你想什么呢，洛蒂？”妈妈说着，撩开落在我眼前的一缕头发。

“我挺好的。”我顺口回答道。这种答案就像呼吸和眨眼一样，是出于本能的反应。

“你这一整天都在哪儿呢？”

我没告诉她上课的事，我完全忘记了。不知道她会不会愿意去听我的课。

“我去完成了海伦姑姑指派的另一个任务。”我说道。

“嗯……”妈妈看起来欲言又止。

“怎么了？”

“就是……我有点儿担心你过于关注你姑姑想要做什么，而忘记了你自己想要做什么。高中时光就剩最后几天了，你不是该和埃姆一起出去吗？难道不去‘惹点儿小麻烦’吗？不去做些稍微打破常规的事？”

“我能两者兼顾啊。”我说，“就在昨天，我和埃姆还在枪口的威胁下抢劫了一家银行呢。”

“哦，好吧，既然是这样。”她微笑着说，“还剩下多少封信没读呢？”

“还有几封。”

那堆信还在我的床头柜上放着。很快就要读完了，可我没去清点剩下的数量，也不想去搞清楚。因为，我知道，如果信都读完了，她也就彻底离开了。

“她很了不起，是不是？”妈妈问道。

“是的，妈妈。她很了不起。”我想起了爸爸说过的一些话，心想妈妈会不会知道点儿什么，我问，“爸爸有没有跟你说过关于姑姑的事呢？”

“你是说失踪的那一周吗？”她问道。

“失踪的一周？”

“那是发生在我认识你爸爸之前的事了。但我猜是在一个夏天，当时她年纪和你现在差不多大，有一天她突然失踪了，没人知道她去哪儿了。当她回来的时候，所有人都说她看起来不太一样了。”

“怎么不一样呢？”

“你爸说……”她愣了片刻，似乎在努力地回忆，“她告诉你爸爸，她做了一个不知道会不会后悔的决定。”妈妈耸耸肩，吻了吻我的额头，“不要去管那些事了。”她补充道，然后起身离开了我的房间，并随手关上了门。她刚走，我就想把她叫回来，但她在这里的时候，我却又只想一个人待着。我搞不清自己到底想怎样。

海伦姑姑到底做了什么决定呢？她会去哪儿待上一个星期呢？她是不是遭遇了什么事？我很想知道这些事情的答案。

我从床头柜上取下另一封信，然后打开。信上的字简直像是画圈圈，凌乱不堪，可能是在匆忙之中写下的。

洛蒂：

我知道诊断结果时并没有哭。从别人那里听到自己快死的消息，这种感觉很奇怪。起初我不太相信医生的话，尽管这是我认识且信任的医生。我脑子里一直尖叫似的回响着“她在说谎”这样的话，虽然我知道医生没理由骗我，但此时理智几乎已经荡然无存。那晚我回到家后，像往常一样喝了杯茶，又像往常一样看了本书，还像我偶尔那样看了一小会儿电视。我居然用了过去时来叙述这一切。我现在该用过去时说这些吗？我老是忘记这些信是留给未来的——留给我走以后的那些时光。我努力忘记我要直面的是无法逃避的死亡。

在确诊的几个月之后，癌细胞已经扩散到医生的仪器也检查不到的部位，这个讨人厌的家伙未经允许就迅速而有策略地占据了我的身体。于是我开始写这些信。癌细胞必须先占领我的身体，再用我的身体来对付我的意志。

我还是没哭，甚至在我整理东西，准备舍弃在人间的一切时，我还是没有流泪。当我决定如何分配我的财产时，我也没有哭。我曾经是多么渴望得到这些东西啊，可现在这些财产却显得那么滑稽。我们在房间里堆满有形的物质，是不是因为害怕空荡荡的孤单？哦，我不知道，洛蒂。但到了生命的终点，我只对其中几样东西有些许留恋，比如那些书和照片，还有我的第一辆豪华轿车（我希望你妈妈现在正享用着）。

在我年轻的时候，有人跟我说，我做出那些决定以后会后悔的。“海伦，你不结婚，以后会后悔的！”“海伦，你不生孩子，以后会后悔的！”但走到了今天，我想我唯一的遗憾就是无法知道后悔是什么样子，因为我从不曾后悔过自己的选择。有些女人并不打算去结婚生子。你也许会结婚生子，也许不会。你必须自己想清楚。

那么，我有什么遗憾吗？也是有的。我有一个很大的遗憾，这个以后再告诉你。现在我要说的，是一个很小的、很容易应对的，但是有些奇怪的遗憾。在之前那些信里我已经告诉了你很多事，我不想对你隐瞒任何秘密，所以我现在也会对你坦诚。你一直是我最喜欢的人，还有亚伯、你爸爸和你妈妈。

我的遗憾就是——

我从来没有哭过。

很奇怪，是不是？难道我会为这么小的事情感到遗憾？其实我也不明白。我一生中从来没有真的好好哭过，没有连续哭过几小时，痛苦得像是身处地狱，直到感觉身体被掏空，仿佛可以重生。你妈妈倒是曾经这样哭过，当时我就在场。如果你向她提起，她可能会讲给你听。

这也是我对你的愿望，洛蒂，或者说是你的下一个任务，如果你愿意这样说的话。你怎么理解都行。去尽情地哭泣吧，别害怕流眼泪。哭得越多、时间越长、越厉害越好。伤心时，你可以哭，高兴时，你也可以哭。你想哭就哭出来。为我的离去而哭（但要适可而止），为你自己而哭，为世界上的每个人而哭。适度的哭泣对你来说或许是最好的祝福。

爱你的海伦

我把信放在被子上。

我已经哭得稀里哗啦了。

我哭了很久，连做梦都在哭泣，醒来时感觉身体像被掏空了一般，但是并没有重生。

永生社的成员都是用名字的首字母来称呼自己：A、E、Q和V。

A和V是女性，E和Q则是男性。他们中没有一个人看上去特别热情，虽然E觉得他自己很热情，这从他在这对兄妹面前放了两杯巧克力牛奶的那副架势就可以看出来。（他以为他们是三岁孩子吗？况且，马戈还对巧克力过敏。）

很长一段时间里都没人说话。装着巧克力牛奶的玻璃杯上结出水珠，往下淌到了木头桌上。马戈想要一张杯垫，但是弄湿的又不是她的咖啡桌。

A率先打破了沉默，她向前探了探身子，怒气冲冲地问道："你们真的走进了那栋房子？"

"A！"E用警告的口吻说。

马戈耸了耸肩说："是呀。"然后，她故意把杯子推到了一边去。

"告诉我你们是怎么做到的。"A说。

“不就是一道门吗？我们就是把门打开了呀。”马戈没好气地说。她在半夜被叫醒，接着就被带到这个秘密组织的秘密总部，此时她的心情糟糕透了。阿尔文并没有责怪她，但他希望自己能尽量表现得友善些。

“我们没有做什么特别的事情，”他补充道，“我们就那样走进去了。”

“从前门进去的吗？”A问。

“我刚才不是已经告诉你了吗？”马戈不耐烦地反问。

“真是个没礼貌的孩子，不是吗？”A对Q耳语道。

不幸的是，马戈的听力很好。

“一个人不应该在背后说人坏话，”马戈说，接着她又补充道，“还有，我对巧克力过敏。”

——节选自《阿尔文·哈特与永生社》

15

早晨的阳光有时让人心情舒畅，有时又明晃晃得让人睁不开眼。那天早上便是后一种情形。大哭之后，我的眼睛变得又红又肿，看不清东西，只能跌跌撞撞地走下楼。妈妈刚下夜班回来，她眼里满是疲惫，根本没注意到我此刻仿佛漂浮在水中，几乎要窒息了。她亲吻了一下我的太阳穴，然后就上楼去睡觉了。我煮了一壶咖啡，端着杯子来到院子里。我在台阶上坐下，此时空气已经变得潮湿闷热，但小草上仍然能看见晶莹的露珠。

“快下决心吧。”我对着后院低声自语道。

“那是我的女儿吧，又开始自言自语了。”爸爸的声音传来。我刚才没有注意到他就坐在那张帆布躺椅上，为了隔潮，他身子底下还垫了一条毛巾。

“我在跟草地说话呢。”我纠正他的话。

“有进步哦！”

“今天星期六，你怎么起这么早啊？”我问他。

“我还想问你呢。”

“我是因为睡不着。”

“我也是。”

“昨晚玩大富翁，谁赢了呀？”

“你这不是明知故问吗？”爸爸一边说着，一边从椅子上起身走过来，和我一起坐在台阶上。他用手臂搂过我的肩膀，偷喝了一口我的咖啡。

“成功卫冕。”我笑了。

“就是我。”

“你怎么玩大富翁玩得这么好？”

“海伦教我的，她教给我她所知道的一切，她很有商业头脑。你需要具备商业头脑，如果你想像她那么成功的话。”

在说出姑姑的名字时，爸爸的声音轻极了，好像只是在喉咙深处轻轻地颤了一下。我的胸口不由抽痛了起来。

“妈妈跟我说姑姑曾经失踪过一周。”

“是啊。”他抽回胳膊，点点头说，“你姑姑这个人吧，可能真是个神秘人物。”

“你觉得她去哪儿了？”

“我有自己的见解，但我觉得都不正确。”

“也许她都写下来了？她把日记都留给我了，你知道的。”

“你已经读过了吗？”

“我还在等她给我布置这个任务。”

“聪明。”他说，“你了解的，她做事总是井井有条，她总是知道自己在做什么。”

“我想知道到底发生了什么。”

“别对自己太苛刻，孩子。你的高中时代就要结束了，美好的大学时光正在远处等着你呢。依我看，你已经做得很棒了。”

“我想是吧。我是说，我知道我在做什么，也知道我的目标是什么，但是……我害怕自己无法实现这些目标。”

“哇，哇，你为什么会这么想呢？”

“就是……没有什么是确定的，对吗？我考上了大学，是的，但这并不意味着我真能实现那些目标。”

“如果有人能在大学里出类拔萃，那人一定就是你，洛蒂。你从上幼儿园的第一天起就开始为上大学做准备了。你甚至不让我领你走进教室，还记得吗？你说：‘我自己可以的，爸爸。’”

我承认我已经完全不记得了。爸爸描述的我冷静又自信，听起来并不像我。我的焦虑是从什么时候开始的呢？难道是在那之后吗？为什么后来我会那么焦虑呢？

“那如果我没做到呢？如果我没有出类拔萃呢？那该怎么办？”

“那我们就在地下室里为你准备一小套漂亮的老人套间，而你将在那里孤独终老。”

“爸爸！我是认真的。”

他笑了笑：“我相信你有能力在大学里崭露头角，洛蒂，但万一不成功，你还有无数条其他的路可以走呢。攻读大学学位并不是人生中唯一重要的事，看看你的海伦姑姑就知道了。”

说罢，他吻了下我的脸颊，按住我的肩膀借力起身，然后就回屋了。我把剩下的咖啡倒在草地上，转身回屋去冲凉。

那天晚些时候，我开始读那本庞塞·德莱昂的书。海伦姑姑拥有我所听说过的最昂贵的私人图书馆（她先后十二次出现在了《国际图书馆》杂志的头版）。所以我不太明白为什么她其中一项遗愿是让我把这本书拿回来。

我讨厌历史，也不太喜欢非小说类的东西。从理论上讲，这本书真的很酷，它讲的是一项不可能完成的探索和一个遥不可及的梦想，但实在太过冗长，语言也很枯燥，我刚读了几句话就无法集中注意力了。

我吃力地读完第一段，然后把书放回书架，上楼和亚伯玩槌球了。

第二天是星期天，是我和萨姆约好见面的日子。我醒得很早，洗了个澡，然后换好衣服，十点钟的时候我去敲亚伯的门。

“走开。”他喊道。

亚伯有时起得很早，有时又会赖床。这要看他的心情，毫无规律。

“是我！”我说道。

“走开，‘我’。”

“亚伯，我想你了！”

“你不是和我住在同一个屋檐下嘛。”

“我感觉最近我们有点儿不像是住在一起，你明白吗？”我靠在门上，用指甲一遍又一遍地划着木门，因为我知道他最讨厌这种声音了。

“好吧，进来吧。”他妥协地喊道。于是我转动门把手，走进房间。

对我来说，亚伯的房间总是有种神秘感。他不喜欢不速之客，所以每次被允许进入的时候，我都感觉自己像是第一次进去一样。他房间的每一面墙都镶着书架，是那种从地板直通天花板的高书架。现在里面塞满了姑姑给他的稀有初版精装书。他拆箱的速度比我快多了，海伦姑姑给我的那些东西现在还躺在箱子里，箱子放在我的地毯上，蒙着毯子，等着我去拆开。

亚伯在床上躺着，把被子提到下巴那儿，他斜着眼睛看我，一副闷闷不乐的样子。

“你想干什么？”他低声埋怨着。

“我就是想打个招呼。”

“下次，发短信给我就好了。”

“你去过新迦南吗？”

“没有。”

“有新迦南这个地方吗？是不是还有一个地方叫老迦南？”

“我在睡觉，洛蒂。”

“你认为人性本善还是本恶？”

“我们现在非得要说这个吗？你真想现在聊这个吗？”

“我并没有说那些阴阳怪气的东西，类似灵魂出窍那一类的事情。”

“你杀了我吧。”

“你觉得人死后会发生什么？”

亚伯闭上双眼，过了一会儿又睁开一只。他用那种只有兄弟姐妹之间才能读懂的表情意味深长地看着我。他好像在说：我很爱你，但我也有点儿想杀了你。

“洛蒂。”他说。

“亚伯。”

“晚些时候再讨论这些可以吗？”

“我要走了。”

“你要去哪里？”

“和萨姆一起去新迦南。”

“新迦南有什么可看的？”

“我不知道，我以为你知道呢。”

亚伯坐了起来，揉着眼睛说：“洛蒂，你没事儿吧？”

“我很好啊。”

“那咱们玩槌球吧。你一回来，咱们就玩槌球。”

“你保证？”

“我保证。”

“和火烈鸟一起吗？”

“前提是你能好好训练它们。”

他重新躲回被子下面，用被子蒙住头，搞得我只能看到他的头发。我用手轻轻地触摸着他的书，指尖掠过新书和旧书，掠过关于历史和关于当代的书。之后我走出他的房间，下楼取车。我给萨姆发信息。

我马上就来。

他立刻回了信息。

待会儿见。

开车之前，我打开了海伦姑姑的下一封信。

洛蒂：

我有一次接受了一家外国杂志的采访，具体是哪家杂志现在已经记不清了。不过我对那位记者还有印象，她身材娇小，戴着厚厚的眼镜，一头乌黑的头发，穿着一件亮黄色的衬衫和一条亮蓝色的短裙，涂着鲜红色的唇膏。她实在是太漂亮了，以至于我直视她的时候都会觉得晃眼睛。不过她非常自信，一点儿也没被我那令人生畏的艺术家行为吓到（开玩笑啦）。她直视着我，用一种到现在我都无法形容的漂亮口音直截了当地问："你做过的最糟糕的事情是什么？"

这就是她的开场白！我的天啊，当时我一下子就恼了，不知道该怎么回答，我甚至觉得很尴尬，还有点儿不知所措，心想这个小鬼头怎敢如此大胆？我想我一定要给她一个半吊子的老套回答，比如"好吧，如果我告诉你了，我就得杀人灭口了"。无论她的母语是什么，我只希望她能真正理解这句话的原意，否则我可能会给她留下杀人犯的印象。

如今已经过去多年了，我接受过很多次采访，但她是我很少真正记住的一位记者(我还记得奥普拉和艾伦[①],但这是意料之中的事)。而她的问题是我遇到过的最有趣的问题,给我留下了很深刻的印象。所以,为了好玩,我现在愿意回答。我再也不需要对任何人保密了——我很快就要走了,也许死亡好的一面就是你不用再努力维护自己的公众形象。从根本上说,你也不再需要为自己的所作所为辩解了。

我做过的最糟糕的事,就是在一个朋友最需要我的时候离开了他。就目前而言,我就想说到这种程度(如果这些信不留点儿悬念,我怎么能确定你会从头到尾地看完它们呢)。当时我还很年轻,面临着一个非常艰难的决定,而最终我选择了保护自己,而且是只保护自己,把自己放在第一的位置上。我真正的朋友不多,而我彻底背叛了其中一位,因为这个,我从来都没原谅过自己(也不应该原谅自己)。我时常想起这件事。从前我是个自私的人,我很庆幸自己后来成长了(基本上可以这么讲)。

但是,你却一点儿也不自私,所以我非常钦佩你。如果有一天记者问你同样的问题,我想知道你会怎么回答。我希望你能告诉他们一些有趣的事情,一个说出来不会伤害任何人的秘密,因此我要给你布置的下一个任务是——

做一些你不应该做的事情。

要做得津津有味。

要享受做这件本不该做的事的过程。

---

① 奥普拉和艾伦都是美国知名电视节目主持人。

要为自己所做的事而骄傲。去打破一些规则。但不要因此伤害任何人。

爱你的海伦

我打开萨姆发来的附件上的地址，心里开始清点那些我不想触犯的事情：偷窃、破坏公物、谋杀。这些显然是不能做的事。或许我可以在去新迦南的路上竖个停车标志？但这似乎并没有什么特别之处，不过是以身犯险和不负责任罢了。

地图把我引向一个叫玻璃屋博物馆的地方。我花了一个半小时来思考我能做什么本不该做的事，以及我要去的那个博物馆是否真的是一个玻璃做的房子。

按照萨姆发给我的地址，我来到了榆树街，那里有一栋带着“玻璃屋博物馆”标志的小砖房。他已经先到了。

“这是一座砖房，并不是玻璃房子啊。”我一看见他就说，算是跟他打过招呼了。

“等会儿你就知道了。”他回答道。

几分钟后，我们上了一辆面包车，车开了一小会儿就停了下来，我们下车跟着一小群人登上了一座小山。

就在一堵薄薄的石墙后面，突然冒出来一座完全由玻璃打造的房子，在这座房子身后还有一个幽静的池塘。导游让我们在外面稍作停留，接着开始做简短的馆史介绍。但我几乎没听见他说什么，我只是目不转睛地盯着房子看。

“这不是真的吧。”我低声对萨姆说。

这座长方形房子的四面都是由纯玻璃打造的。它的一边是美丽而高大的树木，周围环绕着崭新的绿色草坪。房子里面有一个圆柱形的砖柱，还有一个封闭的小房间，其他一切都是开放的，十分明亮。

“我一直都很喜欢这儿。”萨姆边说边跟着导游进去参观，“这里宁静又敞亮。”

“真是太漂亮了！”我也感慨道。

我们先进了那个小房间，里面人很多，顿时觉得很拥挤。我想象着如果没有这么多人，只有自己或几个朋友在，这里会是什么样子。我想象它冬天的样子，周围会有一片皑皑的白雪，到了秋天，则到处映照着树叶的色彩。我还想象如果它在不同的地方会是什么样子——在山顶上、沙漠里或者在海底。我的脑子飞速地转动。我很好奇他们清洗一遍所有的玻璃需要多久，擦玻璃时是否像我妈妈一样会用到报纸和一种外包装蓝白相间的罐装玻璃清洁剂。

这里还有一些其他类型的建筑，包括一座砖砌的房子，以及一座建在绿草如茵的小山坡上的艺术画廊。导游介绍说这个入口造型模仿了阿伽门农的坟墓的样子。那里有一幅沃霍尔[①]的作品，是菲利普·约翰逊[②]的画像。菲利普·约翰逊生前居住在这儿，这里的一切都是由他设计并建造的。这次游览持续了一个

---

① 美国画家，电影制片人，作品有《玛丽莲·梦露》等。

② 美国建筑师，曾获普利兹克建筑奖。

半小时，萨姆和我悠闲地逛了博物馆的商店，挑遍了所有东西，最后每人只买了一张明信片。结束后导游开车送我们回到游客中心，一路上大家都很安静。萨姆用手机导航找到一个叫威武尼的公园，我们从博物馆离开后准备去那个公园玩。我把车停在游客中心（说句实话，我想这应该可以算是我本不应该做的事情，但又感觉这件事不太像是一件很不应该做的事），然后去附近的一家熟食店买了三明治。

我们在公园里找到一块有树荫的地方，坐在萨姆事先从汽车后备厢里取来的毯子上，吃着买来的三明治。在不远处，一群孩子正无拘无束地踢着足球，他们用夹克衫来标记门柱，球已经漏了一半气，踢起来会发出扑通的闷响。

“你是怎么找到这个地方的？”我问萨姆。

“每当遇到新朋友，我都会问他们住在哪里，以及最喜欢的地方是哪里？然后我就自己去那里看看。”

“你没问我这个问题啊。”

“我通常都会问。但有时我忙着跳舞也就忘了。”

“你居然去了那么多地方，还能旁听那么多课程……我还是不知道你是怎么做到的。”

“只是因为我有很多时间。”他回答。

“我觉得除了上学以外，我没有时间做其他任何事情了。”

“可你现在来这儿了呀。”

“嗯，那是因为学校的课基本上都结束了。”

“今年夏天你会有大把的时间。”

“我想至少有三个月的时间。”

“那你有足够的时间去见识一些很酷的东西。在这里，你可以在两小时内到达康涅狄格州的任何地方。”

“我觉得你说得有道理。”

“还行吧。”他笑着说。

“还记得我们小的时候学校组织的那些旅行吗？老斯特布里奇村、斯普林菲尔德的苏斯博士雕塑花园、篮球名人纪念堂，我们还去过一次水上乐园。为什么学校不再组织这样的旅行了呢？我们终于长大了，懂得欣赏了，可突然就没有这样的旅行了。我们还是该有休息时间的。”

萨姆笑着说：“你想要休息吗？”

“就休息一下，你明白吗？我们中学时代一直都待在同一个变态的校园里，从英文课教室的走廊上就可以看到那些秋千。”

“刚好够不着。”他打趣道，“那么近，但还是……”

“你就笑吧。学校为什么不组织我们来看看这样的东西呢？比如接触一下历史，了解一下我们的国家、我们的世界。我所在的高中规定只有加入合唱团或乐队的学生才有机会出去玩儿。当大家开始意识到这一点时，每个人都报名了，因为他们都想去迪士尼乐园。但学校再也不送大家去迪士尼乐园了。现在他们只去纽约看音乐剧，于是合唱团的报名人数急剧下降。这真是让人左右为难。不管你是在意去不去迪士尼乐园还是只想唱歌，你都会遭到批评。不过我说明一下，我对不去迪士尼这件事确实挺介意的。”

“那后来你参加合唱团了吗？你唱歌了吗？还是演奏了什

么乐器？”

“我的竖笛吹得有点儿糟糕。”我认真地说，脑海中回想起我上小学时的第一堂音乐课。那些买得起新竖笛的人拿着光滑的米色竖笛，买二手竖笛的人则拿着晒成黄褐色的竖笛。老师教我们如何合奏，如何独奏。那两个星期我每天晚上都抱着竖笛睡觉，以为亲近竖笛可以让我找到乐感。我曾在一堆书里看到一张加菲猫的海报，加菲猫的上方有行醒目的文字，写着：我通过耳濡目染学习新知。

有一次，亚伯偷偷溜进我的房间，在我的枕头下找到了竖笛，十分钟之内就学会吹《十字面包》了，于是我决定放弃学竖笛。那是我第一次意识到（但没向任何人承认过），我不喜欢我不能很快掌握的东西。这就是我从来不和爸爸玩大富翁的原因。

“你会唱歌吗？”他又问。

“与唱歌相比，我吹竖笛可能还算好的。”

“你什么时候会唱歌？开车时？还是淋浴时？”

“淋浴时唱歌声音效果会很好，但是我淋浴时不唱歌。你呢？”

“我会弹一点儿吉他，会唱一点儿歌，但都不是很好。关于学校旅行的看法，我觉得你说得对。但我们太调皮捣蛋了，在学校开大会时都不能保持安静。如果老师真把我们带到那些重要的场所，我觉得我们一定会做出什么傻事的。”

“我无法想象你做傻事的样子。”我说道，不过他的话倒提醒了我，“对了，我又看了一封姑姑的信。”

“是吗？信上说什么了？”

突然间，我脑海中有了那个任务的答案。我不需要萨姆告诉我该做什么，我也不需要去伤害任何人。我只需要等待太阳下山。

“我们在这个镇上能做些什么来打发几小时的时间呢？”我问他。

这就是为什么接下来我们同一群四年级的学生踢起了足球。

七点钟的时候，天色尚早，太阳还没下山，但可以肯定的是博物馆已经不开放了，于是我们回到了玻璃屋博物馆。我们偷偷溜了进去，萨姆拿着毯子，我拿着他的手电筒（“有备无患。”他说着把它递给了我）。博物馆里静悄悄的，灯熄灭了，只有我们两个人。萨姆把毯子铺在池塘边，而我在一旁打水漂玩，然后教他怎样打：首先要找到合适的石子，石子表面要平整光滑，呈圆形；其次是如何用手拿住石子；最后是如何扔出去。

“阿尔文·哈特”系列的第二本书《阿尔文·哈特与风衣男子》，开篇描写的就是马戈试着教阿尔文打水漂的场景。她天生擅长打水漂，扔出去一颗石头能跳六七下，偶尔甚至更多。阿尔文则完全学不会，他总是砸出巨大的水花，最后只好放弃。这跟萨姆有点儿像。

和萨姆在一起时，我没有需要不停寻找话题的压力。和埃姆在一起则通常是完全相反的——她把沉默理解为一种出了大事的迹象。她会用双手挤着我的脸，好像这样可以从我嘴里挤出话来。有时为了达到目的，她还会用脚后跟在地上铲来铲去，甚至当我筋疲力尽和无话可说的时候她也不会放过我。

我有一种感觉，如果我不跟萨姆说什么，他也不会对我说什么，我们会继续保持这种舒适的沉默，安静得只剩下蟋蟀的唧唧声和青蛙的呱呱声——池塘边满是这两种动物，第一次我感觉到正当盛夏。

“跟我说说你经历过的最伤心的事吧。”我开口说道。沉默不能永远持续下去，找到平衡才是关键。

“我认识的很多人都离世了。”一分钟后他说，“这种悲伤从来都是难以释怀的。”

他没再说任何细节。我想，这会不会是我常常能在他脸上看到那种悲伤的微笑的原因。海伦姑姑的去世是不是让他想起了他所失去的那些人？“对不起。”我轻轻说。

“这就是生活。”他摇摇头，“是生活的一部分”。

我感觉他在逃避，他要把自己封闭起来，让那种悲伤将他压垮。我握住他的手，用力握紧。“那再给我讲讲你最快乐的事吧。”我说道。

他向后仰卧在毯子上，用手肘撑着头。“我喜欢结识新朋友。”他说，“我喜欢观察新事物。”

“你得说最快乐的事。”我说道。

“浮木雕塑。我们从上面跳下去的时候，我很开心。”

“但那不是最快乐的事。”

“你不了解我的内心，你不能决定我的快乐。”

“你需要一段真正快乐的美好回忆。等等……我灵感来了。”我从毯子上下来，把鞋踢到草地上。

海伦姑姑说过要打破常规，而我突然觉得光是把几块石头扔进池塘还不足以打破常规。

“洛蒂？你在做什么？”萨姆微微起身问道。

我今天穿的是短裤和背心，太好了。我把头发扎成马尾辫，然后向他眨了眨眼。

“寻找快乐。”我说道，接着快速奔跑了起来，向湖冲去。

湖水比我预想得要冷——一种令人窒息的冷，但我并没停下来。我毫不犹豫地越跑越远。刚一到齐腰深的水里，我就向前俯冲，游了起来。冰冷的水不时拍打着我的脸，我也不时地尖叫着。我不停地在水下游泳，使劲地划向湖中央。最后我浮出水面，转过身来。隔着遥远的距离，我只能辨认出萨姆站在湖边的人影。

“别多想，来吧！”我说道。

“我们可能不会因为打水漂被逮捕，但游泳就难说了……”他显得有些底气不足，还往身后看了看。

“哎呀！可能吧。但谁会来逮捕我们啊？你在这附近看见很多警察了吗？”

“真没想到你会这么叛逆啊，洛蒂·里夫斯。”萨姆调侃道，但我看到他匆匆脱掉了鞋和衬衫。

他深深地吸了一口气，然后小心地踏进水里。

“快点儿！”我喊道。

他抬头看着我，眼珠子转了转，然后模仿我向水里俯冲。不过他的姿势比我优雅多了，他潜入水里的时候，几乎没有激起任何水花。

他在离我大概一米的地方浮出水面，然后抖了抖头发上的水。

“这不是快乐。”他说，“这是冷。”

“噢，确实很凉。”

水很冷，但不知何故，这并没给我带来困扰。即使我冷得发抖，我依然感觉快乐和兴奋。

“如果我们被捕了，你一定得替我交保释金。”萨姆说。

“没问题。”

“我们跑到这湖中心来到底要干吗？”

“别去想那些事情！放松一点儿！把那些问题全都抛在脑后！”

萨姆在水中做着双臂绕肩和拉伸颈部肌肉的动作。“好吧。”他说，“我热下身。”

“太好了！你做过的最疯狂的事是什么？”

“疯狂的事情啊。嗯。我为了英语课读完了整本《呼啸山庄》。那真是一本很难读懂的书。”

“你没有老实回答我的问题哦！”

“我正努力回答着呢。”他笑着说道。然后他把腿抬起来，摆出一个很炫的仰泳姿势，“那你呢？你哪来这么多问题呀？”

“这是我的游戏，由我来制定规则。听好了——你做过的最坏的事是什么？”

“我不能告诉你。”他说，“因为实在太坏了。”

“说嘛说嘛。不可能有那么坏的。”

“如果我告诉你——”

“对，对，那你就得杀了我。不管那么多了，你就告诉我吧。”

“我上一次跟别人说起这件事，对方可没表露出什么善意。”他很严肃地说道，然后站直了身子。刚才他一直绕着我仰泳，但这会儿他没有看我，而是瞪大眼睛看向岸边。“糟了。”他低声说道。

“怎么了？”

“嘘！”他说着抓起我的手，让我转过身往岸上看。我看到有一道来自手电筒的光在玻璃屋附近的地上晃来晃去。

“糟了。”我也附和道。

“看样子他应该不会往湖这边来，别出声就好了。”萨姆说着朝我这边近了一步，然后用双臂搂住我的肩膀。我们沉入水中，只有头露在水外。

显然现在不宜思考萨姆刚说的那句“我上一次跟别人说起这件事，对方可没表露出什么善意”的含义，但我还是忍不住去琢磨。他会不会只是开个玩笑？但看上去又不像玩笑。

不过，我不能骗自己——这种感觉真好。当我看到保安拿着手电筒在房子周围转来转去的时候，我的心脏都快要跳出来了，但萨姆一直用胳膊搂着我的肩，这种感觉真的很不错。

“我们要进监狱了。”萨姆用搞笑的语气小声说道。我忍不住笑出声来，他用手捂住我的嘴，把下巴搁在我的头顶上。我感觉自己肾上腺素加速分泌，既害怕又兴奋，就和上次与埃姆跳下悬崖时的感觉一样。

过了一会儿，我扒开萨姆的手指，把嘴露了出来：“看，傻瓜，他走了。”

我在萨姆的怀里转过身来，这时才清晰地意识到我们挨得多么近。我看到萨姆的脸湿答答的，还看到了小水珠从他的头发上滑落下来。

那一刻，我以为他会靠得更近。但他并没有靠过来，他闪开了，默默地朝岸边走去。

我还是想知道他那句话是什么意思，还有他做过最坏的事情是不是真的很坏，比我预料得还要坏。

我跟着他走到岸上，试着捕捉他脸上那种悲伤的笑容，捕捉任何带有暗示性的表情，这样我就能猜测他心里在想什么。但他是那种毫无恶意的人，他面带笑意，卷起毯子，并把T恤搭在了肩上。我们借着月光蹑手蹑脚地从玻璃屋博物馆里走出来，我努力告诉自己，钻进我脑海中的那大块疑团只是不速之客，它毫无根据，也毫无意义。我不会再想这件事了。

“这是我最后一次跟你一起下湖。”他虽然这样说，但其实一直咧着嘴笑。之后他牵起我的手，一直到道别时才松开。

阿尔文的手一直在发抖。它抖得太厉害了，让他几乎都没法看清纸上的字。字迹很凌乱，仿佛它们在跌跌撞撞地往前跑，迫不及待去找它们的读者。

你的妹妹在我手上。

不准跟任何人说。

虽然看到了纸上的字，但阿尔文坚持认为这不太可能。马戈肯定是安全的，她只是去上学了，并且随时都可能从后门进来。不管这封信是谁写的，他肯定是弄错了。

尽管信上没有落款，但阿尔文能猜到这是谁写的。他知道这是出自谁之手。

他知道他妹妹不会走进那扇门的。他也知道是风衣男子抓走了妹妹。

到森林中的房子里来见我。

只要帮我进入那个房间，你就可以把你妹妹领回家。

阿尔文并不担心他妹妹有性命之虞。她肯定是安全的，不会有危险。

但是仍然有很多方法可以伤害一个不会死的人。

他必须把她找回来。

——节选自《阿尔文·哈特与风衣男子》

16

为了转移注意力，让自己忘记萨姆前一天晚上神秘兮兮的回答，我在上学之前拆开了海伦姑姑的下一封信。

洛蒂：

我真希望你不是在监狱里读这封信。

我开玩笑哈！（希望如此。）

最近我总是一个人待着，我将大把的时间花在整理一些杂乱无章的事情，以及写各种信上。我觉得再这样下去，我可能会疯掉。其实在过多的独处与适当的独处之间存在着一条微妙的界线。

独处当然很好，但我觉得此刻我的独处并没有给我带来什么益处。

我知道，你在事情变得糟糕的时候也喜欢远离人群。但我现在要求你去做完全相反的事情。去接纳别人，拥抱人群。找一个不可能独处的地方，看看结果会是怎样。

我想我也应该这么做。

爱你的海伦

我一读完信就给妈妈发短信：

我感觉不太舒服。可能没法儿去上学了。

她现在还在医院，并且手机就在身上，这样有紧急情况我能马上联系上她。她很快就回了短信。

你还好吗？别吓我啊。要打吊针吗？还是输血？做核磁共振？我爱你。

我只是头痛而已。我也爱你。

好吧，亲爱的。你这是高年级倦怠症，很正常。这么说我就放心了。好好休息吧。

我不喜欢对她撒谎，其实我身体并没有不舒服，但这只能算是一个小谎言。而且，按照课程安排，少上一天的课也没什么大不了的。我穿好衣服下楼，煮了一壶咖啡，端到外面的门廊前喝。

院子里湿漉漉的。天气一天天变得闷热，在夏季的第一场雷阵雨到来之前，湿气不断累积，即使在沉沉黑夜里也不曾散去。

海伦姑姑说得对，当事情变得糟糕的时候，我就喜欢一个人偷偷躲起来。我的焦虑总是会让事情变得更糟。我时常觉得，如果我走出家门就会有可怕的事情不期而至。我通常会避开人多的地方，选择一本好书为伴，静静地在家里待着，或者和埃姆待在一起，这可能也说明了她是我唯一的好朋友。

我第一个想到的人当然就是她。我考虑了一下要不要给她发短信，让她和我一起逃课（她一定会激动地答应），但我后来转念一想，如果海伦姑姑的信有所指的话（包括她所有的信），她绝对不是让我把更多的时间用在与我朝夕共处的人身上。

显而易见，她在试图把我推出舒适区。

从某种程度上说，这很好。但从另一个角度看，也很讨厌。这和家人要求我做的那些事大同小异。

我喝完了一半的咖啡，才想到我可以去哪儿，应该去哪儿。

我还没离开家门，焦虑症就开始发作了，但我假装感受不到它（因为上次这么做效果很好）。我穿好鞋子上了车，开车，停车，熄火。直到我再次来到姑姑去世的医院的停车场，我才放任自己纵情体会这个地方蕴藏的情感。

有多少人在这里死去？有多少人现在还活着，却撑不过这个周末或是这个月末？我会不会有一天也在这里死去？那我的父母呢？亚伯呢？

我把手放在方向盘上，心里感觉越来越焦虑。这种感觉如此熟悉，理性思维很快就被彻底征服了。我闭上眼睛，再次挣扎着去想象那个浮木雕塑，告诉自己，我很好，没有人会因焦虑症发作而丧命，焦虑症发作只是自己对自己因焦虑产生的身体反应感到恐惧而已。

我用了埃姆的图像替换法，过了一会儿，我的心率慢慢恢复了正常。虽然没有完全恢复，但总算感觉好多了。我下了车走进医院，穿过接待区来到了五楼。这一层是癌症病房，大多数是儿童癌症患者。我在前台做了登记。

亚伯曾多次这么做，每当他在海伦姑姑的床边值守了很长时间之后，他都会来这里休息一下。他总是让我和他一起去，但我从来没有勇气走进一间满是孩子的病房，没有勇气去看他们的眼睛、和他们交谈、与他们相处。这会让我感觉无比悲伤。

但现在看来，我这样太自私了。毕竟，如果我——一个陌生人，都可以感受到悲伤，那他们的心里该有多么痛苦呢？

我认出了在儿童病房就诊台的工作人员，他叫杰米，是我们那所高中毕业的校友。他比我大几岁，在学校里很出名——在他毕业前一周，他赢得了州彩票头奖，奖金是两千三百万美元。他出现在各种新闻节目、报纸和媒体上。面对突如其来的财富，他仍然保持他平静而淡泊的本性。他用这笔奖金在镇上买下了一个保龄球馆，又在牛城的市中心买了一所小房子，然后继续在医院上班。

我走近就诊台时，杰米抬起头来。他穿着淡粉色的无袖上衣，上面满是小猫的图案。他虽然留着又长又乱的头发和胡子，但当他一咧嘴微笑，整个人就显得神采奕奕了。

“你是洛蒂，对吧？”他说。

“是的。你好。”

"我为你姑姑感到遗憾。我认识她，你知道的。"

"哦？"

"在她做完化疗之后，她会来这里给孩子们朗读故事。家长们见到她总是很兴奋，我猜她是位名人，不过我不太了解。你弟弟也来过，我以前经常见到他，他这人很不错。"

"我会把你对他的夸奖转告他的。"

"你姑姑去世后我就没见过他。不过这里的人都是来来去去的，没关系。总有新人来，有能够腾出一点儿时间的人来。"

"像我这样的人。"

"哦，你是因为这个原因来这儿的？太棒了！"

"我在想我能给孩子们读点儿什么？我弟弟以前经常这样做，对吧？读书给孩子们听？"

"是的，他一人包揽所有的角色，他很受欢迎。他每次都读一对兄妹的故事。我觉得他们是长生不老的还是什么？总是在躲避一个穿风衣的家伙？"

"风衣男子。"我说。

"妙极了，你也知道他们吗？孩子们很喜欢那些故事呀！我来告诉你亚伯上次读到了哪里。现在这个时间正好，一会儿就是午饭时间了。让孩子们好好享受一下故事，然后中午饱餐一顿。"

杰米领我走进了一个小房间，这里看起来很像一间教室，里面的装饰多姿多彩，摆放着许多艺术用品，还有一个装满乐器的塑料玩具盒子。他给了我一把椅子，把《阿尔文·哈特与白费心机》放在我手里："这些书真的很棒，因为所有的孩子都喜欢它们，不管是多大的孩子。”说完他就出去了。

但仅仅过了几分钟，我就不再是孤身一人了。

孩子们陆陆续续进了房间。有些是自己走进来的，有些是父母用轮椅推进来的；有些孩子的胳膊上还带着静脉注射针，他们用指尖轻轻地挠着针头；有些孩子看起来病恹恹的；有些只是有点儿疲惫。几个小家伙坐在我面前的地板上，他们穿着睡裤和医院的上衣，聚在一起，像是一片淡蓝色的条纹海洋。杰米搬了一张折叠椅坐了下来，让一个小男孩坐在他的腿上。这种感觉就仿佛是代替海伦姑姑去讲课一样，只不过，这一次我突然不害怕了，也不再焦虑，不再恐慌。

书的中间夹了一个书签，标示了上次读到的位置。我翻到右边那页开始朗读。几分钟后，我抬起头来，看到孩子们都睁大了眼睛，嘴巴也张得大大的，一副迫不及待想知道后续的神情。书中讲道，阿尔文和马戈在翻看他们父母的笔记，试图找到线索，让他们能够找到那个风衣男子，然后按图索骥找到他们失踪的父母。

我的每一位听众都全神贯注地听着，而我微笑着，继续读下去。

结束后，孩子们不情愿地回到自己的房间去吃午饭。我一个人在房间里又待了一会儿，想象海伦姑姑和亚伯在这里朗读我刚刚读过的文字。这些孩子会有同样的感受吗？这些稚嫩的孩子，正遭受着可怕的疾病折磨，他们要花费所有的精力与病魔斗争。他们还如此年幼，却要承受那么多的痛苦，这太不公平了。但我也知道，生活不是球场，不可能总是遵循公平的准则。

我合上书，把它放回书柜里。当我转过身来的时候，看见杰米双臂交叉着站在门口。再次看到他的胡子和那淡粉色的工作服，我几乎笑了出来。

“太棒了！”他说，“真的太棒了。这对孩子们来说很有意义。他们说你和海伦长得一模一样。”

“真的吗？”

“是的。不要漠视他们的存在，好吗？这些孩子每天都等着有人来看望他们、关心他们。”

“我绝对不会，我会再来的。”

“你们一家人都没有忘记他们，我可以发誓。你们真是好人。”他说。我没料到他会给我一个拥抱，接着我们就道别了。

我慢慢地开车回家，心里想着刚刚过去的几小时，想着那群孩子和杰米，还有医院的日常生活。我想只有那些特别善良的人才能奉献一生去帮助病人，帮助它们找到一点点快乐。我很自豪地想到我自己的妈妈就是一名医生，而我的爸爸是这个地区最受欢迎的麻醉师（好吧，他自己是这么认为的）。我想当老师或许也是一样的高尚——一种奉献自己的生命去帮助他人、让别人变得更好的职业。这不正是我选择做一名老师的理由之一吗？因为我的老师在我的成长道路上起了重要作用，所以我很希望有一天我也能对我自己的学生有所帮助。

我开了很远的路。我朝着与家相反的方向开着车，两次经过可以通往我家的路，但都没有往回走。不过，我丝毫不觉得自己是在漫无目的地游荡，相反我感觉很兴奋、很高兴，好像自己做了件大事。

当我终于回到家时，爸爸正在车道上洗车。

我爸爸这人，汽车脏的时候他不洗车，只有伤心的时候才洗车。他慢条斯理、从容不迫地冲洗着车，拿着海绵有节奏地画着圆圈。我把车停了下来，看了他几分钟，但他始终没看见我，只是不停地擦着车顶篷上那一平方米的地方。

我走到他后面，清了清嗓子。他慢慢地转过身来，眨着眼睛，仿佛刚从梦中醒来。

“嘿，孩子，”他说，“如果你需要，我等下也帮你洗洗。”

“你不用帮我洗。”

“外面天气不错，你不觉得吗？这时候你不应该在学校吗？”

“今天是心理健康日，”我说，“我告诉妈妈了。”

“啊。没关系。我明白了。”

“你需要帮忙吗？”

“事实上，我想我可能更想要一点儿独处的时间。放心，我没事。我只是喜欢待在这里。外面天气不错，不是吗？”

他看着远处，不停地重复自己的话，一副心不在焉的样子。我没有再说什么，简单地拥抱了他一下，然后进了屋。

我站在门厅里看着爸爸，把脸贴在前门的玻璃上。他有条不紊地洗着车。相信在下午结束之前，他的车将会是这个社区里最干净的。

当他洗完了自己的车，他又开始洗我的车。我泡了一壶柠檬水拿出去给他喝。他一言不发地拿起杯子，微微笑了一下。这是我这段时间里见过的最悲伤的微笑。这副神情和萨姆的有点儿像。

哈特爷爷很生气。

当然，哈特爷爷总是一副怒气冲冲的样子，但现在他似乎比平时更加恼火，因为他半夜被两个鬼鬼祟祟的孙儿吵醒。他们以前就经常在半夜把他叫醒，接着又消失得无影无踪。

“你们回来了。”哈特爷爷透过门缝说。

“我们犯错了。”阿尔文说。

“跟着那个一无是处的永生社瞎折腾，是吗？看来你们并不比你们的父母聪明。”

他当着他们的面把门关上，然后他解开了门上的许多锁链，解开了那些保护他不受他人伤害的锁链。他摸索了半天，最后终于打开了门。

“我就知道你们会回来。”他说。

“永生社里的人就是一群浑蛋。”马戈边说边推开房门，阿尔文跟在她身后。他们等着哈特爷爷完成把门锁上的复杂过程。

“我们不知道还能去哪儿。”阿尔文说，“我们在想，你能不能帮帮我们？”

“我连自己都帮不了。”哈特爷爷厉声说道，但看到他的孙子和孙女又冷又困的样子，他的语气缓和了一些，“哎呀，好吧。跟我来。”

他领着他们穿过那幢巨大的房子，穿过一条他们从未见过的走廊，又穿过了无数道门。这栋房子和森林里的房子一样——里面比外面看起来大多了。

他们走了整整十分钟，最后在走廊的尽头停了下来。那里有一个书架，两边各有一面墙，上面的蜡烛已经熄灭了。

“你父亲禁止我给你们看这个。但我对于别人禁止我做的事，从来都不太接受。另外，”哈特爷爷说，“或许你们会在这里找到一些有用的东西。”

接着他伸出一只手，从书架上抽出一本很特别的书。

这时，壁突式烛台突然活动了，整个书架开始旋转，最后露出了一条秘密通道。

“不可能。”马戈喘着气说。

“我要回去睡觉了，可别弄出太大的动静。”哈特爷爷说完，撇下他们两个人走了。

——节选自《阿尔文·哈特与白费心机》

17

第二天，埃姆把我逼到储物柜前，脸上露出她最擅长的八卦表情。她身上穿着的是她最喜欢的一套衣服——上身是一件印有“忏悔的仪表板”[①]的T恤（她说这是一件具有讽刺意味的T恤），下身搭配了一条牛仔短裤。她把T恤塞进裤子，头顶盘着丸子头，耳边散落着几根碎发，耳朵上戴着乐高积木式的小耳钉，那是杰姬送给她的礼物。

“洛蒂！”就在我刚打开储物柜时，她一边嚷嚷着，一边用身体砰地把柜门关上了。柜子咔嗒一声又锁上了。“我想你。请不要再离开我！”

“就一天而已啦。”

“可这一天简直就是永远！你知道吗？我说的是真的。”

“如果你问别人他们做过的最坏的事情是什么，但他们就是

① 美国乐队名。

不愿告诉你，你会不会觉得很奇怪？一开始你觉得这只不过是一个玩笑之类的，但他们实际上是真的不愿告诉你，你说奇怪不奇怪？”

“我觉得他们可能杀了人。”埃姆若有所思地说。

“是啊。我就是这么想的。”

“我们在说谁啊？萨姆吗？”

“是的。”

“你为什么要问人家这样的问题？这都怪你自己。”

“我不知道，我就是想起来了，因为之前我姑姑在一封信里提到过这个。我想这是一个个人隐私的问题吧。”

“是啊，我觉得吧，他肯定是不想告诉你，因为他喜欢你，他只想给你留下良好的印象，你明白吗？”

“所以你觉得这没什么可担心的。”

“是，我觉得没什么好担心的。反倒是你，可能有些过度解读了。”

“这么说他并不是杀人犯了？”

“哦，不，他绝对是个杀人犯。关于这一点我还以为我们已经达成共识了呢。”她语气夸张地说。

“闭嘴。”我伸手去打她，但她很快躲开了。埃姆被自己的笑话逗乐了，一蹦一跳地走了。

那天下午我读了海伦姑姑的下一封信。

亲爱的洛蒂：

想来也奇怪，在那么短的时间里，竟会发生这么多的事情。当你看到这封信的时候，我所有的东西应该都被拍卖给那位出价最高的人了。我的房子、汽车、书籍（亚伯最好悉心收藏这些书）、花、花盆、衣服、鞋子和我的首饰（我希望你能戴上，洛蒂，因为首饰本来就是用来戴的）全部都将远去。一开始，我很难过，我这辈子收藏的所有东西怎么突然之间就不再属于我了。可我心里又想：我是不是一个很物质的人？这样真的好吗？大家是不是也都很物质？但是一个人喜欢自己的东西，又有什么问题呢？

对这些问题我还没想到一个好的答案。

当然，现如今社会上确实存在一种过分追求物质生活的趋势，这个社会的一些特权人士和那些拥有很多物质财富的人就是这样。我们很愚蠢地成了物质的附庸，我就是其中之一。我是一个很幸运的女人，有许多朋友，有一个美好的家庭，还有自己疼爱的侄子和侄女，但我却开始依恋我的那些“家产”！洛蒂，从我在西班牙买的一幅画到我在慈善机构捡到的一个小铁丝篮，我都不忍割舍。这种疯狂是毫无逻辑、毫无根据的！无论是两美元还是两千美元的东西，我都一样无法割舍。

但不管怎样，为了打破这种物质依恋，我最近做了一个小尝试：我选取了一件我曾认为不能没有的东西，然后把它送人了。

我觉得你也应该这样尝试下。你可以从中感受到自由，像我一样（在我战胜了自我，不再用力喘气之后）。

把一些东西送人。至于给谁，给什么，全都取决于你。

在生活中，我们很多时候可能都会被迫放弃一些我们不愿放弃的人或东西（朋友和健康的细胞，等等）。

把这当成一个小小的练习吧。

随便挑个东西，让它随风去。

爱你的海伦

我有什么能献给这个世界，或者至少是献给海伦姑姑呢（我不知道该不该相信鬼魂的存在）？我反复思忖。有样东西我从未给任何人看过。多年来，我一直把它放在我的弹簧床垫和褥子之间，既不舍得扔掉，也不敢去看、不敢去碰，只能把它放在那里。

这看上去就是它最好的宿命。我已不再需要它，很早以前我就应该放弃它。

现在我把它拽出来，放在被子上，目不转睛地盯着它看。

这是一本封皮上印有小羚羊的小笔记本，乍一看它再普通不过了。但我拿起它的时候，我觉得它比它的实际重量要重得多。上面的每一页都写满了黑色的、粗重的笔迹，它们诞生于失眠的夜晚。我把多年来的不安都写在这个本子上，把那些消极的、令人烦恼的想法倾泻在纸上。现在我又浏览了一遍，一种沉重的感觉开始在胃里滋长，恐惧、尸体、死亡、残缺、疲倦、溺水、碎片，全都拥堵在我心头。

我知道对抗焦虑症发作并不是扔掉一个小笔记本那么简单，但是一个又一个夜晚睡在这个沉重而黑暗的东西上肯定是没有好处的。继续抓住它不放并不好，尽管我努力假装它并不存在，但它还是不断提醒着我：那些黑暗的想法始终在我的脑海中，而且越来越清晰，越来越严重。

出于某种连我自己都不是很清楚的原因，我从床底下拿出一卷包装纸，裁出一块足以把笔记本包起来的方形。我还不知道要把它放到哪里去，但我一看到那显眼的印着烫金小羚羊的封皮就感觉很不舒服。

正当我粘好最后的包装封口时，爸爸走了进来。笔记本的包装纸上印着非常欢快的图案。我感到很不安，浑身发热。

“等等。”他看着我包好的笔记本说，“谁要过生日了？我是不是忘了谁的生日呀？”

“没人过生日。这只是海伦姑姑要我做的事，是她安排的事。”

“嗯……”他坐在床上说。

“怎么了？”

“你知道其实你不需要做任何你不想做的事，对吧？我妹妹不该对你有那么多的要求。她总是不考虑她的行为会对其他人产生什么样的影响。她可能会让你一辈子都替她做事。”

我理解他的话。海伦姑姑曾在一封信中称自己自私，她曾表示希望自己成熟起来，不要那么自私。但眼下，我在做的这件事要解释起来并没有那么简单，细说起来就更加复杂。与其说她自私，不如说人们不懂得怎样拒绝她的那些突发奇想。

就像很久以前的一个周五晚上，她突然出现在我面前，给了我一张音乐会门票。但是我周一有一篇很重要的论文要交，我得利用整个周末来完成这篇论文。她倒是没发怒，但她生了十几分钟的闷气，开始发牢骚，好让我知道我不去让她很扫兴。

她那样做是有点儿傻，但这都不重要了。她已经离开了，我现在能做的，就是按照她的想法，去读她给我留下的信，去完成她希望我做的事。

爸爸用了“一辈子”这种表述。但是海伦姑姑不是已经证明了人一辈子可能不会太长吗?

我把这句话说给爸爸听，他的脸立刻拉下来，脸色变得很难看。

“我不喜欢你那样说。”他说，“我一点儿也不喜欢你那样。”

“我不是有意的。”

“希望如此。”

“我真不是那个意思。”

“脑子里总想着那种事不太好。你没寻思这种事，对吧？”

“是的，爸爸，那是个玩笑，一个愚蠢的玩笑而已。”

“好吧。我不喜欢那样的东西。你会永远活着，我也将永远活着。”

“对不起。我真没乱想。”

“好吧，洛蒂。”

他离开房间时，我的胃里越来越不舒服。真的不能跟一个刚刚失去妹妹的人开死亡的玩笑。我试着去想如果亚伯死在我之前——他不会死在我之前，不管死亡是在下周还是八十年以后到来，他永远不能在我之前离开。他至少需要比我多活两年，这样才说得过去。

我摸了摸包好的笔记本，努力让呼吸恢复正常。

既然已经想好扔什么，现在的问题就是该把它扔到哪里去。但其实这个问题的答案我已经想好了，甚至在打包之前就想好了。我要回海伦姑姑家去。

星期五放学后我开车去了海伦姑姑家。路上花的时间比平时要稍长一点儿。现在已经是夏天了，大批大批的人开车出门去海边避暑。到姑姑家后，我把车停在路边。我不想把车停到私人车道上，虽然我觉得不会有人这么快就搬进去住，但我还是觉得自己应该和这幢房子保持点儿距离。毕竟，我这可能算是非法入侵。

我一直走到房子的边上。这座房子笼罩在树荫底下，私密性很好。我把包好的笔记本放在手提包里，然后背在肩上。我用剩的包装纸做了一张卡片，上面写着：烧掉它。

我穿过后院，走到那个和房子一样白的小木屋跟前。我小时候常把这里当作游戏室。海伦姑姑给这里装饰上了一间小厨房、一张小桌子和几把椅子，还有一个装满蜡笔、纸、记号笔和橡皮泥的旧箱子。当大人们在草坪上举行鸡尾酒会或玩地滚球时，亚伯和我就会到这里玩上几小时。

如今那些东西都消失不见了，蜡笔和地滚球布景都不在了。木屋没上锁，我直接走了进去。里面空空的，但闻起来仍然有培乐多牌橡皮泥和盐的气味，好像还有点儿巧克力味。木屋的地板是木板条铺就的，我跪在角落里，鼓捣其中一个木板条，直到把它拉出来拽在手里才罢休。这是亚伯发明的玩法，因为他觉得地板下可能藏着什么东西，把木板条拉出来就可以发现。

这个隐蔽空间很小，用途已经和我们小时候完全不同了。从火柴盒汽车到小瓶的威士忌，我们把所有的东西都藏到这里来。现在这里已经被清空了，于是我把包着小笔记本的棕色包裹塞了进去，然后又把这里的一切复原。我退后一步环视四周，想象别人能否看出这里藏着东西。

车还停在海伦姑姑家外面，我藏完笔记本之后回到车上，给萨姆发了条短信。姑姑家看起来已经完全变了样子，空空荡荡的，只剩下一所壮观的房子。房前台阶上的那些花盆也不见了。我之前没留意到房前的草坪，那上面竖了一块写着“出售”的牌子。也就是说这座房子还没被卖出去。

我有点儿想进去看看。我们上次来这里的时候，我不经意间把钥匙留在了钱包里。这么做也没有特别的原因，只是我可以这么做、我想这么做。我可以用钥匙打开后门，然后在这座空房子里逛一下，看看搬家工人是否还留下了什么东西。但我也不知道这样做有什么意义。

“多愚蠢啊。”马戈说着检查起她那毫无损伤的身体，她那重新缝合的皮肤，她完好无损的骨骼、器官和肌肉。她向高处望去，就在刚刚，风衣男子把她从悬崖上推了下来。在那美丽而短暂的瞬间，她感觉自己在飞翔。不过很快她就感受到了疼痛。“这是我做过的最愚蠢的事。”

“你……你没事！”阿尔文激动地上前拥抱她，她还活着，他太高兴了。

“是的，但是我本来会死的。”马戈说。

“这是一个奇迹！”

“这不是奇迹，是长生不老泉救了我。”

“对，马戈，是它救了你的性命！你是永生不死的。”

“当然。但现在怎么办呢？”马戈说，“我现在孤身一人了！”

“你在说什么啊？我在这里呀！”

“但你最终会走的，爸爸妈妈也会走，爷爷也会走，我遇到的每一个人都会走！我自己一个人该怎么活着呢？我怎么能够孤身一人活下去呢？”

——节选自《阿尔文·哈特与森林中的房子》

18

我从姑姑的房子回到自己家，正好赶上拿着包裹的快递员站在我家前门的门廊边。我签收了快递，从他手里接过了包裹。包裹是寄给亚伯的，回件地址是《洛杉矶杂志》。打开前门，我看见亚伯和艾米正在客厅里看《圣诞夜惊魂》这部电影。

“嗨。”我在门口跟他们打招呼。

“万圣节就要到了。”艾米的声音传来。

“现在才五月。”

“她只是说快要到了。”亚伯附和道。

“好吧。”我说着，从茶几上拿起遥控器，按下了暂停键。

“嘿！”他们异口同声地说。

我打开电灯开关，他们两个假装灯光很刺眼，一齐用手遮上了眼睛。他们坐在各自的躺椅上摇呀摇，就像是一对年过八旬的老夫妻。亚伯第四百次拿起《指环王》阅读，艾米则戴上一对超大的耳机。

我举起快递盒说："你有一个包裹，笨蛋。"

"谁寄来的？"

"《洛杉矶杂志》。"

"真的吗？"这时他才抬起头来。

"是的。这是什么？"

"是一本文学杂志。"他说着站起来，从我手中接过盒子，放在茶几上。他用我的钥匙划开包装盒，取出四本厚厚的文学杂志——书的封皮上写着"洛杉矶"，封面照是一条林荫小径，小径的两边整齐地排列着两排棕榈树，一个女孩躺在小径的中间，正在专心地读书。

最上面的一本杂志夹了一封信。上面写着"亚伯收"，我一眼就认出了那是谁的笔迹。

"亚伯……那是什么信？"我问。

"不给你看。"他从杂志上取下信封，但没有马上打开，而是拿起一本杂志，翻到了目录页。艾米站在他背后，凑过去阅读。很快她就尖叫起来，双脚开始蹦蹦跳跳。

"太！太！太！太……"她每说一个字就跳一下。

"太？"亚伯重复她的话，但声音很低，很轻柔。

"太什么？"我说着，从沙发上拿起一本杂志，很快就在目录里找到了我弟弟的名字，列在"新声音"栏目下。

"我都不知道你投稿了！"艾米仍然尖叫着，她的声音是那种纯粹的表达喜悦的高声叫嚷。

"我没有投稿呀。"亚伯说。他终于把眼睛从书页上挪开，看着我问，“是你投的稿吗？”

“不是我，”我说，“我都不知道你这是什么！”

“是一篇文章！”艾米解释说，“他写了一篇文章，发表了！”

“那就是海伦姑姑。”亚伯一边说，一边拿起信封，上面的字正是我最熟悉的姑姑的笔迹。“哇！”他的语气有些激动。

“哇！哇！哇！哇！”艾米跟着大叫，这时她不再蹦蹦跳跳了，但身子开始微微地发抖。她靠在亚伯身上，闭上眼睛，整个身体都剧烈地颤抖起来。“我真为你高兴！亚伯！我的天哪！你太厉害了！”

在我弟弟的名字旁边是他文章的标题——《如何道别》。第五十三页。我翻到那一页，页面上用大写字母写着他的名字——亚伯拉罕·里夫斯。

“亚伯，天哪！”我感叹道。

“她一定是……我不知道。一定是她让他们发表我的文章的。”亚伯说。

“让他们？别傻了。”艾米说，“我早就跟你说过你这篇文章写得有多好。亚伯，我早就跟你说过。快读一下海伦的信，我敢肯定不是她让他们发表这篇文章的。”

亚伯坐回沙发上，呆呆地盯着杂志。他好像在翻来覆去地思考，希望这本杂志在他眼前化成烟雾、起火燃烧或消失不见。过了一会儿，他打开海伦姑姑的信，而我读了他这篇文章的前几行。

首先，不要这样：

不要告诉他们别去，这只会激怒他们。他们通常别无选择。

不要在他们打瞌睡的时候提出和他们坐在一起。直接坐过去就是。

“真没想到你的文章写得这么好。”我说。

“谢谢。”亚伯的脸变得通红。

“我得找个安静的地方来读这篇文章。”我说，“这本杂志我拿走了，晚点儿再找你签名。”

“我也要你给我这本签名！”艾米笑眯眯地说。

亚伯看起来很开心。我真想拍张照片记录下这一刻，但我知道相机永远达不到我的预期，不能完美地捕捉到这一刻的欢愉。

我走上楼去读他文章剩余的部分，让亚伯和艾米独处。当我读完这篇文章时，我已经泪流满面。

我比以往任何时候都更清醒地意识到，亚伯是一个谜，每个人都是一个谜。你或许以为自己对某个人了如指掌，但肯定还有其他几百件事情，你可能永远都不会知道。

我含着泪水，打开海伦姑姑的下一封信。眼泪几乎模糊了我的视线。

洛蒂：

我的身体状况越来越糟糕。在过去的几周里，我写了很多的信，我想我是不是应该尽快停止写这些信。其实我能写下来的也就这么多，我还有很多祝愿已经来不及写下来送给你——

当然，你会有你自己的愿望。我还有几样东西送给你，还有一些秘密等着你去发掘。

我给你写这些信，而不是给亚伯、你爸爸或你妈妈写，因为我觉得你可能是在我离开后最需要指引的人。我这么说希望你不会介意，我觉得需要指引并不是你的错，洛蒂。我们俩是用同一块布料裁剪而成的，我们都有着复杂的情绪，一样焦虑不安。

但这并不是说我就没有考虑到其他人。我也担心你爸爸，担心他会怎么处理这一切。我总觉得我和他有点儿像马戈和阿尔文，我们俩谁也离不开谁。那些书虽然是以阿尔文的名字命名的，但马戈也是其中不可分割的一部分，也是同样重要的存在。这也是为什么最后一本书要反过来以她的名字命名。

如果现实颠倒过来，如果我知道我的余生将失去你爸爸，失去我的阿尔文，我一定会崩溃。我的哥哥是我见过的最好的人。他不能先离开，那太残忍了，我连想都不敢想。

正因如此，我现在很担心他，担心我走之后他会怎么样。

我希望你能花点儿时间陪陪他，就你们两个在一起待一会儿。我想现在应该已经过去了几星期。看看他怎么样，洛蒂。陪他说说话，别让他再一天洗四次车。

我不能待在他身边的时候，请你多陪陪他。

我希望他快乐。我希望亚伯快乐。我希望你快乐。我希望留在世间的人都是快乐的。我知道我要求得太多了，但我真心希望你们每个人都快乐，永远快乐。

爱你的海伦

那天晚上我整晚都没睡好。我一遍一遍地梦见自己死去，梦见自己以十多种不同的方式死去。

我小的时候，我妈妈最小的弟弟——加布里埃尔舅舅从秘鲁来看我们。其实我一点儿都不记得那件事了，但他们录了像。舅舅抱着我，那时我还是一个蹒跚学步的小孩，笑得很开心。接着他把我抛向空中，我的头皮离旋转着的吊扇只有几厘米远，瞬间房间里变得鸦雀无声，然后我安全地落了下来，加布里埃尔舅舅把我紧紧地抱在胸前，而我不停地扭动着身子，想从他怀里挣脱出来。事后来看，我可能也不至于被吊扇削掉脑袋。又或许可能。毕竟当时我还只是个孩子，而吊扇又转得飞快。

现在人们说起这件事时都会开心地笑，加布里埃尔舅舅也总是问我需不需要再理一次发。

但妈妈没有笑。她从来没有因为这件事情笑过。

关于死亡，一直萦绕在我心头的是——人们可能会以最意想不到的方式死去。有的人可能正聚精会神地忙着自己的事情，系着安全带、戴着头盔，原本很安全，也没有做危险的事情（比如跳伞或蹦极），死神却突然降临在头上。有的人去池塘里游泳，结果被阿米巴原虫感染了，几天之后虫把他的大脑“吃掉”，结束了他的性命。有时候，人们正在一家小咖啡店里排队买咖啡，一个连方向盘都看不清楚的八十六岁的老人却开着车撞进咖啡店的大门，把店里所有的人都碾压个遍。有时候，你只是吃了一个冰激凌，却感染了李斯特菌。又或者……

各种可能，不胜枚举，不管你是否安全行事，都可能难逃一劫。这一分钟还在这里，下一分钟就可能命丧黄泉。

我拉过毯子盖住头，挡住早晨的阳光，也试图挡住那些让我心跳加速、呼吸急促的想法。

“洛蒂，冷静，别慌张！”我躲在被子里对自己低声说，“你还没起床呢。”

已经九点钟了。亚伯还在睡觉，爸爸妈妈在花园里忙着，戴着情侣太阳帽和手套，旁边放着两杯柠檬水。我端着一杯冰咖啡来到后院，走到他们身边。

“我女儿来了！”爸爸高兴地说。

“亲爱的，你想吃蓝莓吗？”妈妈问我。

“和眼珠子一样大的蓝莓！”爸爸说，他把一颗蓝莓扔到空中，张开嘴接住，看上去非常得意。

“有树莓吗？”我问。

“我们的眼珠还没有树莓那么大，所以你只能吃两个。”爸爸指着一个麦片碗说，碗里差不多有半碗树莓。我盘腿坐在草地上，一次吃一颗，每吃一个都先检查一下上面有没有蜘蛛。我有一次吃树莓吃到一只蜘蛛，吓得半死，从此就有了阴影。树莓是爸爸的最爱，我吃树莓的时候，他一直用眼角的余光看着我。

“嘿，爸爸，你今天有什么安排？”

“你是说除了收获粮食来养活我亲爱的家人之外，我还有什么事，是吗？”

“是的，除了这件事之外。”

“我想看看网飞[1]上有没有什么新鲜东西。我有一阵子没点开看了。”

“想和我一起去逛旧货店吗？”

爸爸的最爱：树莓，网飞（他最近才学会用网飞，但现在谁也阻挡不了他看网飞），还有旧货店。

“我想我也可以抽时间去逛逛旧货店。”他说，“你要去买什么呢？”

“我想买几件有趣的T恤。”

“我可以用……”

“如果你再敢买一个二手的装饰手帕，萨尔，我发誓。”妈妈打断他说。

“老古董。”爸爸低声抱怨，冲我挤了挤眼，“等我一小时，可以吗？”

“我也去准备。”

我们准时出门，我负责开车。我们喜欢的那家旧货店就坐落在马萨诸塞州的边境线上，大约三十分钟的车程。店铺很大，单是家庭用品区就占了很大空间。一排排的货架上摆满了玻璃杯、盘子、锅碗瓢盆和各种小摆设，还有一些不需要也不会买的东西，但我就是喜欢在里面挑来拣去。爸爸调试着车载收音机，但他在一个电台上停留的时间从超不过两分钟。他这会儿还在跟着哼一首歌，刚唱到一半，他突然觉得无聊，于是又调

---

① 网飞（Netflix）是美国在线视频提供商，曾推出《纸牌屋》等热播剧。

出一些他从来没有唱过的歌。

“你最近读过什么有趣的文章吗？”我钓鱼似的套他的话，不知道亚伯有没有给爸爸妈妈看那本《洛杉矶杂志》。

“读过一些有趣的小文章，写的是西海岸是不是会发生破坏性地震。”

这么说，亚伯还没给他们看。他可能想等到今天再拿给他们看。

“你呢？洛蒂，你最近怎么样？”

好。很好。其实糟透了。有时我会半夜醒来，看到房间里漆黑一片，这原本很正常，但我却认为自己身处一副棺材里。有时，我在早报上看到陌生人的讣告，就会打开谷歌，搜索那些最不寻常、最离奇、最糟糕、最意外的死亡。因为这，我碰巧接触到一首雷洛·奇丽[①]的歌，它很欢快，很向上，但也非常黑暗，令人十分不安。有一天晚上，我连续听这首歌听了十二遍，然后就睡着了，但感觉歌词仍然在我的天花板上闪烁。

“我很好，”我说，“你还好吧？”

海伦姑姑在信里说，她和我爸爸就像马戈和阿尔文一样，这话让我感觉无比奇异和怅然。亚伯和我也是这样，我们俩是姐弟这没问题，但不知何故，把爸爸和姑姑看成兄妹就没那么简单了。我总觉得海伦姑姑就只是我的姑姑，要真正理解她首先是我爸爸的妹妹并不那么容易。实际上，远在我到来之前，他们就已经亲密地相处了很多年。

① 雷洛·奇丽是美国洛杉矶的乐队，成立于 1998 年。

我很自责，因为我需要姑姑来提醒我去关心爸爸，而我自己却没有想过要这么做。我可以开车穿过整个城市去拿爸爸的西装外套，但却从来没有坐在他对面，直视他的眼睛，看看他眼中的悲伤已经走了多远，看看他眼中的悲伤是消失了，减少了还是增加了。我曾看着他洗车，不停地洗车，而我只给他倒上一杯柠檬水，却从未真正关心他过得怎么样，哪怕我明明清楚那是他伤心的表现。与他谈论这些似乎太难了，太沉重了，我不能确定他会跟我说实话。

“哦，有时候日子比较难熬。”过了几秒钟，他这样回答我。

“今天呢？”

“今天？今天有树莓和我最喜欢的旧货店还有我最爱的女儿。况且现在还不到中午。到目前为止，今天一切都好。”

几分钟后我们到了旧货店。我在阴凉处找到一个停车位，熄了火，转头看着爸爸，认真地看着他，看着他的脸，直到他注意到我在看他，然后他伸手摸了摸自己的下巴。

“我有什么东西……”

“没有，没有。你很好。”

“你准备好了吗？”

“准备好了。”

我们走进店里，抓起一辆手推车——逛旧货店时免不了会往手推车上装一些我们不是真正想要，更不是真正想买的东西。对于我们来说，重点在于逛，而不是买。这就是我喜欢和爸爸一起来旧货店的原因，因为他和我一样不在意浪费点儿时间瞎逛。我们坐在椅子上试穿鞋子，打开摆放古玩的柜子往里边瞅。我们用毛绒动物玩具编故事，穿上古怪的外套，好像我们马上要去纳尼亚王国[1]一样。

我们推着购物车在旧货店的每条过道上来回地走，有时把东西放进购物车，几分钟后又把它们拿出来。我发现了一对烛台，一对像嘴唇一样的小夜灯，还有一个挂着八个球的钥匙扣。爸爸拿着齐胸高的火烈鸟在一个角落里蹦蹦跳跳，火烈鸟是用各种各样的粉红色金属碎片织成的。

"我们需要这个吗？"他问道。

"多少钱？"

"七块钱。"

"好的，我们需要。"我说。

于是它被放进了手推车。

我看中了一个菠萝形状的冰桶，爸爸又在手推车里放了一个发光的古董地球仪。

随后我们去了图书区，那里当然摆放了一打"阿尔文·哈特"系列丛书，有精装本也有平装本，有些已经破损，有些折了角（亚伯看到了可能会气疯）。爸爸拿起一本《阿尔文·哈特与森林中的房子》，放在手里翻开。

当他抬起头来的时候，他的眼睛闪闪发亮，我感到一阵恐

① 源自英国作家 C.S. 刘易斯创作的儿童冒险小说"纳尼亚传奇"系列，纳尼亚王国是小说中的一个神秘奇幻世界。

慌。爸爸不要哭，我在心里默念，爸爸不要哭。但很快他眨了眨眼睛，又恢复了正常。我看得出来，他仍然很伤心，只是压抑住了。

“糟糕。”他说，“伤感总是偷偷溜上心头。”

“我知道。它也时常偷偷溜上我的心头。”

“你从来没有想过……”他欲言又止。尽管他没有把话说完，但我还是听到了他没说出口的话语——它会发生在你认识的人身上。他把那本书抛向空中，抓住了它，然后又把它放回书架。他将封面朝上，这样方便辨认。然后他把手放在推车的把手上说：“我们把这些东西放回去，去买些冰激凌怎么样？我想吃冰激凌，你想吃吗？”

“任何时候都想吃，爸爸。我任何时候都愿意吃冰激凌。”

他绕过手推车，紧紧地拥抱住我，亲吻我的额头。然后他拿起火烈鸟，拖着脚步走开了。我拿起他刚才放下的那本书，翻到题献页——

赠予我的哥哥。谢谢你为我做的一切，一切，一切。

我跟上爸爸的脚步，在走廊里走着，把我们淘到的所有物品都放回原处。

阿尔文冲向那栋森林中的房子。他冲进大厅，狠狠地把门关上，发出了很大的声响。他看着不到一小时之前，风衣男子奄奄一息地躺着的地方。

“不。”阿尔文轻轻地说。

“他已经走了。”马戈说着走了进来，她小心翼翼地把门带上，免得别人跟着进了屋子，“阿尔文，他已经走了。”

“我知道，马戈。”他厉声道，就像换了一个人一样。阿尔文开始在大厅里一圈一圈地踱步，地上掀起了一股小型龙卷风，尘土飞扬。“他刚刚就在这里，我给了他那种叫作‘可怕的痛苦与折磨’的药水！如果杀不了他，还叫什么‘可怕的痛苦与折磨’？”

他的声音越来越大，在屋子里回荡着。马戈从来没有见过哥哥这副模样，在她的记忆中，这是她第一次对哥哥感到害怕。他把她从风衣男子那里救了出来，现在他完全失控了。他们的父母都走了，风衣男子也走了。阿尔文的情绪开始不受控制，他把灯摔在地上，又撕掉墙上的画，把它们统统摔在地上。

“阿尔文！”马戈一边尖叫一边往后退，直到她退到了门边。

他继续大发脾气，在大厅里大喊大叫，把他能拿得起来的东西都摔坏了。

过了很久他终于停了下来，身体止不住地发抖。他看着马戈，仿佛刚想起来她也在场。

“阿尔文，你救了我。”她小心地提醒着他。

“是的。”他说，“但是我们找不到爸爸妈妈了。”

——节选自《阿尔文·哈特与神秘的失踪》

19

在不寻常的场合看到熟人时（比如咖啡馆里遇见老师，杂货店里遇到家庭医生），人可能会产生错觉，会觉得他们看起来有些奇怪。所以当我打开前门看到萨姆时，我差点儿没认出他来。在这之前我给他发了短信，告诉他我的地址，让他来这里见我。不过当门铃响起的时候，我还是不敢确定是他来了。

那天早上，我一读完海伦姑姑的信，就请萨姆来帮我实现姑姑的下一个愿望。

亲爱的洛蒂：

人在临死之前这段时间真的非常讨厌，比别人描述的还要糟糕很多。要经历拒绝接受事实、讨价还价，再到接受现实，还有数百条没列出来的心路历程。我不得不说一下，我从来没有讨价还价过。这一点看起来很重要，但我刚写下它的时候，又好像不那么重要了。谁会在乎我是不是讨价还价了呢？这是我的生命，不是吗？生命极其重要，似乎值得讨价还价。我这辈子曾为了一些不太重要的东西讨价还价，在农贸市场买柿子，或者在跳蚤市场买一个复古梳妆台时。为什么我不为自己的生命讨价还价呢？为什么不试试呢？

我有一阵子非常生气。死亡是一个棘手的问题，因为难以对付，它把你死死地困在里边，让你困惑，也让你无法摆脱。对某件事充满激情是件美好的事，但人更容易对愤怒这件事保有激情，你明白吗？愤怒很容易，感觉也很不错。

我告诉你我做过的最可耻的事——我曾把一件美丽并且无价的传家宝猛地砸向卧室的墙上。不过我马上就后悔了，就在松手那一瞬间我就后悔了，可是在那一毫秒，我想改变主意已经来不及了。那是我父亲为我奶奶制作的一个陶制撒旦小像，我把它扔到墙上，然后百余块碎片散落一地，每一块碎片都藏着我的泪水。

但其实最糟糕的是，我做完这些后感觉好极了。

用这种黑暗和邪恶的方式发泄情绪，感觉实在太好了。

我恨我自己成为这么邪恶的人（双重邪恶：那个陶制的撒旦本该在我父亲去世后给你爸爸的，但我撒谎说我弄丢了，因为我想自己留着），但我不能否认毁灭带给我的感受。打碎那个怪异的小玩意儿，我如释重负。

洛蒂，我还处于愤怒之中。这股怒气总在最意想不到的时候爬上心头。我带着这股怒气不安地入眠，气冲冲地吃早餐，再气冲冲地搅拌咖啡。晚上趁邻居都睡着之后，我便把这股怒气发泄出去。

你看，我留给你的信越来越多了，这些信已经成为我大胆释放的方式，我写下了很多我觉得只有死了之后才有勇气讲出来的话。如果说死亡还有好的一面，或许就是它把人彻底解放了。所有的秘密都洒向了这个世界，撕开所有的伤口，任它们滴血。也许我应该把秘密全都带进坟墓，把它们踩进泥土里去，然后埋起来，让它们开花结果，长出世上最悲情的植物。也许我根本就不该告诉你这些。我不知道，洛蒂。很多事我都搞不懂，而正确答案刚好就藏在我搞不懂的那些事里。

找到你内心的愤怒，然后打破愤怒，消灭怨气，最后把碎片都扫起来，扔进垃圾箱。

我永远爱你。

海伦

我在客厅里琢磨着萨姆这个人。今天的萨姆跟以前完全不同，不同于书店里的萨姆，也不同于海边浮木雕塑上的萨姆。我知道每个人都有很多面，而且会根据需要表现出不同的自己。但他看起来真的完全不同了。

“这就是我家。”

“怪不得你待在这里边。”

“你可能想知道我为什么邀请你来这儿吧。”

“我觉得是因为你想我了。”他轻松地说，之后没再理我，而是跑进屋里，在厨房里走来走去，用指头摸摸这儿又碰碰那儿。

我在后边跟着他，时不时触摸他刚摸过的东西。他今天把头发放了下来，又卷又乱，看上去就好像刚在海里浸湿了头发，然后沿着岸边一边骑摩托车，一边将头发风干。

我昨晚没怎么睡好，现在仍然很困，显得有些手忙脚乱。因为我看完那封信就给萨姆发短信了，当时人还躺在床上，甚至都没看下当时是几点钟。

你今天忙吗？

你想做什么呢？

想不想到我这儿来？

我爸妈去波士顿参加棒球比赛了。其实爸爸只是因为妈妈才假装喜欢棒球。我外公当年在一个小球队待了六年，所以妈妈小时候常常灰头土脸的，指甲里面总是藏着画基线用的粉笔灰。

“你想吃点儿什么吗？”我问，“我可以给你做一个煎蛋卷。”

“什么样的煎蛋卷？”

“这里有很多蔬菜。你想要什么？”

“你要不要来一个？”

“当然啦，我也要给自己做一个。”

“那我跟你吃一样的。”

我做了烤面包和煎蛋卷，蛋卷配了蘑菇、菠菜、青椒和自家种的西红柿，上面撒了奶酪丝。接着我们坐在露台上吃东西，我从口袋里掏出一个小巧的男孩和女孩的双人陶瓷雕像，告诉萨姆我打算把它摔碎。

“摔碎它?!”他说着，从我手里拿过这个小雕像，端详了一会儿，“这是阿尔文和马戈的替身吗？有点儿恐怖。”

我能想到二十件比这更恐怖的事，但我没说出来。我只是说：“这并不是他们的替身，这更像是一件祭品。”

他想了想，吃了一口煎蛋卷，然后若有所思地拿起一片面包，转过身来问：“你从哪儿弄来的？”

“很久以前，一次清仓甩卖中买的。因为它让我想起了他们，没错。”

“祭品。”他说，“明白了。我喜欢‘祭品’这个说法。”

“我觉得这挺说得通的。真奇怪，我的姑姑竟然这么暴力。”

“是吗？”

“她并不是那种爱挑衅的人。”

“并非所有的暴力都与挑衅有关。”

“我想是吧。”

“顺便说一句，这煎蛋卷真的很好吃。”

“谢谢。”

“那么你要让这两个可怜的灵魂在哪里牺牲呢？”他指了指陶瓷雕像。

“我想到了一个地方。你吃好了吗？”

我们把盘子冲洗干净，然后放进洗碗机。接着我穿上鞋，从车库里抓起一根棒球杆，开着我的车出发了。

目的地离家不远，不过十五分钟的车程。路上我们听着音乐，萨姆把那个陶瓷雕像放在腿上，确保那个男孩和女孩在最后的时光里过得舒服些。然后他摇下车窗，让它们吹吹风，嘴里说着："车开得越快，空气密度就越大，是不是很有趣？飞机就是这样起飞的。"

"你最好别弄掉了，"我回答，"不能让它们过早牺牲。"

"别担心。我拿着呢。"

飞机是最安全的旅行方式，每个人都这么说。但飞机其实挺吓人的。没有人害怕汽车，即使每年（或者说每天？我心里先记着，等会儿再查详细数据）都有成千上万的人死于车祸。但是很多人害怕乘飞机。妈妈和我都害怕乘飞机，飞机起飞的时候好像有什么东西让人喘不过气来。

但我很喜欢飞机向下俯冲的感觉，那时你可以看到那些房子、汽车和田地变得越来越大。我喜欢闭着眼睛感受飞机降落在地面的那一刻，因为这个时候即便飞机坠毁我们也死不了（没有科学依据，都是我凭感觉瞎想的），等飞机轮子落到停机坪上的时候，我会睁开眼睛，深深地吸气，再慢慢地呼气。

"嘿。"萨姆叫我。

"怎么了？"

"有时你会突然面色苍白，好像是在思考某件事，又好像是已经置身于另一个星系。"

"也许我就是在另一个星系呢。"我耸耸肩。

"也许是另一个宇宙。"

"但只有一个宇宙。"

"那是你认为的。要我说，也许还存在更多的宇宙呢。"

我从公园入口处开进去，然后上了一座山。最后我们到达镇里最高的山上（海拔三百多米）。

“就像有个理论说的那样，每当你做出一个决定时，另一个宇宙会相应地分裂出一个完全相反的决定。我喜欢这个说法。”我接着刚才的话题说。

“多重宇宙论。”萨姆说。

“是的。如果真是这样的话，那就意味着总有另一个你活在另一个地方。”

“这就是说我们都是永恒的。”萨姆看着窗外说。他说到“永恒”这个词的时候，声音听起来很破碎。就像我在谈论死亡时，声音也会裂成千万个碎片。

“没错。”我点点头。

“那就是你想要的吗？”他迅速地问，接着转头看了看窗外，看了看我，又看了看他的双手。

“当然啦。难道不是每个人都想要‘永恒’吗？难道你不想？”

“我不确定。”

“你绝对想要。人人都渴望‘永恒’。所以人们才那么喜欢吸血鬼。我们都想抓住机会吸点儿血，然后永远活下去。”

我把车停在停车场，熄了火。萨姆拿起放在双腿上的小雕像，转动了一两下。

“我不太清楚。”他说，“也许吧。”

我将小雕像一把抓了过来，放进口袋里。“没人会拒绝的。”我说，“如果有一个吸血鬼来到你身边，要给你长生不老的机会，我想，没有人会拒绝的。”

我从汽车后座上拿起棒球杆，萨姆跟我来到了瞭望台。到山顶要爬五六段台阶，我们爬到山顶时都累得气喘吁吁。山顶上微风习习，有些许凉意，我后悔没带上一件外套。

“曾经有群小孩儿想把它烧掉。”

“你说的是这个瞭望台吗？”萨姆问道，然后在木制平台上跺了跺脚。

“几年前发生了一系列纵火案，有一个废弃的仓库和一个教堂都着火了。那群小孩儿还在瞭望塔底下搭起了柴堆，但是最终没有点燃柴堆。”

这里的木头上到处都是涂鸦，还有用不锋利的小刀刻上去的字。我用手指抚摸这些字迹，在一句“不要跳！”上面停留了片刻，然后又摸了摸另一句“飞吧”。

“准备好了吗？”萨姆说着突然冲到我面前，他靠得有点儿近，让我一下失去了平衡。就在我几乎要掉下去的时候，他及时伸手拽住了我的胳膊，帮我稳住了重心。就像是半夜下楼梯时踏空了一级台阶，身体猛然前倾，胃里翻江倒海，你赶紧用力抓住扶手，这才感觉到安全。我现在就是那种感觉。

我从口袋里掏出小雕像递给他，然后说：“准备。”

“这样做好像不太对。”他说着拿过那个陶瓷雕像，轻轻地向上抛了一两次。

他往后退了几步，然后我挥起棒球杆，搁在肩膀上，就像妈妈以前教我的那样握住球杆。亚伯讨厌运动（除了槌球），所以我总是附和妈妈对运动的兴趣。

“嗨，击球手，击球手。”萨姆说，他的嘴唇仿佛被冻结了一般无法舒展。我看着他的目光飘向远处，飘向万里无云的遥远之地，我几乎可以顺着他的视线看到永恒。他表情凝重，眼神飘忽不定，仿佛承受着巨大的、无形的重压。我突然有点儿糊涂了，他是怎么在姑姑的派对上找到我的？还有，为什么我每次提到姑姑名字时，他的眼神都会变得黯淡无光。

“这雕像上的男孩儿就是你，对不对？”我突然说。我不知道自己为什么会这么说，我甚至不知道这个雕像是从哪儿来的。我只知道我们来到这里是为了完成海伦姑姑另一个奇怪的请求。我的手指因为长时间用力地握着球杆已经变得苍白，心脏靠近肋骨边的地方也传来一阵钻心的刺痛。这一切在我看来已经非常明显——那男孩就是萨姆。

“什么？”他说道，声音冰冷、缓慢，好像过了很久，又好像只过了一瞬间。

“你姓什么？你从来没跟我说过你的姓。”我冷静地说。但我已经知道了，站在我面前的这个人，就是萨姆·威廉斯[①]，威廉斯先生。我姑姑在遗嘱上给他留了一些东西，她甚至把她的最后一本书献给了他——S.W.。

他渐渐地缓了过来，慢慢地往前走，态度友善了一些，双颊逐渐恢复血色。他小心翼翼地将小雕像捧在手里，拇指放在男

①Sam Williams，简写即 S.W.。

孩的头上，也就是阿尔文的头上。“威廉斯。”他用最轻柔的声音回答。

“你认识她。”我说道。

“我告诉过你，我上过她的课。”

“不。”我坚定地说，“你们俩认识。”

“我可以跟你解释。”

“她把那本书献给了你。”

“我们是朋友。”他说道。

“她在遗嘱里给你留了一些东西。”

“她……留了东西给我？”

“威廉斯先生。”我确定地说。

“我不知道。”他说。

“你们竟然是朋友。”

“我们是朋友。而且，我认识你姑姑很久了。”

“你怎么会认识她很久呢？你只旁听过她的课，而且只是一个学期。”

“这说起来比较复杂，洛蒂。”

“我已经厌倦了你这种神秘感。”我说道。说出口的话比我本来要表达的意思更冷酷，刚一讲完，我就感觉自己心跳得很厉害，整个身体因为愤怒而感到灼热和瘙痒。“我真的厌倦了。你、海伦姑姑、那些信，还有那些秘密。为什么没人对我说实话？”

“我不能……你要相信我。”萨姆说道。

“我为什么要相信你？我只认识你几星期，我无法相信你。信任是靠自己去争取的。如果你早就认识我姑姑，你应该告诉我。”

“我试过了，我发誓，只是做起来没那么容易。”

“那就现在告诉我。你说，我洗耳恭听。”

我把球杆立在地上，靠着它支撑住我整个身体。我想大叫，想爆发，我想知道萨姆到底对我隐瞒了什么。

但他什么也没说，脸上也没有任何表情，令人无法看透。他仅仅是用力捏那个小雕像，捏到手指发白。

“对不起。”最后他只是这样说。

“我听腻了别人对我说对不起。这并不会让海伦姑姑起死回生，也不能成为你说谎的理由。”我的声音在愤怒和悲凉之间摇摆，“现在，把雕像扔出来。”

我像妈妈教过的那样把棒球杆举起来，指关节对齐，用手紧紧握住球杆。

“你说什么？”他问道。

“扔！”我大声喊道，专注地盯着他手里的小雕像，甚至都没看他一眼。那一刻我唯一的想法就是一定要击中那个玩意儿。

他扔了出来，小雕像离开他的手后划出了一道长长的抛物线。我眼睛紧紧跟随着小雕像移动的轨迹，挥起球杆，接着眼前一片模糊。伴随着一个响亮的声音，那兄妹俩被击得粉身碎骨。破碎的陶瓷片四处散开，轻快地划过天际，好像立刻就挣脱了地心引力。

我把球杆扔到地上，低头看了看瞭望塔的木地板。我真希望能有几块陶瓷碎片落在地上，但是没有，这里还是干干净净的。

接着我跑下楼梯，萨姆紧紧地跟在我身后，我能感觉到他走路带起的风。我们在瞭望塔周围寻找那个男孩和女孩雕像的碎片，哪怕只找到一块，也能证明它曾经存在过，但我们什么都没找到。那些碎片全都随风而逝，什么都没留下。

我转身去看萨姆。

“你到底是谁？”我问道。

但他没有回答我。他甚至连看都不愿看我一眼。

第二天，E独自来找马戈和阿尔文，没有带任何其他以首字母为名的人来参加会议。阿尔文对此非常满意，可马戈仍然说话带刺。她不相信E，总想给他点儿脸色看看。

“我希望你能原谅我同事昨晚的行为。”E张口说道，“我们都太紧张了，这你也知道。森林里那栋房子已经很多年没被打开过了。”

“怎么会呢？”阿尔文问。趁马戈还没来得及说那些粗鲁的话，他先一步接过了对话。

“这栋房子被施了魔法，不是谁都能打开的。它可能一直在等你长到十三岁，设法让你知晓它的存在，然后来打开它的大门。”

马戈站在他旁边，一副气鼓鼓的样子。阿尔文知道，她因为开不了那道门一直耿耿于怀。

“那所房子藏有许多秘密，里面有多年的魔法研究成果。我想……你是不是可以四处看看？”E问道。

阿尔文斜着眼睛看了妹妹一眼，这一举动并没有逃过E的眼睛。

“具体来说，”E接着说，“你也许会看到一个小瓶子。它上面会有一个标签，写着‘长生不老泉’。那只是一个小玩意儿，真的，也没什么大不了的。”

“如果它没什么大不了的，那你为什么要问起它呢？”马戈说。

“它还是有一定情感价值的。”E解释道。

“我们的父母对我们也有很大的情感价值，或许我们应该集中精力去找他们。”马戈说。

“当然，当然。但你们能不能行行好，告诉我你们是否看见了那样东西？”

马戈耸了耸肩，极力克制自己，不让自己的脸色显得那么难看、那么好斗。她露出了她最甜美的微笑——那微笑在阿尔文看来简直太假了，他很了解她。

她说：“没有。”

对话就此结束。

他们当然不会告诉他。阿尔文也这样想。

——节选自《阿尔文·哈特与永生社》

20

那天深夜埃姆来了。我们像小时候那样，在我的床和书桌之间搭起了一个小帐篷。我们打开手机的手电筒，让光向上照着，照亮我们用毯子支撑起来的小世界。我禁不住想象另一个时空里的自己生活在水深火热之中，从来没有遇上埃姆，此时此刻也不可能和她分享一碗爆米花。我想象着各种奇怪的事情，比如萨姆怎么会认识我姑姑，又是为什么不肯告诉我真相。

“他可能是个天才男孩吧？也许她所有的书都是他编辑的，但是他们必须保密，因为他的父母不想让他出名？”她一边吃着爆米花一边说。我不知道她是不是认真的，我也搞不清这一切到底是真是假。

“你不会认为他们是……”

“哦，天哪，洛蒂。不，我不那么认为。”她用手掌遮住眼睛，“我真的不那么想。”

“很好，我也认为不是那样。”

“我觉得问题可能非常简单。他说他上过她的课，对吧？他们可能就是这样接近的，以一种师徒的方式。”

“可他为什么不跟我说呢？”

“也许他不想让你觉得他想成为你的恋人全是因为海伦？”

“请不要再叫他我的恋人了。”

“没问题。也许他不想让你以为他想和你接吻，都是因为……”

“我们还没有接过吻。这你是知道的，对吧？”

这时我的脑中飞速地掠过一个念头：会不会存在另一个时空，我们在那里接过吻？我不知道自己是否希望那个时空存在，对此我还没有下定结论，但我不想让另一个时空的我先于这个时空的我弄清楚这件事情。

“我想可能这就是原因了。”埃姆说，“真奇怪，你知道的，她那么出名，很多人面对她都会不知所措。还记得梅·布莱恩特吗？因为你比她先知道阿尔文和马戈后面的故事，她气得哭个不停。”

“是呀，我当然记得。”

“有时候我也会觉得很奇怪，我从小就认识你的姑姑，甚至可以说她就是我的姑姑，但有时候我在她身旁也还是会手足无措。”

“这我能猜到。”我这样回答着，内心深处仍然对这个答案抱有怀疑。我有一部分被说服了，但我的另一部分却在质疑我的第一部分是否真的被说服了，因为我真的、真的、真的想要找到所有这一切的答案。真的。

“我相信他会告诉你的。”埃姆又说，“如果他是你姑姑的朋友，那他这段时间一定也很伤心。”

我又塞了一把爆米花到嘴里，躺在地毯上。我还在生萨姆的气，也不想去给他找理由，所以我换了个话题：“高中只剩一星期了。”我咽了一口爆米花，“你能相信这是真的吗？”

“我从六岁起就在等待这一刻了。那时我妈妈第一次对我说，我一年中有九个月必须在‘监狱’里度过。”埃姆说。“只有高中毕业才能从监狱中解脱。是的，我相信这是真的，这也一直是我生命中唯一的目标——读完高中。”

“这么说也有一定的道理。”

“这是真的，我简直不敢相信我就要离开这里了，甚至可以再也不回高中校园了。没有法律规定我必须去吧。”

“当然没有。但你不会想念校园吗？”

“绝对不会。我想念的东西会一直陪伴着我，你、杰姬，还有吃午餐的时间。”

“我觉得我会怀念轻松的高中生活的。”我说，“我觉得我应该会的。因为上高中意味着不用去想任何事，只要去做你应该做的就行。早上醒来、去上学、做家庭作业。用不着做任何其他选择。”

“你喜欢没有选择吗？”

“也不是。我只是觉得，很快人们就会把我们当作成年人了。你知道怎么报税吗？你知道怎么修理汽车上的指示灯吗？知道车上的机油怎么更换吗？”

“好的，首先，修车就去找捷飞络公司。其次，你真把我吓坏了！你就不能让我们享受一下高中毕业和大学开学之间的这一小段自由时光吗？你能不能先给我三个月的自由时间，然后再让我去学习如何修理汽车指示灯？”

“对不起。”

“没关系，我爱你，但你让我感觉压力好大。”

埃姆抖了抖毛毯帐篷的边缘。里面很闷热，但我们又不想出去。我想知道是否有另一个版本的我们，另一个埃姆和洛蒂，在遥远的银河系中，她们一直藏在一个毛毯搭成的帐篷里。

第二天早上醒来时，我发现自己睡在地板上，脖子十分僵硬。帐篷的顶掉落在我身上，算是又盖了一条毯子。手机的闹钟准时奏响了它每天的乐章，我意识到这是我高中阶段的最后一个星期一。这个事实惊到了我，同时也让我兴奋不已。

我躺在地板上读海伦姑姑的下一封信。

洛蒂：

我希望你现在感觉好多了。我希望我给你写的这些信件至少有一部分能让你喜欢，因为我写的时候很享受。现在只剩几封信就要写完了，我觉得很难过。但我们总得在某个地方停下来。我二十三岁开始写“阿尔文·哈特”系列故事，所以在这个数字上停下来似乎是一个不错的选择。

我把我的日记留给你了，现在你可以去读了。如果我没想错的话，你可能会对窥探我的生活感到很别扭，但求你了，就窥探一下，里面记录的一些事情我真的想让你知道，那些事情我从未告诉过任何一个人，但我想告诉你。因为你就是我，真的。如果我能回到你的年龄，我们肯定会成为最好最好的朋友、最亲密无间的姐妹（虽然我从未有过姐妹）。我们俩很相似，这就是为什么我一定要把这件事告诉你。

先从那本红色笔记本开始读吧。

你会发现它是最有趣的。

海伦

这封信我又读了两遍，一次是站在盥洗室的水槽前刷牙的时候，一次是在我翻箱倒柜地找那双我想穿的凉鞋的时候。

揭开谜底的事也只能交给海伦姑姑了。我对这个谜底充满好奇，一心只想知道红色日记本里隐藏着什么秘密，以至于对埃姆去了哪里已经毫不关心（她是半夜离开的？还是今天一大早？还是变成空气消失了？）。我到学校的时候，甚至心不在焉地弄错了储物柜，开了三分钟也没打开那柜门。

我站在走廊上，环望四周。现在这里的一切都变得与以往不同了，仿佛每一件事的上方都悬挂着一个嘀嗒作响的时钟，给高中这段漫长而重要的日子倒计时。世界上每一个成年人都对我说，这是你一生中最美好的时光，但我并没有这样觉得。也许对某些人来说是这样的感觉吧，比如那些在大厅里闲逛的同学，看样子就像这座大厅有一部分是属于他们的。还有一些同学聚在一起，涂着闪亮的唇膏，好像要把嘴粘住。

“这真的是人生中最好的时光吗？”我曾经这样问海伦姑姑。

“什么，高中？哦，不。高中就是垃圾，洛蒂。你会更喜欢大学的，你会更喜欢你二十几岁的时光。那时你会开始慢慢确定你想要什么，你会更喜欢那样的生活。如果你幸运的话，你甚至可能会爱上那种生活。”

我上第一节课迟到了，是阮老师的英语课。那间教室有两扇门，我想趁她在白板上写字的时候偷偷从后门溜进去，但我没有那么好的运气。她一直站在讲台的正中间，大声地朗读着平装版的《到灯塔去》，这一本小说我还没有读完，我可能永远也不会读完。

趁着阮老师停顿的时候，我赶紧溜到座位上，滑进椅子里，缩着身子，尽量让自己显得小一点儿。

她继续朗读：“生命的意义是什么？这本是一个简单的问题，是一个人会随着年岁的增长而逐渐明白的问题。伟大的启示从未到来，伟大的启示也许永远不会到来。但是，哪怕是身处黑暗中的人，也会在日常生活中遇上一些小奇迹、一盏小灯和不经意间擦亮的火柴。这就是其中之一。”

她合上书，把它贴在胸前。书的封皮已经很旧，有很多书页卷了角，看起来脏兮兮的，不知道这本书她读过多少次。她抱着它的样子，看起来根本不是把它当成一本普通的书，而是像一个掉进汪洋大海里的人，抱着一个扔进海里的救生圈、一根让她不至于溺水身亡的救命稻草。

“好了，”她说，“你们马上要离开高中，开始你们的新生活了。你们中的一些人将离开这个小镇，结交新的朋友，见识新的地方，去做以前从未做过的事情。那么，你们有没有想过，生命的意义是什么？”

阿尔文和马戈的妈妈说：“生命的意义其实很简单，只是大多数人都没弄清楚，因为他们认为生命的意义应该是一种复杂、深奥而又沉重的东西。”在《阿尔文·哈特与风衣男子》的结尾处，就在她和丈夫失踪之前，她告诉孩子们，生命的意义并不是这些，生命的意义很简单——不断前行，友善待人，多交朋友。

有时我觉得这么说太直白了，太简单了，太浅显易懂了，缺乏真正的冲动。然而另一些时候，它显得非常有意义，直击要点，一语中的，而且一目了然。

坐在讲台边上的埃文·安德鲁斯举起手。我才想起现在是回答问题的时间。

“好的，埃文？”阮老师点到他。

他说：“我认为生活的意义在于不断努力，找到幸福。”几位同学点了点头，但有一位同学哼了一声。

阮太太指着哼声那人问：“你不同意，莉拉？”

“生命的意义在于家庭。”她说，但你能看得出这话她自己也不信。莉拉就是那个涂着闪亮唇膏的女孩，我从未见过她对任何人说过一句好话。

“家庭很重要，”阮老师表示赞同，“幸福也同样重要。”

“钱也很重要。”有人从我身后喊道。

“钱当然是一个因素。”阮老师点点头，“其他人呢？”

她看了我一会儿，似乎是想从我这里得到那个答案。我明白，她想要阿尔文的妈妈给出的答案，这十二字箴言已经被印了几百万次，从T恤到手提袋，从咖啡杯到挎包，还有绑着蝴蝶结丝带的包装纸，到处都印着这句话。而她也想要得到这个答案，她认为这是一句正确答案。可我并没有资格告诉她什么是正确的，什么是错误的，我没有发言权。生命的意义有无数种，不同的人会有不同的答案，不管出于什么令人困惑的原因，这些答案都可以是正确的。

我旁边的梅·布莱恩特举起了手。我希望她能说出来那十二个字，这样我就不必再说了。我猜在说出这个答案之后，班上的每个人都会转过头来看我，看我是否同意，看我是否会失声痛哭，或是尖叫着跑出教室。

“好的，梅，请讲。”阮老师说。

“不断前行，友善待人，多交朋友。”梅用唱歌一般的声调说，她的话在空气中回荡，又像一颗颗小宝石散落在地上。

和我预想的一样，班上每一个人都转过头来看我，我只能紧盯着自己的书桌，假装我在桌子上发现了什么，假装我现在才注意到自己这双摊开在桌面上的手，因为我不想让他们看见我通红的脸。

“很好。”阮老师说，这时她的声音听起来颤抖不安，又充满了不确定。有的时候，当我们得到想要的东西时，我们会忍不住怀疑这是不是我们真正想要的东西。“谁能告诉我梅引用的是哪本书？”

“‘阿尔文·哈特’系列。”埃文回答道，“第二部。”

“大家认为这句话说得对吗？”阮老师问全班同学。

埃文咕哝着表示同意，我则尽量压制自己的情绪。哈特太太说的当然是对的。在她和丈夫被那个风衣男子绑架之前，这是她在整个系列中说过的唯一一句话。如果她说得不对，怎么会引起那么多人的共鸣呢？那些将这句话文在身上，在皮肤上用针扎进了永不消退的墨水的人，都很认同这句话。

不断前行，友善待人，多交朋友。

除此之外，我们还能拥有什么呢？

高中的最后一个星期总算结束了。

我盘腿坐在床上，把红色的日记本摊开放在面前。学校的最后一天已经过去，在下周一晚上的毕业典礼到来之前，就只剩这个周末了。

我还没开始读姑姑的日记。我拿起了十几次，但每次都感到害怕，害怕我将会在日记本里看到的内容。

现在它就在我的面前，里面有我一直想知道的问题答案。我不能再拖延下去了。

我打开第一页，先看了下日期——当时她差不多和我一样大，还是个青少年，那是她最爱的夏天。映入眼帘的第一句是：

终于放假了，我可以放松一下了。这日子好像一年比一年长，这正常吗？我讨厌数学，讨厌历史，讨厌化学，基本上什么都不喜欢。我就喜欢吃，也许我会成为一个专业的美食家。

这几句话把我逗乐了，我脑海里想象着海伦姑姑被绑在桌子上，面前摆了一百个热狗，衬衫领子里塞着一张餐巾布的样子。

我花了很多时间和那个新来的同学在一起，他不久之前才搬来。他人还不错。他也讨厌数学，只喜欢吃东西，他还养了一只宠物龟。萨姆说如果他去度假，我可以照看这只宠物龟。

我盯着那本打开的日记本，书页已经发黄变皱，破旧不堪。我吓得一动不敢动，更不敢下床。因为大约二十五年前，当我的姑姑还是个青少年时，她在日记本上记录了一个叫萨姆的男孩。

萨姆。

萨姆。

萨姆。

我完全不能理解，也无法辩解，为什么我现在认识的一个男孩，我和他相遇相知，一起出去闲逛，一起吃东西，但直到现在才知道姑姑二十五年前的日记中就提到了这个人。

然后我看到了一张粘在日记本里的照片。

照片上是她和他。海伦和萨姆。

海伦，和我一般大。

萨姆，和他一般大。

某种程度上是这样。

照片上的萨姆和与我闲逛的萨姆年龄相当。当时和现在。

我能想出无数个理由，但没有一个能解释得通。一阵寒意漫过我整个身躯，我把日记本扔到床下，钻进我的被窝，直到我身体的每一寸都被被子遮盖住了。

接着我又从被窝里钻了出来，捡回那本日记，小心翼翼地把照片从粘着的那一页上撕下来。我把照片拿到眼前，让它尽量贴近我的眼睛，直到眼睛无法聚焦，照片变得模糊不清，随后我又伸长胳膊，将照片拿远。我闻了闻，甚至还舔了舔其中一个角落。我反反复复，不知道该怎么办。

我还能怎么办？

他是萨姆！我的萨姆！他就是那个和我一起出去玩的萨姆，那个让我坐在他自行车把手上的萨姆，那个和我一起吃比萨的萨姆，那个带我去看小王子和玻璃房子的萨姆。他是萨姆。

但照片上的人也是萨姆。照片上的人就是萨姆。在这张已经有二十五岁的宝丽来照片上，百分之百、毫无疑问是他们两个人，他们挽着手，微笑着，仿佛被宝丽来相纸已经褪色的深褐色永远定格在那里——

海伦姑姑和萨姆。

获得永生，身体并没有马上觉得有什么不同。

阿尔文发现他想睡觉就能睡得着，如果他想熬夜看书的话，也可以整晚不睡。同样，他吃东西只是因为他想吃而已，但是他的肚子从来不会觉得饿，他也不会因为疲劳而抬不起眼皮。

他的心静了下来，感到很满足。他不再生病，也不会再觉得不舒服。一切都很平静，就像一艘船航行在风平浪静的大海上。船缓缓地漂浮着，绝不会突然间左摇右晃。

在那个时候，他毫不犹豫地喝下了药水，因为马戈害怕孤单，害怕成为唯一一个长生不老的人。他喝了一个标有“长生不老泉”的小瓶子里的水，当时什么感觉都没有，甚至当液体流进肚子里也不曾感到一丝凉意。

“我是不是还应该做点儿什么？”他问马戈。马戈正看着他，她身上还有着从悬崖摔下来时的尘土和血迹。

“不用了。”她耸了耸肩说道，然后他们一起回了家。他们可以选择睡觉，也可以选择保持清醒。最后他们选择去睡觉。

经过一段时间后，阿尔文回顾过去，想知道自己是不是在年轻时做了个非常愚蠢的决定。

但是他还能做什么呢？

他真的别无选择。他不能留下马戈孤独一人。

他必须做一个好哥哥。

——节选自《阿尔文·哈特与风衣男子》

21

我彻夜未眠，没换衣服，也没刷牙洗脸。

我没有再去阅读红色日记本中的内容，我将注意力转移到其他日记本上，到了凌晨三四点钟我还在聚精会神地读着。

其他日记中都没再提到萨姆的名字。日记本里贴满了照片，但照片里也没有萨姆的身影。

尽管如此，这些日记还是很有意思的。我看到了姑姑的成长轨迹。日记中记载了她对“阿尔文·哈特”系列最初的灵感，还有姑姑关于马戈头发和眼睛颜色的描写。

但她根本没有再提到过萨姆这个人。这让我差点儿就相信这一切都是我自己编造出来的了。

后来所有的日记本都读完了，只剩下了那本红色日记本，它正默默地躺在离我一米远的地板上。

这本日记本上的内容可以解释一切。我想要知道的，它全都会告诉我。它会让我打消疑虑，让我确信一个男孩在二十五年中模样一直没变、一直没有衰老。

我屏住呼吸，抑制住内心的忐忑，把那本日记重新拿在手里，翻开阅读。

日记里贴着爸爸和海伦姑姑少年时的照片，还有他们跟朋友的合照。他们俩看起来很像，然而对我来说却仿佛是两张完全陌生的面孔。如果他们现在走进我的生活，我会和他们成为朋友吗？姑姑说肯定会的，但我不敢确定。爸爸一副自鸣得意的神情——不过现在已经见不到他这样了。海伦姑姑却是一副很无聊、很傲慢的样子——但是长大后她就没有这种表情了。一页又一页，上面都是他们俩的照片，其中有在后院泳池里的泳装照（我都没认出来那个泳池），有他们和我不认识的几个朋友围在一起的合照，有坐在印花沙发上看电影的照片，还有傍晚在空荡荡的街道上玩传球游戏的照片。这些照片看起来就像杂志上的图片，讲述着发生在另一个星球、另一个时代里的成长故事。

我翻了一页又一页，终于又看到了他。

萨姆和海伦姑姑坐在木制长椅上吃冰棒；萨姆和海伦姑姑抱着一只小乌龟；萨姆和海伦姑姑一起喝着一杯奶昔，一只高脚杯里插着两根吸管。这一切就像电影里的场景。

现在时间还很早，但我还是拿起日记，蹑手蹑脚地穿过走廊，来到亚伯的房门前。我用食指叩了下门，同时拨通他的电话。我听到他的手机在床头柜上嗡嗡作响，响了一会儿，我又担心手机会振到柜子边，然后掉到地毯上。但响了很久他都没有被吵醒。

我不想直接进去，因为亚伯有时会裸睡，而我现在还要处理其他事，实在不想再看到那种特别的画面了，那种画面总是令人印象深刻。

于是我不停地打电话，亚伯的电话一直振个不停，我尽量大声地敲着门，但又怕吵醒爸爸妈妈，然后就要被迫回答他们的疑问——你为什么不睡觉？你为什么紧紧地抱着那本日记，你害怕它会活过来吗？你为什么要叫醒你弟弟？他早上能睡成什么样你又不是不知道。

在理想的情况下，我能把亚伯叫醒，但现在的情况并不理想，而且我忘了妈妈值夜班去了。最后我放弃了叫醒亚伯，却不小心向后摔倒在走廊上，坐了个屁股蹲儿，手里还捧着那本日记，像个冒失的孩子一样。就在这时，我发现妈妈站在那里看着我，她穿着白大褂，双臂抱在胸前，对于眼前发生的一切一脸难以置信的表情。

“是洛蒂吗？”她问道。在昏暗的灯光下（我甚至都没有注意到她开了灯），她靠在墙上端详着我，然后我慢慢地点了点头。“我有种不祥的预感。你想下楼和我谈谈吗？”

我没吭声，跟着她下楼，双手紧紧地抓住楼梯扶手，一边死死地把那本日记夹在腋下。我们走进厨房，然后她一言不发地拿出两碗冰激凌，挨着我坐在餐桌旁。她先吃了一口，做了一个滑稽的鬼脸，然后向后靠在椅子上。

“说说吧。这到底是怎么回事儿，我的宝贝？”

我不知道该如何说起。难道说我觉得萨姆是长生不老的人？说我觉得自己要疯了？说我一到晚上就非常焦虑，脑子里一堆关于死亡的想法，有时无法入睡，强迫自己闭上眼睛，但还是百分之百地清醒着，搞得自己筋疲力尽。还是说我确信有一天我会遭遇未经预谋的入室抢劫，然后被残忍地杀害？

“我觉得发生了一件奇怪的事。”我想不出还有什么可以说的，于是我把剩下百分之九十九的话都咽了回去，只给出了最含糊的答案。

“什么奇怪的事？”她接着问道，“妈妈只是想搞清楚，你是不是遇到什么麻烦了？你受伤了吗？还是你认识的人遇到了麻烦？”

“没有。不是的。我觉得都不是。我也搞不清楚。”

“告诉我到底怎么回事。”

我把日记放在桌子上，然后推给她。她翻开看了看，当她认出这是爸爸和海伦姑姑十几岁时的照片后，表情立刻变得柔和起来。她翻了一页又一页，一直翻到最后，然后她抬起头来困惑地看着我。“我不明白。”她说道。

“难道你没看出来什么奇怪的事吗？”

“这是我认识你爸爸之前的照片了。”她说，“怎么就奇怪了？”

我把手伸过去，然后开始翻页，终于找到一张有萨姆的照片。这时脊梁骨传来一阵刺痛，好像身体在对我发出警告的信号。

“你来看这个男孩。”我指着他说，“我认识他。”

她靠近看，眯起眼睛，然后耸了耸肩。“他是你姑姑的朋友吗？我从来没见过这个人。”

“我见过他。”我说。

“好吧。我没太明白。”

“我是说我见过他，而且他现在还是照片中这个年纪。他跟我年龄相仿。我真的见过他，他还是这么大。”我说着用手比画了一下。

妈妈看了看照片，又看了看我，然后吃了口冰激凌。我觉得那是人类有史以来最讨厌的一口冰激凌。她的表情变化非常明显，她觉得我在胡说八道，却不知道该怎样说。

她将嘴里的冰激凌慢慢地咽下去，考虑着如何用最得体的方式回应我。过了一会儿，她说：“很多人都长得很像。”

“这是同一个人。”我说，“这是姑姑的日记，这里提到了一个叫萨姆的人，而我认识的那个人就叫萨姆。另外，律师还说她在遗嘱里给威廉斯先生留了些东西，你还记得吗？萨姆的姓就是威廉斯。她还把“阿尔文·哈特”系列的最后一本书献给了S.W.，也就是萨姆·威廉斯，而且我认识的那个萨姆也承认了威廉斯就是他本人，承认他和姑姑是朋友，那么照片上的这个萨姆就是我认识的那个萨姆。”我一直指着那张照片，用了好大的力气，指尖都因为失血变得惨白。

“宝贝，对不起。”妈妈说，“我觉得我完全搞不懂了。”

“这个人，”我戳着那张照片，一字一句地说，“还活着，而且还是十八岁。”

“好吧。”她说，“好吧。我相信你说的这些，宝贝，但是有时候小孩子看起来长得跟父母一模一样，甚至名字也跟父母一样。对此还有另一种解释，等我睡一会儿再帮你找第二种解释。我向你保证。”

她吃完了她的冰激凌，而我正在应付胃里逐渐胀大的黑洞，它好像要吞噬掉我所有的器官。我一口冰激凌都没吃，所以她没有收走我面前的碗，她直接走到水池边去冲洗她的碗。过了一会儿，她转过身来，叹了口气说：“你能不能别再像我背叛了你一样看着我？”

但我禁不住那样看她，感觉就像她背叛了我。

我不知道还能做些什么。如果我都不能让妈妈相信我，亚伯、埃姆，或者其他任何人又怎么会相信我呢？唯一会相信我的人已经死了。

海伦姑姑已经死了。

我没再管那碗逐渐融化的冰激凌，狂奔上楼，撕开了下一封信。

洛蒂：

不要告诉任何人。如果你已经告诉了别人，没关系，因为他们可能不相信你，但不要再告诉其他人了。

对不起，洛蒂。这个秘密我已经保守了很久，一开始很难，但后来就轻松了许多。我学会了闭嘴，也学会了遗忘，忘记自己失去了在这世上最好的朋友，因为我拒绝做他想让我做的事。你很快就会了解其中的原委。

我已经快二十五年没见过萨姆了。我还在上高中的时候，他离开了神秘镇。从那时到现在，没人知道他干什么去了。可能去旅行了吧。在这个世界上，凡是能到达的地方，他都去看过了。我时不时地收到一些没有署名的明信片，上面写着他现在有多好，巴黎有多美，以及他希望事情本来会有所不同。他总是写：我希望事情本来会有所不同。所以你看，即便这些明信片都没有署名，我也一直知道是谁寄来的。

我被确诊后他回来了。这条消息很快就在互联网上传播开来（现在不可能有什么秘密了，不是吗？）。有一天，他突然出现在我的门口，他的神情和以前不同了，但还完全是少年时的模样，一点儿都没有改变。当然，我早就知道他会这样，但亲眼所见还是稍微有点儿惊讶。他按响了我的门铃，不知怎么回事，我在开门前就感觉到是他来了——我当然知道是他来了，因为我一直在等他。

那天你本来约好了要过来，你发短信说已经在路上了，所以我就没有让他久留。我看着他消失在森林里（他很擅长瞬间消失，但这没什么神秘的，只是大量练习的结果），接着不到十秒后我就看到你的车开了过来。后来我再见到他的时候，他问我你是谁，我猜他一直在森林里看着呢。

事情就是这样的，洛蒂。我从来都不相信他。那时候我们都还小，他给我看了证据，即便他央求我，以我们之间最好的友谊发誓说他永远不会对我说谎，我还是不相信。我曾以为我相信他了，但我没有，即便他不断寄来明信片，坚持讲了整整二十五年的故事，我也没有真正相信他。

直到我再次亲眼见到他，我才敢相信。直到几星期前，他重新露面。我再也没有别的解释，只能相信那是真的。

相信我，洛蒂。相信那些你想从他那里得到的信息（因为我知道他已经找到你了），但也请相信我，我绝不会对你撒谎。

海伦

姑姑想让我相信她，但她并没有告诉我该相信什么。

我把信放下，然后拿起从她日记里撕下来的那张照片。我想到了妈妈说过的话——有时候一家人看起来长得很像，也许这就是萨姆的爸爸。但我知道这是不可能的。因为萨姆亲口告诉过我，他认识姑姑很久了，也因为姑姑亲自告诉我，这是她一直保守的秘密。

因为我姑姑要我去做一件事——相信她。

而且我一直在这样做。

风衣男子不在那里。

他们就这样走了过来，找到了他的老巢，闯了进来。但他又一次从他们的眼皮底下溜走了。

马戈坐在椅子的边缘，她的双眼呆滞而无神。

阿尔文生气地掀翻了一张小桌子，上面满是文件。不过他立刻就后悔了，他们应该仔细读一读这些文件，或许能发现一些有用的东西。于是他跪在地上，一份一份地整理那堆文件。

这时他看到了什么东西，桌子底下闪着银色的光。

阿尔文伸手去拿，在他的手指还没碰到它的时候，他就知道那是什么了。他轻轻地把它捡起来，捧在手里，然后慢慢地站起来，把它拿到亮光下仔细地看。

“你手里拿的是什么？”马戈问。

“她来过这里，”阿尔文说，“她来过这里。我们错过了时机。”

他把那个可爱的小手镯举了起来，好让马戈也能看见。这是妈妈的东西。他们差一点儿就能找到她。

差多久呢？一天吗？还是一小时？阿尔文不敢去想。

马戈缓缓地站了起来，她穿过房间走到他身边。她接过那个迷人的手镯，看了一会儿，然后把它塞进了口袋。

“我们会找到她的。”她说。

她是如此地肯定，如此地坚定，如此地自信。阿尔文几乎相信了她。

——节选自《阿尔文·哈特与白费心机》

22

当我的家人早上进到厨房的时候，我已经坐在那里了。我刚刚经历了一场令人困惑的情绪的完美风暴。只是我没发现乔治·克鲁尼[1]。

“这个比喻不错。”亚伯说。我转过身，发现他站在楼梯上，两只脚交叉着，狐疑地看着我。

“哦，太好了。”我一开口说话，内心的独白马上就停止了。

“我一直认为他们应该派戴安·莲恩[2]和这艘船一起出海。她是一个狠角色，绝对不会在海上迷路。”

“我说话了吗？”

“嗯？不，我这是在读你的心思。”亚伯弯了弯手指。我的电

① 美国男演员。上一句“完美风暴”的原文为“perfect storm”，这也是乔治·克鲁尼主演的一部电影的名字。

② 美国女演员，曾获奥斯卡金像奖提名。

话发出嗡嗡声。是萨姆发来的消息：

这个周末想见一面吗？我有一些想法。

你想吗？萨姆，你有什么想法呢？其中一个想法是不是向我解释你为何青春永驻？

“你又在自言自语，但这次你的声音很低，所以我听不清你在说什么。”亚伯说，“如果你想把你的潜意识说出来，拜托稍微大点儿声。”

“你干吗？”我转过身来，不小心把手机掉在地上。我看着它滑过厨房的地板，接着就听到巨大的摔裂声，它粉身碎骨了。“该死！”

“我有二十七个你打来的未接来电。”亚伯说着穿过厨房去捡起我生命中的碎片。整个手机屏幕都碎了，这感觉实在难以言喻。

“我睡不着。”

“你睡不着，所以就在早上五点给我打了二十七次电话？”

我从他手中接过电话，按下手机主键。屏幕还能看清，但触屏坏了。

“完美！”我把手机扔在桌子上。

“你能告诉我到底发生了什么事吗？”

告诉你又有什么用？我不禁这么想，或许我也是这么说的。事情正在变得一团糟。语言好像已经不受我控制，自己就脱口而出。

“但问题是，我是你的弟弟，我很关心你，发生了什么事你应该告诉我，我以为我们三年前就明确了这点。那次你被那个叫杰里米的家伙欺负，我冲上前去，他装出那副样子说：‘伙计，我只是喜欢她喜欢得要疯了！’我就说：‘在任何年龄，尤其是在你这个年龄，通过欺负一个女孩来表达你对她的感情都是让人无法接受的。那是父权制社会的事，那种做法是在强化早已过时的性别角色。’然后他问：‘父权制是什么意思？’我就意识到我高估了这位听众的智商。那些都不重要了，但你还记得我是怎么做你坚强后盾的吗？我现在仍然是你的后盾。说吧，到底发生了什么事？”

两个声音在我的脑海搏斗。

“告诉他！”一个声音高喊道。

“不要告诉他！”另外一个声音小声地说。

最后还是第二个声音赢了。妈妈都不相信我，为什么我会觉得亚伯跟她不一样？我真的不想把整个事情和所有的推测都再讲一遍。于是我打消了这个念头。或许我该接受妈妈的观点，他只是看起来很像他爸爸。可是，到底是两个人长得很像还是两个人其实就是同一个人，这一点我还是分得清的。

或者说，我真的分得清楚吗？

“哇。”亚伯说。

“什么？”

“没事，只是当你用力思考的时候，我能看到你耳朵在冒烟。”

“闭嘴。”

“我是认真的。就像一个卡通片形象，还伴随着火车的声音。”

“随便你怎么说。”

“你想好告诉我发生了什么事吗？”

“好吧，那就跟你说吧。”我深吸一口气。又一次深呼吸。再来一遍深呼吸，然后说：“我觉得萨姆长生不老。”

亚伯的表情丝毫没有改变。他向左边挪了一步，把胳膊肘靠在桌子上，除此之外没有其他的反应。但我看得出此时他的大脑正在运转，眼睛后面有东西在飞速旋转。

“嗯，”最后他说道，“这就是海伦姑姑给你那本书的原因吗？”

我已经记不清他说了什么，但我的脑子里突然有了一个想法。我从他身边跑过去，冲向楼梯，上气不接下气地跑进我的房间，找出姑姑让我从魔法槽取回的那本奇怪的历史书——《寻找永恒：一部关于胡安·庞塞·德莱昂的历史》

我打开书，一页页地翻看，直到找到她在书上做的标记——直到现在我才明白那个标记的真正含义。

“长生不老泉”这个词被她圈起来了，旁边画了一条线，连着手写上去的——S.W.!!!。

这段时间她的信里一直都有提到这两个字母，但每一次暗示都被我忽视了。

亚伯在我身后走进我的房间。我把书递给他，他拿起来看到了海伦姑姑写的字。

“萨姆姓什么？”他问道。

“威廉斯。萨姆·威廉斯。”

“你认为他……我是说，海伦姑姑是在告诉你他是长生不老的？”

“是的，”我对亚伯说，“我觉得她是这个意思。是的。等等，你相信我的话吗？或者你相信他是……你懂的。”

“你是问我相信长生不老泉真的存在吗？你男朋友喝了它，现在长生不老了？”

“他不是我的男朋友。但你说的其他问题正是我要问的。”

“嗯，不，我不信。”亚伯说，“但我想这也不是世界上最奇怪的事情。你用谷歌搜索过水滴鱼吗？”

“没有。”

“你真应该搜搜，但睡觉前不要搜。”

“你看起来没怎么被吓到。”

“因为我真的不相信。你的证据是什么，除了海伦姑姑留给你的这本书。这不能说明什么，你知道姑姑总是做一些奇奇怪怪的事情。”

“我的证据是什么？”我说着把书从他手里夺回来，用食指戳了两下那个圈起来的词。接着我从床上拿起那本红色的日记本，把它翻到萨姆照片的那一页，塞进亚伯的手里让他看，接着又翻页，把每一个相关页都指给他看。

还有那些信。

所有的信都堆在我的书桌上。我拿起信，开始找寻，把任何相关的段落都给亚伯读出来。

有一个秘密我保守了很长很长时间。如今（我已行将就木）正是揭开这个秘密的绝好时机。

阿尔文的原型是真人吗？哦，当然是。

有些夜晚，我想象自己又回到了高中时代，或者住在你爸爸的车库里的那段时光，或者在追随着那个永生男孩。

“永生男孩，亚伯！”我喘着粗气说，现在我完全明白了姑姑一直以来要告诉我的秘密，“她在遗嘱里给他留了一些东西！”

“给他留了什么？他告诉你了吗？”亚伯问道，他手里还拿着日记本，正一边慢慢地翻动纸页，一边仔细研究着每张照片。

“不，”我说，“我想他应该没去取。”

“真的吗？就是说那东西还在哈里手上？”

“是的，我猜是这样。”

“真有意思。”他笑着说。

“你不会认为我应该……”

“为什么不呢？如果你真的想沿着这条路走下去，难道你不想知道它是什么吗？”

我没再犹豫。我从海伦姑姑的电脑上查到了哈里的手机号码，然后用亚伯的手机给他打过去。第二次打的时候电话接通了。

“洛蒂·里夫斯！很高兴接到你的电话，找我有事吗？”哈里的声音透着开心，听起来真的很高兴接到我的电话。

“我现在搞清了谁是威廉斯先生，就是我姑姑遗嘱提到的那个人。我认识他。”

“真的吗？太好了。你有他的联系方式吗？”

有，但我手机摔坏了，查不到他的电话号码。

“他有点儿难以接近，”我开始瞎编，“跟外界格格不入，你明白吗？我可以拿给他吗？如果它很小，我猜我可以放进我的车里。”

海伦姑姑给萨姆留了一架钢琴吗？还是一艘船？我不知道。

“不，它很小的，但是……嗯，说实话，我觉得这不是一个好主意。”哈里说，“他还得在文件上签字，你知道的。”

“文件也可以一起拿过去，然后签好了拿给你。”

他沉默了几秒钟，接着说道：“如果是别人，我会说不。但既然是你，而且我也很了解你姑姑，那我就给你破个例吧。”

“太好了！我现在可以过来吗？如果你不介意的话。我可以去你的办公室见你，或者我去你家里，看你怎么方便。”

“我想我们最好在办公室见面，那是你姑姑最后一样遗物。我可以在半小时左右到达办公室，正好我还有工作要忙。谢谢你打来电话，洛蒂。”

“谢谢。”我挂了电话，把手机还给了亚伯，亚伯一直凑近了听我讲话，我们的脸几乎都碰到了一起。这时他把头挪开，陷入沉思。

“这样会不会……”他慢吞吞地说，轻轻摇了摇头。

“我会和你保持联络的。”

“这个一定要记得。尤其是如果你发现了庞塞从来没找到的东西。”他眨了眨眼，然后离开了房间。

我上楼打开电脑，找到我的同步联系人名单，把重要的号码抄在一张纸上。萨姆、妈妈、爸爸、亚伯、埃姆。

我的电脑也可以发短信，因此我给萨姆发了一条信息：

今天晚些时候好吗？我会和你保持联络。

前一天晚上的焦虑消失了。现在我清楚地知道我需要做什么。我需要和萨姆谈谈。

大概一小时之后，我到了哈里的办公室。我先在一家手机店里逗留了一会儿，付了一笔荒唐的保险免赔额，换得了一部新手机。现在手机被我套在一个我能找到的最昂贵的手机壳里。那名销售人员亲自把他的手机（装在同一个手机壳里）用最大的力气往墙上扔去，来展示这个手机壳有多结实耐用。

哈里给了我一盒文件（“让他在这里和这里签名，签首字母就行。非常感谢，洛蒂，你是最棒的。”），还有一个小小的木盒子，大约和一本精装书一般大。我把所有的东西都拿出来放到车里，然后在停车场偷偷打开木盒子，像一个妄想狂一样四处张望，以确保没有人在看我。

我慢慢地打开木盒子。

如果我的人生是一部电影，此时木盒子嘎吱嘎吱地打开时，应该有美妙的背景音乐出现，随着乐器奏响，气氛慢慢呈现（可惜现实生活中没有嘎吱嘎吱的声音，也没有背景音乐响起）。

盒子里面是一堆纸巾，上面放着一张信纸。我一眼就认出姑姑的笔迹，就仿佛那是我自己的笔迹一样。

S：

我希望事情本来会有所不同。

但不是像你期待的那样。

H

我小心翼翼地把姑姑的便条放在副驾驶座位上，然后把手伸进盒子里，翻过一张张纸巾，最后掏出一个小水晶瓶，瓶口塞着一个软木塞。我的心跳开始加速。

我想象着水晶瓶上用麻绳绑着一个棕色的标签，写着“长生不老泉”。但这个瓶子上并没有标签。那只是一个玻璃瓶，放在我手中显得很小、很透明、很普通。我把它举到日光下，看着里面的液体。它再普通不过了，和白水一样。

因为那就是水，如果我姑姑没有骗我的话。

也可能是一种非常特殊的水，但它仍然是水。

这是一种非常特殊的水，一个声音在我内心深处响起——只有在最暗的夜、最孤独的不眠之夜，内心才会发出这种声音。是你刚要入睡时听到的声音，它在你的耳边低声询问：门锁好了吗？车灯关了吗？煤气灶关了吗？如果你爱的人都离开了，该怎么办啊？如果你死了呢？如果你的床底下有个人怎么办？你是不是应该再起来检查一下衣柜？

多年来，我把我脑海中的各种焦虑、各种我能想到的可怕的死亡方式都写在了日记本上。现在，那本日记被我埋在姑姑家的地板下。可现在我手里拿着的这个东西，它能解决我所有这些问题（只要我放下所有的疑虑），能解决所有关于死亡的困扰。

这可能就是我一直在等待的东西，那个声音又说道。它听起来像我自己的声音，真的很像我的声音，但是有点儿扭曲和邪恶。它只是真实的我的一个影子，但根本不是我，或者说是另一个版本的我，只不过是我不喜欢的版本。

我把瓶子放回盒子里，又打开了一封姑姑的信。我离开家之前把这封信塞进了包里。

亲爱的洛蒂：

很久很久以前，我曾经离家出走。

我不知道你到底了解多少，我也没法知道了，对吧？因为我没喝那长生不老泉。我没有选择萨姆选择的生活。

我在十几岁时和萨姆相识了，他比我大得多，但同时也就只比我大三岁。我们立刻成了朋友。他身上有一种特殊的魅力，不是吗？他就像是踏浪而来，而他的波浪和其他人的有所不同，仿佛他的人生要比我们的更加倾斜。

我们在一起度过了美妙而神奇的一年。（等一下，让我说清楚：不是真的在一起，我们并没有做出逾越朋友界线的事情。）

后来他把长生不老泉水给了我。我拒绝喝，但他想让我喝下它。

我思考了一下，然后收拾好东西，跳上了一列火车，一个人来到了纽约。我用了一周的时间在城市里闲逛（这是我第一次逛纽约），我想知道我是否愿意以后再也见不到我的家人，永远一个人孤独地活下去。因为永生就意味着我必须离开他们。所以这就像一次试验。

最终，我选择回归我的家庭。

当我把我的决定告诉萨姆时，我的语气不是特别友好。这整件事让我陷入了一个怪圈，当时我太年轻了，有点儿无情，也有点儿害怕。

我们吵了一架，后来萨姆就走了。这些年来他给我写了很多明信片，但我从来都没有想过去找他。

不过，在那之后，我经常想起他。或许是死亡将至，在过去的几星期里，我发现这件事在我的心里越来越沉重。

后来我明白了萨姆到底哪里与我们不同，同时也明白了那并不是什么好事。那是黑暗、悲伤和永恒的东西。

我们总是在幻想永生，但我们更应该做的，是努力过好我们的生活，在我们所能享有的时间里尽力做到最好。

总之，这就是我想说的。

如果说我有先见之明，那就是他不会去哈里的办公室，而你会去。

如果你真的去了，洛蒂，请把它交还给他。

不管你内心那个小小的声音现在对你说什么。

不要喝下它。

海伦

这时我的新手机嗡嗡响起，我把信放回包里，查看手机。是萨姆发来的消息：

你想什么时候见面都行。告诉我就行。

这是我第一次没有盲目地做姑姑让我做的事。

我给他回信息：

你真的能永生吗？

他很长时间没有回复信息。当回信发来的时候，我已经发动汽车上路了。

马戈不知道她为什么要这么做。

阿尔文离她只有几米远，正在认真地读一本满是灰尘的大书，根本没有注意到她。她在阁楼上四处翻找了一会儿，很快就感到厌倦了，她对时间在这个地方留下的污垢和尘土丝毫不感兴趣。她内心隐隐感觉不安，他们不应该来这里。同时她也很疑惑，为什么阿尔文能打开这扇门而她却不能呢？这扇门给女孩子设置了什么障碍吗？她用尽所有的力气也打不开，但阿尔文很轻易就转开了门把手。

这所房子出现在森林中间，不知道到底是干什么的，它以前并不在这里。阿尔文和马戈在这片森林里进行过几百次，甚至几千次探险，如果森林里真有这么大的一所房子，就坐落在一片大空地的中央，他们之前肯定不会看不到的。

总之，这房子很奇怪，阁楼也很奇怪。她已经厌倦了探险，尤其厌倦这次探险。她想回家吃点儿东西，想知道为什么她突然手里拿着一个玻璃瓶。

为什么她突然……什么？

这是从哪里来的？

马戈把瓶子拿到灯光下。瓶子用软木塞塞住了，里面有液体，清澈如水，玻璃上落满灰尘。她用衣服把它擦干净，发现瓶颈上有个小标签，上面写着：长生不老泉。

马戈一点儿也不喜欢那样。她把瓶子放回到架子上。

然而……不，她没有放回去。她拔开了瓶塞。

但她是什么时候拔的？

她直截了当地告诉自己：把瓶子放回到架子上去。但她现在却还拿着它，瓶塞也拔开了。

她闻了闻，没有任何气味。

她应该把它倒在地上。她应该知道，喝这些来历不明的东西没有什么好处。

但是……

瓶子已经打开。

她把瓶子送到嘴边。

将液体喝了下去。

——节选自《阿尔文·哈特与森林中的房子》

23

我让萨姆来恩德斯岛见我。我慢慢地开着车，脑子里不断整理着海伦姑姑去世后的这短短一段时间内发生的事情。

我已经不知道我对她是什么感觉了。

这是我人生中第一次怀疑自己对海伦姑姑的感情，我仿佛又一次站在埃姆和我跳下的那个高高的悬崖上，整个人摇摇欲坠。我记得当时风拂过我的发丝，当我们下坠的时候，眼前的事物变得越来越模糊。我还想起有一天姑姑告诉我们她得了癌症，不久后，她又告诉我们她即将离开人世。我还记得我在脸书上看到了热搜话题：海伦·里夫斯被确诊为癌症晚期。

我记得那是我第一次觉得她的名望也有对她不利的一面。人们带着毛绒熊和杂货店买来的廉价鲜花来到医院。他们的本意是好的，但我们不得不雇用安保人员守在她的门外。人们拍到她在病床上的样子——胳膊上插着输液管，双腿像两根麦秆一样从病号服下伸出来。

有一次妈妈气得涨红了脸，冲着她能看到的每一个人大喊大叫。海伦姑姑开玩笑地说："只要他们不拍我的臀部就好了。"那时总有人拿着"阿尔文·哈特"系列的书和记号笔跑到海伦姑姑病房的走廊里，妈妈那样做很可能跟这有关。

"人们认为你应该为了成功而放弃自己的隐私。"有一次她一边虚弱地用纸巾捂着嘴咳嗽，一边对我说，当时她面容苍白，"我不知道我们是从什么时候开始接受这种事情的。那可能是畅销杂志的卖点，对吧？"

我从回忆中抽身而出。当我到达恩德斯岛时，萨姆已经到了。我把海伦姑姑给他的信放回木盒子里，然后抱着木盒走过去见他。他站在离水边很近的地方，手里拎着一个手提袋。

"嗨。"我走近他，说道。

他转过身来，笑了笑，接着他看到了那个盒子，皱起了眉头。

"我猜你以前一定见过这个盒子吧？"

"我不要这个盒子。"他转过身去，看着水面。

"那就把它扔了吧，你想怎样都可以。她让我把盒子还给你。"

"有些东西你可不能随便扔掉。"

"比如油漆稀释剂。"我说，"还有松节油。我知道的。你得带它们去专门的回收中心。但总能想到办法的，虽然有时麻烦点儿，但办法总是有的。"

萨姆把手伸进袋子，然后抽出两副潜水面罩。他想递给我一副，但我往后退了一步。

"你信任我吗？"他问道，然后很快又说，"我想现在问这个很愚蠢吧。”

我想要开口和他争辩，但话到嘴边又憋了回去。他说得对。自从我遇见他以来，他除了对我说谎什么都没做。

“你告诉我的那些……”我说，“一切都……”

“我知道。”他诚恳地说，“对不起。我想过告诉你的。”

“如果你想告诉我，你早就告诉我了。这才是友谊。”

他的脸色变得很暗，好像有什么看不见的、无形的东西在他脸上投下了阴影，将他笼罩在黑暗里。

过了一会儿，他说：“我已经很久没交过朋友了。”他放下了拿着潜水面罩的那只手。

我能信任他吗？

不。

我能信任姑姑吗？

是的。我得信任姑姑。她对我来说太重要了。

“给我吧。”我朝他伸出手。

萨姆看上去有点儿惊讶，但也没问我什么。他递给我一副潜水面罩，然后脱下衬衫。做完这些之后他看着我，好像在示意我也脱掉衣服。

“真的要脱吗？”我问。

“我不会偷看的。”

他转过身去。我环视了一遍圣埃德蒙静修所，没看到什么人，于是我脱下衣服，只剩内衣和短裤，然后把衣服、钱包、手机和木盒子统统塞进萨姆带来的手提袋里，在他回头看我之前就跳进了水里。

这水真冷啊，几乎可以说是冰冷的。即便是夏天，新英格兰的海水依然是冰的，还常常波涛汹涌。

“现在要干吗？”我在水中喊道。

他转过身来，惊讶地发现我已经在水里了，立刻把自己的潜水面罩戴上。我忍不住笑了。我并不在乎他是谁，所有人戴上潜水面罩后看起来都很滑稽。

他随手把自己的衣服塞进手提袋，再把手提袋藏在一堆高大的植物之间。然后他转过身来，手里拿着一个巨大的防水手电筒。他跟在我后面一头扎进水里，随着波浪不断挤压胸腔的节奏而换着气。

如果现在有人碰巧看见我们，一定觉得很奇怪——两个孩子肩并肩地站在海水里，戴着潜水面罩，拿着手提箱大小的手电筒。

“你准备好了吗？”

“准备好什么？给我上游泳课吗？”

我并不想表现得无礼，但就像马戈一样，我总是显得有点儿无礼。

“相信我。”他对我说，“抓住我的手，继续游。”

我把目光从岸边移向开阔的水面，水面上什么都没有。

我不知道该往哪里游，不知道他想要带我去哪里。

萨姆握住我的手。我按了按潜水面罩，确保鼻子周围不会漏气。我们从岸边开始游，游了大约五米，他停下来看了看我，笑了一下。

“一直游到你觉得游不动了为止。”他说。他的话飘落在海风中，几乎瞬间就散开了。

“一直游到我觉得……什么？”

他夸张地深吸了一口气，我也跟着吸了一口气。然后，我们一起下潜。他的姿势很优雅，而我只是腹部朝下扑通一声沉进水里。我们一同潜到了水下。

水面的光只能照到水下三米左右的深度，再往下就是漆黑一片，于是他打开了手电筒。手电筒的光线很强，但即便如此，水下还是雾蒙蒙的，只能看清前方几米。

我们下潜得越来越深，水也越来越冷。我跟随着萨姆，紧紧地握住他的手，使劲踢着水。

向下，向下，一直向下。

我需要呼吸。

如果是我姑姑误会他了，那可怎么办？如果萨姆事实上是一个反社会者（一个永生的反社会者），多年前她一直避开他，然后他现在回来在我身上报复，那会怎样？如果他能像那些采集珍珠的潜水员一样屏住呼吸二十分钟，那又怎么办？如果他要把我拖到海底，阻止我往上游，直到我溺水而亡，又该如何？

我不想被淹死。

溺水列在我最不愿接受的死亡清单上。它排在被活活烧死的前面，也排在五马分尸的前面。它还排在身上涂满蜂蜜，然后被火蚁活活咬死的前面。我的清单列得非常详细。

但暂时还没有危险，我们只是一直游着。我感觉头越来越晕，肺也开始产生灼热的刺痛感，我非常需要呼吸。我在无意识中放慢了速度。这时萨姆用手电筒照了照他的脸，好让我能看见他。他夸张地向我示意：差不多就到了。

接着他把手电筒的光对准下面，我顺着光束继续游，看到了或许是我这辈子见过的最可怕的东西——一个水下洞穴的入口。

我别无选择，我需要呼吸，但这时我已经没有力气再游到水面上去了。我只有两个选择，要么溺死在这里，要么去洞里找点儿空气。

我松开了他的手，用力蹬了一下，以一种我从未有过的速度在水里穿行。

我想着他们要花多长时间才能找到我的尸体；我想知道萨姆是否会掩盖我的踪迹，弄得就像我从未来过恩德斯岛一样；我想知道我的家人是否会想念我，或者哀悼我。

接着我进了洞穴，沿着那条短短的洞穴通道向上游……

终于有空气了。

我爬上一块岩石，气喘吁吁，一口接一口地吸入散发着霉味的空气。这里的空气很稀薄，一股酸臭味，像是久久封闭没有流动过一样。

萨姆紧跟在我后面进来，喘着粗气，但远没像我那样呼吸急促。他把手电筒放在我旁边的暗礁上，然后坐在我身边。

“我们成功了。”他说道。

“是的，就是不太确定返程该怎么办。”

“游回去要容易得多，有浮力呢。”

“那会不会得潜水病？”

“什么？你是说潜水减压症吗？别担心，我们还没潜到那么深。”

我脑海中列举了一堆症状，以防万一。其中有关节痛、严重头痛、定向障碍、后背痛、胸痛等一系列的毛病。氮气会在身体组织和血液中产生气泡。还有中风。还有死亡。

好吧，放松点儿。我对自己说。

“我们现在在哪里？”我问道。

我环顾四周，回答了自己的问题——洞穴。

我们在一个水下洞穴里。

我们在海底的一个水下洞穴里。

“深呼吸。”萨姆看着我紧张的样子说。

“这是什么地方？”

“你很快就会知道了。你还能走吗？”

他跳过来，然后弯下腰扶我，但我没有去握他伸过来的手。我摇摇晃晃地站了起来，感觉身体里的每一块肌肉都在抗议。我用一只手去扶岩壁，好让自己站稳，慢慢地深呼吸。我感觉有些眩晕，看到一些光点在我的视线里跳来跳去。

萨姆上前搀住我的胳膊。“我没事儿。”我说道。

“不远了。”

“不远有什么？”

萨姆没回答，他在前面打着手电筒，我紧跟在他后面，总是不小心踩到他的脚后跟。

水下洞穴很小，洞顶离我们的头顶只有一米多的距离，其中一些路段，通道突然变窄，我们不得不挤着通过。但他是对的，确实不远。没过一分钟，我们就进入了一个稍微大一点儿的洞穴，有一间小客厅那么大，中间有一个深深凹进去的坑。曾经应该有一条河流经这里，流向前方那数不清的洞穴。

“不是吧！”我走上前惊讶地说。

“是的。”他低声说。

“这就是……”

“是啊。”

“你是怎么……？”

“我找到的。”他说，“那时我就像你现在这么大，这条河叫‘神秘河’。”

“一条奔流不息的大河。”我想起了一首古老的歌，“说的就是这条河吗？”

“就是这条河。”他回答道，“但这条河已经干涸很长时间了。”

“这是真的吧？”我不确定自己是在问哪件事。

“是真的。”他说着弯下腰，在地上找寻什么东西。当他站起来的时候，手里拿着一块锯齿状的石头。我还没猜到他会做什么，他就用石头划了下自己的前臂，留下了一道恐怖的血迹。

伤口在我眼前慢慢愈合了，可我恶心得想吐。

“……”

“没错。”

“你给我姑姑看过吗？”

“看过。她说我只是凝血速度特别快。”

“这听起来确实像她说的话。”我说完这句话就在地上坐了下来。我尽可能慢慢地、用力地深呼吸。我感觉萨姆的手就放在我的头上，但这只是想象而已。他离我有几米远。

“你多大了？”我问他。

“三百岁左右。”

三百岁。

“那我姑姑呢？”

“她是我最好的朋友。”

“可你认识她只有一年的时间，三百年中的一年。”

“我大多数时间都在旅行。我不让自己在一个地方停留太久，而且我没交过朋友，隐身一直都是我的策略。但是和你姑姑在一起……她没有松口，也没有拒绝。三百年来，她是第一个真正愿意花时间了解我的人，即使我曾极力想把她推开。”

我试着想象萨姆和姑姑在一起的画面——萨姆还跟现在一样，而我的姑姑只有十几岁，跟我差不多大。我见过他们的合照，但这和我在头脑中想象的不一样，也和我努力去相信的不一样。那是二十五年前的事了。但对于萨姆无限加长的时间轴来说，二十五年也不过是一瞬间。就像人类以为自己拥有宇宙，但实际上，我们只不过是进化时间量表上最微小的光点。

“洛蒂？”

“你居然活了三百年了。”我愣了愣，“你这三百年来都在干什么呀？”

萨姆笑着说：“你刚发现我是长生不老的啊，你想知道我都在做什么吗？”

“这两个问题是有关联的。”

“嗯，大多数时候我只是到处旅行。不能在一个地方待得太久，因为我不会变老。或许六年或七年？这取决于我在哪里，以及在做什么。我尽量保持低调，做一些容易找的零活来赚钱，比如在书店当个职员或在当地做个导游。基本上每个旅游城市都有探秘之旅，你知道吗？我干过无数次探秘之旅的工作。这种工作不需要很多资历或推荐信之类的东西，就像采摘烟草一样简单。我在这附近还采摘了很多烟草呢。”

我想起萨姆在去神秘比萨店时，模仿过把烟草挂在绳上的动作。

“我也没有太多东西。”他接着说，“一个手提箱就能装下我的全部——几件换洗的衣服和一把牙刷。无论我走到哪里，我都会办一张借书证，书籍太重要了。”

“你这样能挣到够用的钱吗？”

“通常都能的。”

“还有其他长生不老的人吗？”

“我不知道。我觉得可能没有。”

“那你喝下去的时候知道会长生不老吗？”

“隐约听说过一些传言。洛蒂，那是一个不同的时代。在那个时候，人们认为长生不老泉是真实存在的。当我找到它的时候，我觉得这一切都是命中注定。我当时年轻又愚蠢，而且谁不想永远活着呢？如果你给大多数人这样的选择……”

“那现在呢？你后悔吗？”

萨姆的神情变得很沮丧，接着又显得很悲伤，然后恢复了正常。

“差不多每天都在后悔。”他说道。

“她并不愿喝下那种水。”我想着姑姑说。

“我不该问她的。我只是想找到一个可以和我共享人生的朋友。我已经活得太久了，而且我太孤独了，我只是不停地从一个地方去另一个地方。”

他哭了，无声的泪水顺着他那被海水浸湿的脸颊流了下来。姑姑和萨姆是朋友。我知道，无论走到哪里，他一定会去看与她有关的消息。他一定也读过“阿尔文·哈特”系列的书，知道他就是她的灵感源泉。他一定知道她是多么的成功，知道就算没有他，没有那种长生不老泉，她仍然过得很好。

“你经常来这里吗？”我问道。

“每隔一段时间就会回来。”他说，“就来看看。我在这里出生。我想念这里。”

“你是怎么认识我姑姑的？”

萨姆笑了。在这一声笑里，我突然感觉他好像比我大了一百万岁。我真希望能进入他的大脑，然后记住他所经历的一切。我真希望二十五年前我正躲在树后，看着十几岁的萨姆和十几岁的姑姑。

“当时她正从学校往家走，穿过了一片墓地。她看见我背靠着一个墓碑看书，就停下来问我，什么样的人这么恐怖，居然在墓地里看书。”

我对此并不惊讶。海伦姑姑就喜欢抓住一个完全陌生的人不停审问，从而推断出他会是一个多可怕的人。

“我们很快就成了朋友。”萨姆继续说道。

“那我呢？”我继续发问。

“你怎么了？”

“你问她要不要喝长生不老泉，为什么没问我？”

“我绝对不会问你。”

“你想问我吗？”

他犹豫了。而我努力想象这一切，想象人活到比自己见过的所有人都要老，会是什么感觉。看着身边的人长大、变老，最后死去。没有人能逃脱死亡。也许人们走到生命尽头时都能接受死亡这件事，但谁也无法从死神身边溜走。

“你不一样。”最后，他近乎艰难地说。

“怎么不一样？”

“跟你姑姑在一起时，我可以自私。对朋友自私是件轻而易举的事，我们只想让朋友做我们想做的事，做我们需要的事。可是你就不同了。”

“你是说我们不是朋友吗？”

“这正是我要说的。”他抬起头来，看着我。

这一幕到底会在哪里发生，我做过很多假设，但我绝对没有想到竟然会发生在这个水下洞穴里。

他的嘴唇有点儿咸。

我不知道那是泪水还是海水，或者两者都有。

我们回到了陆地。我把衣服盖在湿漉漉的身上，把那个木盒放到萨姆的手里，让他保管好，但同时我也有点儿想把它拿回来，带着它跑到一个僻静的地方喝下去。但我克制住自己，我把脚缩回来，又让双手老老实实地放在身体两侧。我让萨姆保证他再也不会消失。

回到家里，我看到爸爸妈妈都在家，正坐在客厅看电影。爸爸看到我回来，立刻按下了暂停键，眼睛睁得很大。这时我才意识到我的衣服还湿着，小腿和裤子沾满泥巴，头发只干了一半，乱糟糟地粘在脸上。我浸湿的鞋子在硬木地板上留下水迹，还在我走路时发出吱吱的声响。

“洛蒂？”爸爸小心翼翼地问。

我从客房浴室里拿出了一条毛巾，把它铺在脚凳上，然后在他们俩对面坐了下来。

“我有件事要跟你们说。”我说道。

他们好像突然老了一百岁，脑海中似乎正闪现着各种糟糕的可能性（怀孕了？被逮捕了？吸毒成瘾了？杀人了？）。

“你可以把任何事都告诉我们。”妈妈说道。她向前探着身子，把手放在爸爸的膝盖上——要么是为了给他力量，要么是为了向他借点儿力量，也可能两者都有。

“这件事是关于我的，我需要你们的帮助。”

从阿尔文·哈特推开森林中间那栋房子的门，到马戈喝下长生不老泉，到风衣男子将她推下悬崖，到阿尔文为了陪伴马戈，也喝下了长生不老泉——这样长生不老的马戈就不至于孤独一人，他们仿佛历尽了万千劫难。

永恒。没错。但是，对阿尔文和马戈来说，什么是永恒？

时间是无穷无尽的，是静止的，也是毫无意义的。

马戈将一直是十一岁，阿尔文将永远是十三岁，直到他们成为这个星球上最后两个孩子，直到世界上只剩下马戈和阿尔文。

他们没能在这个遥远的小岛上找到他们的父母，就像他们没能在其他无数的地方找到他们的父母一样。

他们的父母永远离开了。

阿尔文想放弃，他已经太累了。哪怕是对于一个永生的男孩来说，他也真的需要一些睡眠和休息。

但是，跟他走在一起的马戈并没有放慢脚步的迹象。马戈拉住他的手，领他下了渡船。

“这小地方真有趣！”她兴高采烈地说。

这一句话唤醒了他。

他们继续寻找。

——节选自《马戈·哈特的永生》

24

海伦姑姑的信还剩最后一封。

今天是星期天，明天就要举行毕业典礼了。我仿佛整个人飘浮在空中，迷失了方向，不知道该往哪里走。我没有办法抑制内心的悲伤，感觉她好像刚刚才离开人世，好像我刚刚才知道她已撒手人寰。

我一看完这封信，她就会彻底离开。

不，不会离开，她永远不会离开——她以她自己的方式永远活着。

但我还是不能去读它。我一直在逃避、拖延，每次走进房间都小心翼翼地绕开那封信件。不过，好在我还有其他的事情可做。姑姑给我留下的那些东西还在那里等着我，盖着我扔在它们身上的毯子，孤单地、安静地等着我。我实在不愿意看到那些箱子厚颜无耻地装着我姑姑的东西——她留给我的和我从她家里拿走的东西。

我把上面盖的毯子取下来，叠好放在床脚的位置，然后坐在地板上，把那个最小的箱子拉到身边。里面装着她的首饰，用纸小心翼翼地包着，四周还垫了薄薄的气泡垫。我把它们一件一件地拿出来，每一件物品上都附有一张手写的小字条。我拿起一个有点变形的银手镯，上面写着：

纯银，英国，1973年。

我小心地取下那张字条，把它放在一边，以免弄丢，然后把手镯戴在手腕上。

我想长生不老吗？我问手镯，问海伦姑姑，也问我自己。

那些旧有的恐惧、焦虑立刻在我的脑海中浮现。死亡。疾病。损失。痛苦。我的头脑中好像有一个LED灯箱，明亮的灯光重复播放着同样的信息。

答案似乎很明显——是的，我想长生不老。

但明显的答案不一定是正确的答案。有时候，必须非常小心地提防那些显而易见的答案，它们会趁你不留神的时候，悄悄爬上你的心头。

这些答案很诱人。如果你总是担惊受怕，你会觉得很累。可是现在，你可以选择不再背负那些沉重的负担。就像以前有个治疗师嘱咐的那样——把所有的焦虑都写在笔记本上，她说："每天晚上睡觉前，把那些魔鬼写出来，这样它们就很难再跟着你进入你的梦乡。"

昨晚和父母的谈话比我预期的要好。不过也许他们只是很高兴事情并没有他们猜想得那么糟糕。他们彼此交谈着，列出他们认识的医生和治疗师，以治疗我的焦虑症发作，并决定在周二给他们打电话。

“向别人求助根本没必要感觉羞耻。”妈妈后来对我说。那时大家都睡觉了，她悄悄来到我的卧室。“你本可以早点告诉我们的。当然，我很高兴你现在告诉我们了。但以后，我很希望你能第一时间告诉我们，好吗？我们之间没什么好觉得羞耻的。”

我有感到羞耻吗？我不知道。我想或许有一点儿，否则我不会等到这么晚才告诉他们。

我的妈妈坐在我的床边，把手放在我的额头上，她的手总是凉凉的。

“你有过大哭一场的经历吗？”我问她。

“噢，我的天。”她温柔地说，“我改天再告诉你，好吗？睡前讲这个可不太愉快。”

她吻了吻我的脸颊，然后离开了我的房间。我很快就睡着了，再没有想什么可怕的事情，也没有想我在早上之前可能会以什么方式离开人世。

我只做了一个梦，但与其说它是一个梦，不如说它是一个预言。潜意识有时会先我们一步发现问题，有时又刚好相反。

早上醒来，我给萨姆发了短信：

你今天能来见我吗？你忙吗？中午可以吗？

我手里正拿着海伦姑姑的最后一封信，还没准备好打开阅读。

我会来的。

我给他发了一个地址，也没有让他带上那个盒子。我想，既然他现在已经拿回去了，一定不会让它离开自己的视线。

我担心爸爸妈妈早上会用异样的眼神看着我，经过一晚上的认真思考，他们或许认定他们的女儿完全无法控制自己的情绪，已经患上了心理疾病。

但是第二天我下楼的时候，他们没有表现出任何异常。爸爸做了鸡蛋和煎饼，我们坐在露台的桌子上吃饭，妈妈已经穿上了园艺工作服，头上戴着她的大宽檐帽，亚伯一边端着盘子，一边玩单人槌球游戏。

“我觉得我们应该去度假。”妈妈说，“我们很久没有好好度假了。”

“我最近一直在做斯堪的纳维亚半岛的旅游攻略！”爸爸满怀希望地说。

妈妈用嘲讽和无奈的眼神盯着他看了好一会儿，说：“海滩，萨尔。我想去海滩，我想坐在沙滩上喝椰子汁。”

“噢，那种度假呀。”爸爸有点儿垂头丧气，但仍然表示了赞同。

“明年我们可以去斯堪的纳维亚，”妈妈允诺道，“但今年，夏威夷。”

“我要去夏威夷。”我发表意见。

“好吧，如果洛蒂也想去，那就这样决定了。”爸爸笑着说，他眨了眨眼睛，收拾起我们的空盘子，拿进屋去。

“我也去！”亚伯在院子里喊道。

“你今天有什么安排吗？你愿意帮我摘豆子吗？好多豆子。我想做一个砂锅焖豆。”妈妈问我。

“我有事，妈妈。我跟人约好了。”

“和那个永生男孩吗？”妈妈问道。

“是的。但是，当然他并不是真的永生。”我试图掩饰这一切。我相信海伦姑姑也会希望我这样做。

“嗯，当然。我也这么想。”妈妈说。

在我去见萨姆之前，我带上了姑姑日记本里的那张照片。照片上，萨姆和姑姑手挽着手，笑得很开心。

我到达约定的地点时，萨姆已经在那里等着我了。他把车停在停车场里，靠在车上，凝视着前方的大海。那个木盒就放在他的副驾驶座位上。

我走上前，把那张照片递给他，他双手接过，手指有些颤抖，但是脸上慢慢浮现出灿烂的笑容。

“哇，”他感慨道，“感觉那已经是很久以前的事了。”

“永恒论。”我说。

“什么？”

“永恒论，一个时间哲学理论。它的意思是……我们的大脑是有限的，一次只能理解一定的内容。所以我们是以一种特定的方式来体验生活的，一种线性的、按时间顺序的方式。每一秒都通向下一秒，而一旦这一秒过去，它就永远消失了。对吗？”

“是的。”

“但是，如果时间不是这样运行的呢？如果这只是我们大脑理解它的方式呢？如果时间真的存在另一种运行方式呢？比如说，所有的一切都同时发生，在同一刻同时发生，所有时刻都同时存在，周而复始，直到永恒。如果它们同时存在呢。”

“那这就意味着……”

我指着那张照片：“你和我姑姑还同时存在着，直到永远。她还活着，没有人会死亡。你和别人也没那么大的差别。”我的手碰到了他的膝盖，他抓住了它。然后将我的手举起来，亲吻我的指关节——从没有人吻过那里。或许某一个时空的我会永远被人这样吻着，永远，永远。而我愿意如此。

“这个理论我喜欢。”他说。

“这只是一个理论，但我也喜欢，它让我好受了很多。”

“那现在我们去哪里？”他问道。

“等下你就知道了，拿上那个盒子。”

在过去的一个半月里，我已经在这条小路上走过一次了。那时，埃姆带我来跳悬崖，起初我很恐惧，但真的跳下去之后却感觉好极了。这一次，我走在萨姆前面，领着他，不时地看看他是否跟上来了。他端着盒子，仿佛那是世界上最珍稀易碎的东西——我猜也是，长生不老泉水就剩这一小瓶了。

我们顺着这条路一直向上走，走到山顶上，席地而坐，萨姆把盒子放在我们面前的地上。

“我们将把她的骨灰撒在这里，”我指着大海说，“殡仪馆打过电话，骨灰盒这个星期就可以准备好。”

萨姆没有马上回答，他朝海面望去。我注意到他的眼睛红红的，噙满泪水。

他手里还拿着那张照片。我的姑姑和他，他们是最好的朋友。我很想知道他还失去了多少人。一个现实生活中的阿尔文·哈特，一个现实生活中的永生男孩，而他的人生没有马戈做伴。

萨姆小心翼翼地把照片放好，打开木盒，取出玻璃瓶。在阳光下，瓶子中的液体看起来完全无法引人注目，并没什么不寻常的。

“长生不老泉。”他突然笑了起来，“真是聪明。”

“所有那些书都是她为你写的，”我说，“都是给你的秘密信号。我想，她觉得对不起你。”

“为什么？”

“她没有喝这泉水，她没能陪伴你。所以她创造出了两个长生不老的孩子，让他们彼此陪伴。”

他把瓶子举到与眼睛平齐的高度，盯着它看了一会儿。“我想把它扔了。”说完他把手向后伸，越过肩膀蓄力，准备扔出去。

“等等！”我立刻爬起来，把手放在他的胳膊上，“别激动。”我着急地说，“等一下。”

“好吧。”他把手从我身边拿开，让瓶子尽量远离我。

“我已经告诉过你了，我不想喝。”我叹了口气，翻了个白眼，然后接着说，“我想你把它喝了。”

“我？为什么？”

“想象一下这幅场景。你用刚才那种潇洒的姿势把它扔进大海，但瓶子并没有摔碎，它随着海浪漂浮，漂到了某个遥远的、未知的岛屿上。有一次飞机失事，一个长得很像汤姆·汉克斯的人被困在那座岛上。他刚好看到了这个瓶子，而且非常口渴。所以他打开盖子喝了这瓶水，于是他获得了永生。他会独自一人待在那个小岛上，没有尽头。”

“这……很详细，”萨姆说，“我明白你的意思，但我觉得我也可以把水倒掉呀？”

“我觉得你应该喝了它。”

“我已经喝过了，记得吗？”

“可是，有人喝过两次吗？”

“没有，但这没意义呀，不是吗？”

“嗯，但这也没有什么害处呀！你不可能得到两次永生，也不可能被伤害。哦，也许你会成为神仙？那就太酷了。”

“我不觉得这样我就会成为神仙。”

“所以你就喝了它吧，我打赌你不敢喝。”

“你赌我不敢喝我已经喝过一次的水？”

“是的。”

他想了一会儿，再次举起玻璃瓶，拿到与眼睛平齐的高度，仔细地研究里面的液体。接着他放松下来，耸了耸肩，把软木塞打开，举到唇边。他一口气喝完了瓶里的液体，然后重新塞好软木塞，把瓶子扔在地上。

我看着他周围的空气发生了变化，那变化非常微妙，很难被注意到。那是一种非常轻微的、柔和的、像一阵风一般的变化。有什么东西歪歪斜斜地钻进来，仿佛用油灰将宇宙法则中的一条裂缝填满，使它恢复了原状。

我笑了起来。

“来吧，我们别待在这儿了。我饿了。”

那天晚上，埃姆、杰姬、亚伯、艾米还有我和萨姆聚在一起，我们在咖啡桌上摆起了大富翁游戏。

“我可以玩吗？”爸爸把头伸到房间里，充满希望地问道。

“不行！”亚伯和我同时大叫。

他受了挫折，乖乖地躲到厨房里去了。

我们播放着阿尔文的电影当背景，但是没有放出声音。我不时地瞥一眼，但尽量不被它吸引住——我每次看阿尔文的电影都会想哭。

萨姆从来没有玩过大富翁游戏。在三百年的时间里，他一直不知道有这东西。

大约过了一小时，我去厨房给大家再拿点儿零食。亚伯跟着我。我从冰箱边上转过身来，看见他正倚着柜台，双臂交叉，一副满怀期待的样子。

“嗯？”他说。

“你‘嗯’什么？”

“他就是庞塞·德莱昂吗？”

“不是，当然不是。”我否定道，“我稍后会给你解释。”

他沉默了一会儿，然后问：“你还好吗？”

“我不知道。我觉得还好。你呢？”

“我也不知道。”

“也许我们可以找个时间谈谈？就是，你懂的，我用不着通过文学杂志上的一篇文章来了解我弟弟的感受吧？”

“我会考虑的。”他说完冲我眨了眨眼，然后从柜台上抓起一包椒盐脆饼。

我犹豫了一会儿，上楼来到我的房间，拿起姑姑写给我的最后一封信。

我想，就是这个时刻了，我终于准备好去读她最后要说的话，去打开她留给我的那些东西。

最后一封信。但我知道，我与海伦姑姑的对话绝不会是最后一次。

洛蒂：

现在你要靠自己了。

谢谢你帮我理清这些零零碎碎的想法，谢谢你把我最后的这些疑惑拼在一起。我希望我能当面感谢你，但是，唉，生活教会了我一件事——人很难得到自己真正想要的东西。

现在我们来说说如何得到你真正需要的东西。

我没有什么大的智慧可以传授给你。写这封信的时候，我的手在颤抖，身体也因为化疗和睡眠不足变得十分虚弱。

有一天晚上，我又开始读那本红色的日记，我想：天哪！我的小洛蒂现在都已经这么大了。

日记就是这样。洛蒂。你要尽可能多地把你的生活写下来，日后可以借此回忆过去。这很美好。

我们在某些方面是如此相似。我知道你和我一样，无论走到哪里，都有一个声音紧紧相随。那是一个似乎无法摆脱的声音，是半睡半醒之间的声音，是阴暗与宁静之间的声音。

但洛蒂，你要学会让它闭嘴。

你要学会对它置之不理。

在我真的离开之后，这一切都会变得更容易。而现在，是时候让我走了。

洛蒂，把我的骨灰撒入大海——从我们经常一起去的那个悬崖上撒下去。这之后记得去野餐，找点儿乐子，尽量不要让事情变得太沉重。（我在信的背面写了一些食物。在我的胃无法忍受比面包更硬的东西的时候，我只能通过这种方式来间接体验美食。）

我希望我是个不错的姑姑。我希望你知道，当我第一次抱着你这个小宝宝的时候，我就深深地爱上了你。

我用我的一生去爱你，这比获得永生要划算得多。你觉得呢？

永远爱你的海伦

我把信放回书桌上。

我的姑姑有千万种面貌。

她有点儿自私。

有点儿专横。

有点儿自以为是。

但她是对的——现在该由我规划自己的人生了。

我回到楼下的客厅。萨姆赢了一大截，艾米一直说这是初学者的运气。

我想象着这个夜晚将无限延伸，延伸到永恒所在的地方。

我想象在另一个时空的某个地方，它确实这样不断延续着。

我坐到萨姆旁边，他已经买下了他的第四条铁路。

电视上，阿尔文和马戈坐在森林中央那幢满是灰尘的房子里，想着还能否再见到他们的父母。

阿尔文，马戈，你们两个不用担心。我读了最后一本书，你们会见到他们的。

致 谢

所有在我撰写这本书的过程中给予我支持的人；所有发邮件、打电话、写传真、发推特、传短信鼓励我的人；所有反反复复提醒我曾写出过两部作品，这次也一定可以很好地完成的人……所有这些人，谢谢你们。写作由百分之九十九的孤独构成。谢谢你们在我从洞里探出头来，环顾四周，想看看我思念的一切的时候，陪在我身边。

以下是其中的一些人。我超酷的两个侄女——哈珀和艾尔玛，你们让我成了一个姑姑，也是我写作灵感的一部分。我希望我是世界上最好的姑姑——让我们几年后再来看看，你们会评价我做得怎么样。

我其他可爱的家人，包括我的哥哥和嫂子，还有我们的父母。你们始终支持我，也支持那些古怪的想法（无论是字面意义上的“古怪”还是真的“古怪”）。

我的经纪人——温迪·施马尔茨。你是世界上最棒的经纪人，我欠你太多了。谢谢你一直以来为这本书，以及我之前的每一本书所做的努力。

还有出版社可爱的团队，你们一直是我有幸认识的最伟大的人，尤其感谢我的编辑乔斯林，是你在我的作品中发现了我没能发现的问题，并且善意地为我指正。

最后，如往常一样，我总要感谢你——S。我不知道你为什么总能写出精准的词汇，但我希望你这个能力永远不要消失。